JN068438

# 味噌汁令嬢と腹ぺこ貴族の

サレイユ伯爵
アンヌマリーを追い出したお屋敷の主人。移住先で成功しているアンヌマリーが気に食わない様子で……。
ディオン
お屋敷の跡取り。アンヌマリーの料理に魅了されていて移住先では何かと手を貸してくれる。すっかり和食に慣れ、箸を使えるようになった。
アンヌマリー
元男爵令嬢。メイドとして働いていたお屋敷から追い出されてしまったが、移住先のカナールで開いた料理店が大成功！
前世の記憶を頼りに和食をつくり、広めていく。

料理長
繊細な料理をつくるシェフ。
執事長と同じく伯爵の暴走を
止めたいと思っている。
執事長
サレイユ伯爵に振り回されてい
る苦労人。伯爵の暴走をなんと
か止めたいと思っている。
レオ
カナールで小売業を営む紳士。
アンヌマリーのつくる和食に興
味津々。
イネス（メイド長）
お屋敷のメイド長。
アンヌマリーを気にかけ、母親
のように見守る。
クロエ
お屋敷のメイド。アンヌマリー
の友達で、ディオンとアンヌマ
リーの関係にじれったさを感じ
つつ見守っている。
味噌汁令嬢と腹ぺこ貴族のおいしい日々２
登場人物

味噌汁令嬢と腹ペこ貴族の

# おいしい日々

目次

## 《第1章》ここが私の新しい居場所

カナールに移住した私が、ディオンの勧めで始めた仕事。味噌と牛乳を使った、あったかいミソ・スープの屋台。珍しい調味料である味噌が受け入れられるかどきどきしながら、私は朝市へと向かっていった。

しかし結果は、驚くほど順調だった。あまりに順調すぎて、私は幾度となく頬をつねらずにはいられなかった。そうして夢じゃないと確認しては、そのたびに呆然(ぼうぜん)としていた。

初日、ディオンがおいしそうにミソ・スープを食べているのを見た人々は、まだちょっと戸惑いながらもミソ・スープを買い求めていった。比較的若い男性客が多かった。

次の日、私が荷車を引いて朝市にやってきたとたん、人がわらわらと集まってきた。どうやら、私の屋台が始まるのを待っていたらしい。やはり男性客が多かったけれど、若者だけでなく中年やお年寄りまで、幅広い年代の人たちが来ていた。

さらに次の日、人々はきちんと行列を作って待っていた。結構長い列になっていた。しかも、女性や子供もちらほら混ざっていた。家でゆっくり食べるつもりなのだろうか、持ち帰り用の椀を持ってきている人までいた。

そうして四日目。屋台はまたしても大繁盛だった。そして、四日間連続で通っている人が割といることに気づいた。彼らは屋台のそばでミソ・スープを食べながら、みんなで仲良くお喋りしていた。時々そのお喋りに、私も巻き込みながら。

五日目、行列が長くなりすぎて周囲の屋台からクレームが来た。とはいえ、私は荷台のそばを離れられないのでどうしようもない。この日は幸い、常連客たちが他の客の整理役を買って出てくれて事なきを得た。感謝のしるしに、ミソ・スープをちょっと多めによそってあげた。

六日目、常連客たちが小さな持ち運びできる柵のようなものを持ってきた。支えのついた木の棒を長い紐でつないだそれを並べて、そこに行列を誘導している。

やけに手慣れた動きにぽかんとしていると、彼らは笑いながら教えてくれた。人気のある屋台には、これが無料で貸し出されるんだよ、と。私がカナールに不慣れなのを知った彼らが、わざわざ借りてきてくれたらしい。その親切が、とても嬉しかった。

そうして七日目、今日は定休日だ。昨日それを知った常連客たちが、露骨に悲しそうな顔をしていたけれど、休む時はきちんと休まないと。

ディオンと二人、のんびりと町を歩く。とはいえ、これはただの散歩ではなかった。私たちはある目的のもとに、探し物をしているのだった。


ことの発端は、数日前ディオンと交わした他愛無い会話だった。

「そういえばおにぎりの具には、いったいどれくらいの種類があるのだろうか？　中に詰めたり、白米に混ぜたりと、いろいろあるようだが」

晩ご飯を食べ終えて、食後のお茶をのんびりと飲みながらディオンがふとそんなことを口にした。

私がカナールに移り住んでからというもの、ディオンはちょくちょく食事を食べにくるようになっていた。サレイユの屋敷にいた頃に一緒に夜食を食べていたのと、同じような感覚なのだろう。ディオンと過ごしていると、とても落ち着くのを感じる。でも同時に、ちょっと心配でもあった。

彼はサレイユ伯爵の甥で、跡取りだ。だから彼は今まで、ちょくちょくサレイユ伯爵の屋敷に滞在していた。そこで何をしていたのかは知らないけれど、たぶんサレイユの家を継ぐにあたって必要なあれこれについての勉強とか、そういった感じのことだろう。

ところが私がサレイユの屋敷を追い出されてから、彼はずっと私と一緒にいる。彼は屋敷に戻ることなく、カナールの宿で暮らしていた。

大丈夫なのかな、いつまでもここにいて。私が新たな住みかと仕事を見つけるまで付き合うと、彼は以前そう宣言していた。けれど思っていたよりずっと早く、家も仕事も見つかった。何かあったらレオに相談すればいい。もうディオンがいなくても、おそらくなんとかなるはずなのだ。

でもディオンは何も言わずに、毎日こうやってご飯を食べにくる。以前と変わらない、うきうきとした表情で。だから私も、今までと同じように彼と接していた。余計なことを言って、この穏やかな時間を壊したくはない。そんな思いを秘めたまま。

「おにぎりの種類、ですか……そうですね……数えきれないくらい……でしょうか。基本的に、何を入れてもいいので。水っぽいものは向いてないですけど、それ以外ならだいたい何でもおいしくまとまりますし」

「そうなのか。ならば一度、とびきり変わった具材のおにぎりを食べてみたいな。お前から見ても珍しいものなら、なおいい」

「……でしたら今度、一緒に買い物にいきませんか？　市場を回って、具材になりそうなものを探すんです。それらを持って帰って、おにぎりを作りましょう」

「おお、それは素晴らしい！　おにぎりの新たな可能性を自ら開拓する……考えただけで、心が躍るな」

私のちょっとした思いつきに、ディオンは大いに乗り気になっていた。そんな訳で、私たちは休日を使っておにぎりの具を探しに来ていたのだった。


午前中は家でのんびりして、昼過ぎに出発した。朝市のほうが珍しいものは多いけれど、いかんせん人が多すぎる。なのであえて昼から出かけて、大通りの近くにある別の市場に向かうことにしたのだ。こちらの市場にも、やはり驚くほどたくさんの食材が売られているし。

「まだちょっと冷えますね。朝方よりはましですけれど」

屋敷を出る時にイネスからもらったマフラーを巻き直して、背中を丸める。辺りにはひんやりとした風が吹いていた。こないだちょっとだけ積もった雪の名残が、あちこちの片隅に積み上げられている。

「それでも、もう冬の終わりはすぐそこだ。あと少し辛抱すれば、花に彩られた暖かな春がやってくる。春は好きだ」

「私も好きです。春になると葉物野菜の種類ががらりと変わりますし、春だけの食材もたくさんありますから」

「お前の頭にあるのは、やはり料理のことなのだな。……お前らしくていい」

「ディオン様こそ、おいしいものに目がないですよね、本当に。……料理の作りがいがあっていいですけど」

そんなことを話しながら市場を回り、気の向くまま、目についたものを買っていった。テーマはただ一つ、おにぎりの中に入れられそうなもの。実は、おにぎりの具に先入観のないディオンが何を選ぶかが楽しみだったりする。

おにぎりと言えば、やっぱり梅干しは欠かせない。しかし、さすがのカナールでも梅干しは見かけていない。梅酒は売ってたけど。

初夏になれば梅が売り出されるだろうし、漬けてみようかな。私の中のもう一つの記憶、大学生だった私は梅干しの漬け方も知っている。大学の講義『伝統の食文化』のおかげだ。実際に漬けたことはないけれど、何とかなるだろう。

しかし今さらだけど、何だったんだろうね、あの講義。大学の講義って妙なものが多かったけど、その中でもぶっちぎりでマニアックだった。

まあいいか、おかげで今ものすごく助かっているのだから。あの講義をしてくれた教授には足を向けて寝られないなあ。教授がどこにいるのか分からないけれど。

そんなことを考えていたら、大張り切りのディオンがさっそく何かを見つけたようだった。

「アンヌマリー、これはおにぎりの具たりえるだろうか」

「栗の砂糖煮ですか？　案外合うかもしれませんね。ただ、デザートっぽくなるかなとは思います」

甘いおにぎり。本音を言うと、少々抵抗がある。でも、おはぎのようなものだと思えばいける気もする。何事も挑戦あるのみ、だ。

「そうか。ならば、これはどうだろう」

「謎の魚卵の塩漬け……きっとおいしいおにぎりになりますよ」

「おお、それは楽しみだ」

ディオンが次に指し示したのは、イクラともカズノコともつかない魚卵だった。お店の人に少し味見させてもらったら、イクラをもうちょっと濃厚にしたような味だった。これなら、かなりいい感じのおにぎりになるだろう。

さっそく面白そうな具材を見つけることができたのが嬉しかったのか、ディオンはさらに張り切りながら店を回っていた。ふふっ、本当に子供みたいだなあ。大変微笑ましいその姿を見ながら、一緒に買い物を続けていた。

そうやって市場ではしゃいでいる私たちを、いらだたしげな声が呼び止めた。
「おい、ちょっといいか。そっちの……アンヌマリーとか言ったか」
ディオンと二人で同時に振り向くと、そこには中年男性が二人立っていた。こざっぱりした服の上から前掛けをつけている。料理人っぽいな、というのが彼らの第一印象だった。それはそうとして、どうして彼らは私の名前を知っているのだろう。屋台に来てたお客かな。
「はい、なんでしょうか」

男たちは、やけにとげとげしい雰囲気を漂わせている。刺激しないよう気をつけながら様子をうかがっていると、彼らは難しい顔をしたまま口々に言い立てた。

「あんた、ついこないだ出店した、スープの屋台の店主だろう」

「ずいぶんと珍しいスープを売ってたな。ミソ・スープとかいったか？」

「そのせいで、だいぶ客を持っていかれた。朝市にはたくさんの客が来るが、それでもどこかの店が繁盛すれば、その分他の店の客が減るんだ」

「あんたにも生活があるんだろうし、もうけるな、とは言わない。だが新参者なら、もう少し控えめに商売してくれ。俺たちの稼ぎ場を荒らさないでもらえるか」

つまり彼らは、私の読み通り料理人で、私と同じように朝市で料理を売っている者らしい。ところが私がミソ・スープを売り出したことで、彼らの売り上げに影響が出てしまった、と。

「心配しなくても大丈夫ですよ。今は物珍しさからお客さんが来ているだけで、じきに落ち着きますから」

友好的な営業スマイルを浮かべて、そう断言する。とはいえ、私としても落ち着くのを見過ごすつもりはない。客を逃がさないように、これからもあれこれと工夫をしていくつもりではある。

もっとも、そんなことをここで言ったら話がさらにややこしくなってしまう。だからこれは内緒だ。今はとにかく、穏便にやり過ごすに限る。

ところが私のそんな思惑を、ディオンが思い切りぶち壊してくれた。

「何を言うのだ、アンヌマリー。お前の料理は唯一無二だ。客が減るなどありえない。いずれ、もっと多くの客が詰めかけるに決まっているだろう」

大あわてでディオンの腕をつかみ、数歩下がらせて耳打ちする。男たちに聞こえないように、思いっきり声をひそめて。

「ディオン様、ここはあちらの発言に適当に合わせておけばいいんです。そうすれば、じきに納得して引き下がってくれますから。こんなところで無駄に時間を食うなんて馬鹿馬鹿しいです。ディオン様だって、まだおにぎりの具を探したいでしょう？」

「だが、お前の料理について嘘を言いたくはない。ミソ・スープは本当に素晴らしいのだから」

「変なところにこだわるんですね。別にいいじゃないですか、それくらい」

「いいや、とても大切なことだ」

そんなことをこそこそと話していたら、男たちのつぶやきが耳に飛び込んできた。

「なんだ、そういうことか。あんた、貴族の後ろ盾があるのかよ。はっ、どうせ愛人とかなんとか、そういう関係だろ。珍しいだけのスープがいきなりあんなに売れた訳が、ようやく分かったぜ」

その言葉に、顔が引きつる。たぶん今の私は、据わった目で薄笑いを浮かべているのだと思う。ちょっぴり手が震えているのは、きっと怒りのせいだろう。うん、きっとそうだ。絶対にそうだ。

「……ふふ……そうですか……。その喧嘩、遠慮なく買わせてもらいますね。……というか、誰が愛人ですか、誰が、誰の愛人だっていうんですか⁉」

私の料理についての批判はともかく、ディオンの愛人と間違われたことは訂正しておかなければ。だいたいサレイユ伯爵の愛人にされかけたせいで、愛人という単語にはアレルギーがあるのだ。愛人じゃなくて恋人とかだったら許せたかもしれないけど。って、何を考えているんだ私。

「あん？　何だか急に様子が変わったな？　さては、図星だな？」

「違います！　違うから怒っているんです！」

「……愛人というものが、あまり褒められた関係ではないのだと、私も分かってはいるが……お前にそうも力いっぱい否定されると、それはそれで複雑だな……」

ディオンがちょっぴり眉間にしわを寄せて、考え込んでいる。しかしすぐに、何かに気づいたような顔になった。

「いや、今はそれよりも先に、言っておくべきことがあったのだった」

たいそう重々しい動きで、ディオンが男たちに向き直る。その迫力に、男たちがたじろいだ。

「私としては、ミソ・スープを珍しいだけのスープ呼ばわりされたことのほうが許せんな。お前たち、さてはミソ・スープを飲んだことがないだろう？　もし飲んでいれば、そのようなことが言えるはずもない」

　男たちは口ごもり、顔を見合わせた。どうやらディオンの言う通り、彼らはミソ・スープを飲んだことがないらしい。だったらいっぺん飲んでもらえば、納得してもらえるかなあ。愛人とか後ろ盾とかそういうのを抜きにして、私はちゃんと実力でお客さんを集めているんだって。

　しかし現在のミソ・スープのレシピは、大鍋いっぱい作って一晩寝かせるというものなのだ。そうやってよりまろやかな、落ち着いた味を出しているのだ。つまり今から作っても、屋台の味そのものにはならない。

　明日、彼らに改めて屋台に来てもらえばいいんだけど。でも彼らも屋台を営業しているようだし、わざわざ食べにきてもらうのは難しいかな……ああ、面倒くさいことに巻き込まれたなあ。

　そう思っていたら、今度は男たちが言い返してきた。

「そ、そのスープが本当にうまかったとしても、それはたまたまだろう」

「そうだそうだ。他の料理は平凡なんだろ、どうせ」

ディオンに痛いところを突かれて、それでも彼らはどうにかこうにか反撃しようとしたのだろう。まるで子供の喧嘩みたいになってきた。だがこれは、私にとってもありがたい流れだ。

「他の料理をお望みですか？　大したものでなくてもいいのでしたら、今ここで何か用意しますよ。ここの広場なら、ちょっとした作業もできますし」

私たちが話し込んでいたのは、市場の途中にある広場の片隅だった。広場の周囲には軽食を出す屋台がいくつも出ていて、そういったものを飲み食いするためのテーブルと椅子が広場中に並べられている。

「……だったら、見せてもらおうじゃないか」

男たちは一瞬言葉に詰まったものの、すぐに胸を張って偉そうにそう答えた。私の返事が予想外だったのか、明らかに動揺していたのが面白かった。


さて、どうにかこうにか話はまとまった。あとはぱぱっと料理をするだけ。いつも通りに。

彼らを広場で待たせて、まずはひとっ走り家に戻る。必要な食材を取ってきて市場に戻り、さらに必要なものを買っていく。

一抱えもある荷物を手に広場に戻ってきた私を、ディオンは嬉しそうな顔で、料理人たちは戸惑い顔で出迎えた。大きな買い物袋をどさりとテーブルに置いて、にっこりと笑いかけた。

「お待たせしました、これから作りますね」

とはいえ、そんなに手間はかからない。まずは近くの屋台でやかんいっぱいのお湯を買った。そこに昆布を放り込んで、次の作業に移る。

別の屋台で借りた丼のような器に、さらに別の屋台で買ってきたご飯を軽くよそった。ちょっと細長いぱらぱらしたご飯で、普段私が食べているもっちりしたものとは違う。でも今から作る料理には、こっちのお米のほうが合うと聞いたことがある。実際に試すのは初めてだけれど。

魚の塩焼きをほぐしてご飯にのせる。脂少なめ、臭み少なめの白身魚だ。そこに、魚に合うらしいフレッシュハーブをちぎって散らした。さらにライムのしぼり汁をたっぷりかけ、粗くひいた岩塩とコショウを振りかける。せっかくなので、さっき買った謎の魚卵の塩漬けも少しのせてみた。ついでに鰹節を少々追加。

一通りのせ終わったところで、やかんのお湯から昆布を取り出す。代わりに茶葉を放り込んで、もうちょっとだけ待った。

迷うことなく作業を進めている私を、男たちはぽかんとした顔で見ていた。一方のディオンは、丼の中身をのぞき込んで感心したようにつぶやいている。

「ずいぶんと色々なものをのせるのだな。味がうまく調和するのか気になるが、お前の作るものだから問題ないだろう」

「それなんですが……適当にやっているので、どうなるのか自分でも分からなくて」

「……大丈夫なのか？」

「大丈夫です。お茶漬けは万能ですから。懐の深さは、おにぎりに負けず劣らずですよ」

「ふむ、この料理はお茶漬けというのか。ということは……そちらの茶をかけて完成だろうか」

「はい、当たりです」

茶こしを使って、やかんの中の茶をそれぞれの丼に注いでいく。寒空の中、いい匂いの湯気がふわんと上がった。

「できましたよ、特製のお茶漬けです！」

ディオンと男たちの前に丼とスプーンを並べ、自分の分を手にして席に着く。私とディオンが、ためらうことなく同時に食べ始めた。適当に作ったとは思えないほどいい感じに仕上がっていて、とてもおいしい。

「これは……あっさりとした白身魚に、コクのある魚卵がとてもよく合っている。ハーブとライムのおかげで臭さもしつこさもなく、とても軽やかに仕上がっているな。そして昆布と鰹節の出汁が深みを出しつつ全てを取りまとめ……ぴりりとしたコショウの味と、茶の苦味が素晴らしいアクセントになっていて、とても美味だ。さすがだな、アンヌマリー」

上品にお茶漬けを食べながら、ディオンは立て板に水で解説している。ディオンのほうも、また食レポの腕を上げたらしい。

その様子を見て、男たちもそろそろとお茶漬けに口をつける。そうして、目を見開いた。

「こんな食い方、したことがないな……リゾットならともかく、米にたっぷりの茶か……」

「しかし、うまい……さらりと食えてしまう……そして、もっと欲しくなる……」

男たちは呆然としながら、ものすごい勢いでお茶漬けを食べていた。というか、飲んでいた。あっという間に食べ終えて、はあと切なげなため息をついている。

それから二人そろって、頭を下げた。テーブルにぶつかりそうなくらい深く。

「大した料理じゃないとか、愛人だとか言って、悪かった！」

「……あんたの料理は、確かにうまかった。即席でこれだけ作れるのなら、あんたの腕は確かなものなんだろう」

「あんたの屋台に、客が集まるのも当然かもしれないな。……俺たちも、もっと腕を磨かないと」

「うむ、そうだろう。彼女の料理の素晴らしさが分かったのなら、それでいい」

なぜかディオンがとても得意そうな顔をしている。満面の笑みで、胸を張って。何だかちょっぴり腑に落ちないものを感じはしたけれど、それよりも言っておきたいことがあった。

「あの、最初に話を聞いた時から、ずっと思っていたことがあるんですけれど」

そう声をかけると、うなだれていた男たちがそろそろと顔を上げた。

「お客を取られる、なんてけちくさいことを言っていないで、お客そのものを増やしていけばいいと思うんです。みんなで朝市を盛り立てて、カナールの外からもたくさんお客を呼びましょう。そうすれば、みんなもうかってみんな幸せです」

カナールは貿易の要所で、運河やら街道やらからたくさんの人がやってくる。外に目を向ければ、まだまだ客は増やせるのだ。そんなことを力説していたら、少し離れたところから声が返ってきた。

「そうだそうだ！」

何事かと辺りを見渡すと、遠巻きにこちらの様子をうかがっている人の群れが目に入った。今の叫び声は、そこから聞こえてきたらしい。いつの間に、こんなに野次馬が集まっていたのだろう。

「いいこと言うねえ、アンヌマリー！」

「なあ、アンヌマリー。そっちのもめ事は、もう片付いたんだよな」

そんなことを言いながら、見覚えのある顔がいくつかこちらに歩み寄ってくる。私の屋台の常連客たちだ。彼らはお腹が空いたと言わんばかりに、悲しそうな顔をしてお腹を押さえている。

「さっきの料理、俺たちにも食わせてくれよ。代金なら払うからさあ」

「買い出しも俺たちでやるよ。あんたは料理に専念してくれればいい」

突然のお願いに、思わずたじろぐ。

「えっ、でもあれは……料理と呼ぶほどのものでもないですし、いつものミソ・スープよりずっと簡単ですし」

「いいんだよ、うまけりゃなんでも！」

「そいつらとってもうまそうに料理を食ってたじゃねえか。あんな顔を見せられてお預けなんて……辛すぎるぜ」

「なあ、頼むよ！」

こうまで言われては、断るに断れない。しかしさすがにこの人数分のお茶漬けを、一人で準備するのは無理がある。なので集まっていた人たちに次々と指示を飛ばしながら、お茶漬けの準備を始めていった。


近所の屋台に代金を払って、米をたくさん炊いてもらう。その隣の屋台では、大鍋で湯をわかしてもらった。どちらの屋台の主も、これはこれでいいもうけになるからと快く協力してくれた。

具材集めは、集まった人たちに手伝ってもらった。ベーシックなのは焼き魚のほぐしたものだけれど、意外と何でも合う。そんなことをざっと説明して、めいめい好き勝手に買いにいかせる。

彼らは三々五々好きなものを手に、また広場に戻ってきた。その頃には米も炊けていたので、手早くお茶漬けを仕上げていく。とはいえ私は、ほとんど何もせずに済んだ。さっきの私の作業を見て学んでいたらしく、みんな自分でご飯と具材を盛って、お茶を注ぎ始めたのだ。

時折、この具材には何が合いそうか、とか、ご飯とお茶の量のバランスはどうか、といったことなどを聞かれるくらいで、あとはのんびりとみんなの作業を見守っていればよかった。

……ただ、楽しそうなのはいいのだけれど……どうもお茶漬けの具とは言いがたいものが、さっきからちらちらと視界に入っている気がする。

そんなことを考えていたら、いきなり目の前に丼が差し出された。当然ながら中には、お茶漬けが入っている。しかしその具は、どうやら焼いたハムとほうれん草のソテーのようだった。誰だ、いきなりこんなに派手なアレンジをしたのは。これはこれでおいしそうだけど。

「ほら、あんたも食えよ！」

「え、でも……」

私はもうお茶漬けを食べたし、ここは見物しているつもりだったのだけれど。戸惑っていると、さらに声がかけられた。

「いいから、俺たちのおごりだよ！」

「そうそう。しっかり食って体力つけて、そんでまたミソ・スープをたくさん作ってくれよ！」

「あんた、細いからなあ。絶対に食べる量が足りてないぜ」

その声に負けて、ありがたくお茶漬けをいただくことにする。決して、細いという言葉に気をよくしたからではない。

少し煮出し過ぎて苦味が強くなったお茶が、ハムとほうれん草の油っぽさをうまく中和している。ちょっぴり塩コショウが強めだけど、そのおかげで味がきりりと引き締まっている。洋風のお茶漬けも悪くない。トンカツのお茶漬けは意外とおいしいらしいという噂を、ふと思い出した。

「お茶漬けの懐が深いというお前の言葉、納得した。奇妙な食べ心地だが悪くない。まあ、お前が作ったもののほうが上だが」

ディオンが苦笑しながら、手にした丼を見せてきた。いつの間にやら彼もおごられていたらしい。貴族におごる平民って、よくよく考えてみればすごい話だ。

彼が食べていたお茶漬けの具は、なんと牡蠣の卵とじだった。これ、どこかの店で買ってきたのをそのままのせたな。見た目はすごいけれど、悪くないとは思う。

見渡せば、みんな大騒ぎしながら色々なお茶漬けを食べていた。私が作ったものとほぼ同じようなものから、どう見ても洋風のものまで。最初に私にからんできた二人も、その中に交ざって二杯目のお茶漬けをかっこんでいた。その騒ぎが気になったのか、さらに人数が増えつつある。

気がつけば、広場はまるで宴会のようになっていた。みんなお茶漬けを作るのに夢中になって、子供のような顔をしている。……あっちのほう、お茶じゃなくてビールを注いでるけど。まあいいか、楽しそうだし。

しばらく広場に滞在してから、私とディオンはそっとその場を抜け出した。晩ご飯のために買った食材を抱えて。

背後からは、まだにぎやかな声が聞こえてくる。ディオンはちらりとそちらを見て、おかしそうに笑った。

「ああ、まったく今日は愉快だった。ちょっと市場に出かけたはずが、いつの間にやら茶漬けで宴会をすることになるとはな」

「けれどみんな、とても楽しそうでしたね」

「そうだな、いい笑顔だった。美味なものを共に食べることで、分かり合えるものもある。つくづくそう思わされた」

　カナールの人たちは新しいもの、珍しいものが好きで、お祭り騒ぎが大好きだ。ちょっぴり血の気が多いけれど、分かり合えればとてもさっぱりしている。そうレオから聞いてはいたけれど、今日はそれを実感できた気がする。

　夕焼けに目を細めながら広場のほうを見ていたその時、ディオンがこちらに向き直った。

「茶漬けの宴会のせいですっかり忘れていたが、今日はおにぎりの具を探しに来たのだった。私もおにぎり作りを手伝うから、帰ったら夕食にしよう。茶漬けもいいが、お前の味噌汁が飲みたい」

「はいはい。腕によりをかけますから、楽しみにしていてくださいね」

　それはもう嬉しそうに笑ったディオンの顔を、夕日が温かな色に染め上げていた。

「重い……乳棒（にゅうぼう）、ほんとに重い……誰よ、はんぺんなんて作ろうと言い出したのは。もちろん私だけど」

ある休日の朝、私は台所でそんなことを言いながら、せっせと魚のすり身を作っていた。使っているのは乳棒と乳鉢。要するに、特大の石の棒と石の鉢だ。魚の切り身を包丁で叩いて細かくしたものを乳鉢に入れて、乳棒で必死にすりつぶしているのだけれど。

「すりこぎが……すり鉢が欲しい……もっと軽くて楽なのがいい……いいえ、本当に欲しいのはフードプロセッサー……」

とにもかくにも、乳棒は重かった。そして乳鉢の内側はつるんとしていて、すりつぶすのがやけに難しい。

軽い木のすりこぎが恋しい。内側がでこぼこしたすり鉢がこの上なく恋しい。

途方に暮れながらも、一生懸命乳棒をぐりぐりと動かし続ける。しかし頑張っている割には、魚の切り身はなめらかになってくれなかった。荷物運びやらなんやらで鍛えていたからか腕はまだ大丈夫だけど、心のほうが先に折れそうだった。

「頑張れ私……絶対に、素敵な夕食会にするんだから」

冬だというのに、いつの間にかうっすらと汗をかいていた。ハンカチで汗をぬぐって、もう一度乳棒をにぎり直した。

私がこんなことをしていたのには、もちろん訳がある。今夜、レオを家に招いて夕食会を開くのだ。夕食会といっても、参加するのは私とレオとディオンの三人だけだけど。

カナールに来てから、レオにはものすごく世話になった。この家を貸してもらって、屋台を開くにあたって必要なことを教えてもらって。彼がいなければ、今の私はない。

という訳で、彼にお礼をしようと思ったのだ。とはいえ、何をすれば喜ばれるのか分からない。なので直接本人に聞いてみた。彼は迷うことなく、こう答えた。

「貴女のミソ・スープは、とても美味です。味噌という調味料を使った料理が他にあれば、一度食べてみたいですね」

いつになく目を輝かせた彼の表情にちょっとびっくりしたけれど、同時に納得もしていた。

あれは、屋台デビューして十日ほど経ったある朝のことだった。いつものように屋台を引いて朝市にやってきた私は、レオの姿を見つけてしまったのだ。それも、きちんと列を作って待っていた客たちの中に。

どうしてあなたがこんなところに、と声をかけると、完成品のミソ・スープが気になってしまったので、とさらりと答えてきた。言ってくれれば完成品を持っていきましたのに、と返すと、この朝市の雰囲気込みで食べてみたかったんです、と笑顔でさらに返された。

しかもレオときたら、よほど完成品のミソ・スープが気に入ったらしく、もう一度行列に並び直してお代わりしていた。さらに、新商品のおにぎりもしっかりと食べていった。普通の塩むすびと、こないだ見つけた謎の魚卵の塩漬けのおにぎりを、一つずつ。

上品で穏やかな見た目とは裏腹に、彼は意外と食い意地が張っているようだった。レオとディオン、類は友を呼ぶということなのかもしれない。

ともかくも、そんな流れでこの夕食会を開くことが決まったのだった。それから、メニューを考えていく。レオは特に好き嫌いはないけれど、油のきついものはちょっともたれることがあるのだとか。年には勝てませんね、と苦笑していた。

そこでまず選んだのが、豚の味噌煮だ。豚の塊肉を下ゆでして脂を落とし、出汁と味噌と砂糖でじっくり煮込んだ、シンプルながら味わい深い一品だ。あれならレオも、きっと満足してくれるだろう。よりさっぱり食べられるように、粒マスタードと山椒の実も用意しておく。

二品目を何にするかで、結構悩んだ。和食の感覚だと、野菜の小鉢と汁物辺りを合わせるのが普通だろう。けれどレオは見た目よりはたくさん食べるようだし、どうせなら料理でさらに驚かせてみたいという気持ちもあった。

そうして、おでんに決めた。冬ももう終盤とはいえ、寒いものは寒い。おでんならお出汁の味を存分に堪能できるし、体もあったまるし、目新しい。うん、やっぱり冬はおでんに限るよね。和風ポトフって言われたら返す言葉もないけれど、それは気づかなかったことにする。

しかしここで、問題にぶち当たった。つゆは問題ない。いつもの昆布と鰹節の出汁をベースに、完成間近の醤油で味を調えればいい。だが、具のほうは。

「ダイコンと卵はある、こんにゃくはない……ちくわもない……それに厚揚げもないわね」

ニンジンを切って入れてもおいしいし、出汁を引くのに使った昆布を細く切って一結びすれば、立派な具材になる。でも、これだけだと物足りない。というか、おでんらしくない。

「そうねえ……できれば一品くらい、魚の具材を入れたいところなのよね……見た目のインパクトも欲しいし」

ちくわ、はんぺん、さつま揚げ。魚のすり身の加工品であるこれらは、つゆに素敵なうま味を加えてくれる。しかもぱっと見、原材料が何か分からない。これは何かな？　と想像しながら食べてもらえたら嬉しい。

「魚のすり身を竹に塗り付けて焼いたらちくわ、卵白を加えてゆでたらはんぺん、刻み野菜を加えて揚げればさつま揚げだったかしら……うん、見事にうろ覚えね」

ちくわは意外と難しいのだと聞いた覚えがある。焼いているうちに身が割れてはがれるのだったか。さつま揚げは味付けがよく分からない。あと、おでんのつゆに揚げ油が浮くのがちょっとね。

「消去法で、はんぺんに挑戦ね」

そう決めてすぐ、市場に向かって材料を買い集めた。ちょうど安売りしていたタラと、それにヤマイモ。卵と砂糖は家にある。

タラの切り身を細かく切って、しばらく水につけておく。それから水気を切って、包丁で叩いてから乳鉢ですっていく。なめらかなペースト状になったら、そこに卵白を入れてさらにすりつぶす。砂糖を少々と、ヤマイモをすりおろしたとろろを追加して、丁寧にじっくりとすりつぶしたら生地の完成だ。

「クッキングペーパーがあったら楽なんだけど……当然ながらそんなものはないし、これで代用できれば……」

目の詰まった、しなやかでつややかな布の上に生地を広げて、布ごと大鍋のお湯にすべり込ませる。ゆで上がってから引き上げて布を外すと、はんぺんのできあがり。形は四角くないけれど。

あつあつのうちに切り分けて、ぱくりと味見してみる。

「熱っ！　でも、ふわふわでおいしい！」

鼻にすっと抜ける上品な魚の香り、ふわふわの口当たり、見事なまでにはんぺんだ。これがおでんのつゆを吸ったら、どれほどおいしくなるだろう。

「これならきっと、レオさんもディオン様も驚くわ」

その様を想像すると、やけに心が浮かれた。最近私は、料理で人を驚かせるのが癖になっているのかもしれない。

一人にんまりと笑いながら、さらにはんぺんを口にした。

そうして、いよいよ夕食会の当日。私は朝から、台所で動き回っていた。じっくりと時間をかけて、おいしいものを作ろう。そう張り切りながら。

まずは豚の味噌煮を仕込む。昨日のうちに下ゆでは済ませてあるから、あとは調味料を加えて煮込むだけだ。煮込み終わったらいったん冷まし、夕食会の直前に温め直す。そうすればいい感じに味がしみたのを出せる。

そちらの準備が一段落ついたところで、おでんに取りかかった。

つゆを用意して、同時進行で具をこしらえていく。ダイコンは分厚い輪切りにして、皮をむいて面取り、十字に隠し包丁。卵はゆでて殻をむく。ニンジンは大きめの乱切り。昆布は細長く切って、真ん中で一結び。

そこまでは、とても順調に作業が進んでいた。そう、ここまでは。

さあ、はんぺんを作ろう。そう思って食料庫に足を踏み入れた時、ようやく気がついた。

先日の試作品は、普通の半分くらいの大きさのものだった。使う魚もほんのちょっと。だから、すぐにすりつぶせた。

けれど今日は、それなりの大きさのはんぺんを、しかも三人分作らなくてはならない。それはつまり、大量のすり身を作らなくてはいけないということで。

目の前には、布がかけられた大きなざる。特に新鮮な魚を扱っている店に事前に頼んで、さばいたものを朝一番で届けてもらったのだ。布をめくると、結構な量の切り身が現れた。

幸い、時間はある。他の下ごしらえはほとんど終わってるし、何なら午前中一杯をはんぺんに費やしても大丈夫だ。

覚悟を決めて、ざるを手にする。これもみな、素敵な夕食会のため。そうして粛々と、台所に戻っていった。

そんなこんなで、私は乳棒をにぎりしめて汗だくになりながら、魚のすり身を作るべく大騒ぎしているのだった。かれこれ、一時間くらい。

「そこそこすり身っぽくなったけど、もっと細かくしなくちゃ……量が多くて辛い……つぶれろ……つぶれろぉ……」

乳鉢の中身をにらみつけながらひたすらにごりごりとすりつぶしていると、玄関の扉を叩く音とディオンの声がした。手が離せないのでそのままどうぞ、と返すと、彼はすっかり慣れた様子で入ってくる。

「今日の夕食会、準備のほうはどうだろうかと気になって顔を出したのだが……今、奇妙な声がしなかったか？　地の底から響くような、恐ろしげな声が」

「準備のほうは……だいたい順調です。あとその声については気にしないでください」

ごまかすようにそう言い切ってはみたものの、ディオンは納得していないようだった。腕組みをして、首をかしげている。

「だいたい？　ということは、何か不調なのだろうか。……もしかして、そこの乳鉢の中身か」

「わっ、見ないでください！　今日のお楽しみなんですから」

「大丈夫だ、見ても何か分からない。それより、少し手伝おうか。その何かをすりつぶすくらいなら私にもできるぞ」

ディオンの申し出に、少しためらう。正直、いつまで経ってもなめらかにならない切り身と格闘するのに疲れていた。ちょっとだけ、ちょっと休憩する間だけなら、お願いしてもいいかな。

「でしたら、少しだけ……これをなめらかになるまですっている途中だったんです」

「よし、任せろ」

急に張り切った様子で、ディオンは私の手から乳棒を受け取る。そうして乳鉢に片手を添えると、猛烈な勢いですり始めた。驚くほど力強く。

私が苦戦していた作業が、あっという間に終わってしまう。ディオンが手を止めて、こちらを見た。

「どうだ、かなりなめらかになったと思うが」

「あ、とってもいい感じです！　どうせなら、もう少しお願いしてもいいですか？」

「ああ、任せてくれ。これくらいたやすいぞ」

妙に得意げなディオンが、いつになく頼もしく見えた。食いしん坊の腹ぺこ貴族であっても、やはり彼は男性だ。根本的に、私より筋力があるのだ。普段は意識していないそんな事実に、今さら気づいた。なんだかちょっと、落ち着かないかも。嫌な気分じゃないけど。

くすぐったさを隠すように、乳鉢の中に次々と材料を放り込んでいく。調味料、卵白、とろろ。ディオンは軽やかな手つきで、全部しっかりとすり混ぜていった。

「ありがとうございました。これで、煮込む時間が十分に取れます。やはりおでんは、じっくりと煮込んで味を染み込ませてこそ」

あとはこれをゆでれば、はんぺんの完成だ。ディオンのおかげで作業の遅れは取り戻せたし、むしろ余裕すらできた。深々と頭を下げてまた上げる。

しかしディオンはなぜか、両手で耳を押さえていた。なんだその反応はと思いながら首をかしげていると、ディオンが手を耳から離して言った。

「感謝の言葉は受け取ろう しかしその後に、調理法のような料理名のような言葉が聞こえた気がした。私はこれが何になるのか、まだ知りたくない」

「それで、耳を押さえていたんですか……」

何というか、とてもディオンらしいふるまいだ。いつも通りの様子に、ちょっと安心してしまう。

軽い足取りで帰っていく彼を見送って、また台所に戻る。そこはもう、元通り静かになっていた。

スプーンを手にして、乳鉢の中身を少しすくってみる。

「すっごく、なめらか……試作品よりおいしいものができそうな気がするわ……」

台所の片隅では、豚の味噌煮の鍋がくつくつと小さな音を立てて煮えていた。味噌と出汁の優し

い匂いが、ふんわりと辺りを満たしていた。

「お招きありがとうございます、アンヌマリーさん。こちらの茶葉は、ささやかですが手土産です。私の店の売れ筋なのですよ」

「さあ、今日は何を食べさせてもらえるのだろうか？　朝にちらりと見たあれがどうなったのか、楽しみだ」

夕方、そんな言葉と共にレオとディオンがやってきた。手土産の茶葉を受け取り、二人を食卓に案内する。

少しでも雰囲気が出るように、食卓にはテーブルクロスをかけて花を飾ってある。二人が腰を下ろしたのを見届けてから、順に料理を運んでいく。こちらもわざわざちょっといい皿を買って、盛り付けにも気を配った。どうせなら、料理を素敵に見せたいし。

「こちらが豚の味噌煮で、こちらはおでんという煮込み料理です。それと口直しの、カブとニンジンの酢漬けです」

メインのメニューがとにかく茶色い。どう頑張ってもひたすら茶色で、少々見栄えがよくない。なのでせめてもの彩りにと、口直しは真っ白なカブと鮮やかなニンジンを使った酢漬けにした。ユズの皮も入れてあるので、香りも良い。

それらの皿を並べてから、さらに別の皿を運んでくる。そこには、お団子くらいのおにぎりがいくつものっていた。

「一口おにぎりです。ナイフとフォークでどうぞ」

和食には、やはりご飯を添えたい。しかしおにぎりでは手が汚れる。洋食のライスみたいに皿に盛ってナイフとフォークで食べてもらってもいいのだけれど、どうせならこちらも面白くしたかった。

そんな訳で、今回は一口おにぎりをたくさん用意したのだ。これならフォークで簡単に食べられるし、見た目も面白い。ディオンはわくわくした顔をしていたし、レオも興味深そうに目を見張っていた。


そうして、いよいよ夕食会が始まった。まずはみんなで、豚の味噌煮をぱくり。ディオンとレオが同時に目を見張って、それからとろけるように微笑んだ。たぶん私も同じ顔をしていると思う。

じっくりと煮込んで、フォークで簡単に切れるくらいに柔らかくなった豚肉。軽く噛んだだけで豚肉がほろりと崩れ、味噌と出汁が合わさったふくよかな煮汁が口に広がる。ほのかに香る豚の脂が、その味わいに奥深さを与えていた。

柔らかさも味のしみ具合も、文句なしだ。豚の煮込みは今までに何回も作ったけど、ここまで気合を入れてじっくり煮込んだのは初めてだ。手間暇かけただけのことはある、そう素直に思える味だった。

「前に豚汁を食べた時も思ったが、豚肉と味噌の相性は最高だな」

「ミソ・スープよりもしっかりとした、力強い味ですね。牛乳が入っていない分、味噌の香りがより際立って……私はこちらのほうが好きかもしれません」

ディオンもレオも嬉しそうな顔で、豚の味噌煮を噛みしめている。良かった、口に合ったみたいだ。

　ここで、二人に口直しの酢漬けを勧めてみた。二人とも素直に口にして、同時に微笑んだ。

「さっぱりとしていて良いですね。ただの酢ではなく、柑橘の風味を加えてあるのがまた素晴らしいです」

「ぬか漬けも美味だが、酢漬けもまた美味だ。気のせいだろうか、どことなくうま味を感じるのは」

「正解です、ディオン様。実は、一緒に昆布を漬け込んであるんですよ」

「昆布……海藻でしたか？　私も名前しか知りません。そのようなものが、このような形で……」

「はい。ちなみにこちらの味噌煮の煮汁にも、昆布を使っています」

目を細めて酢漬けを味わうディオンと、昆布の存在に驚いているレオ。そんな二人とのんびり話しながら、味噌煮と酢漬けをもう一度つつく。合間に一口おにぎりをぱくり。

「さて、そろそろこちらの料理も食べてみよう。おでん、だったか？　不思議な名だ」

　そうして口がさっぱりしたところで、ディオンがそう宣言する。とてもわくわくした顔で。私とレオも、彼にならっておでんにフォークを伸ばす。

　ダイコンはジューシーで柔らかく、真ん中までしっかりとつゆがしみている。噛むほどにじゅわりとにじみ出てくるお出汁の味、やっぱりおでんのダイコンはこうでなくっちゃ……！

　るんるん気分で卵を割って、つゆと一緒にスプーンで口に運ぶ。固まった黄身がこぼれてつゆに混ざって、つゆのまろやかさがぐっと増している。白身はさっぱり、黄身はほっこり。一個で二度おいしい。

煮込んだニンジンは甘味がぐっと増していて、他の具材とはちょっと違う味わいになっている。この甘味が苦手な人もいるけれど、私は好きだ。

　全体的に柔らかい食感のものが多いので、結び昆布のこりこりした歯ごたえが楽しい。本来なら大きいまま煮込んでかじりつくのだけれど、豪商のレオや貴族のディオンにはその食べ方は抵抗があるだろう。なので、一口で食べられる大きさにしてある。他の具材よりずっと小さくて、ちょっと可愛い。

　全部同じ味のつゆで煮込んでいるのに、具の味わいはそれぞれ違う。しかも具の組み合わせで、つゆの味も微妙に変わってくる。おでんって、何度作っても面白い。

　一通り具材を口にした二人が、不思議そうな目ではんぺんを見る。

「アンヌマリー、朝方のあの何かがこれに使われているのだな？」

「何でしょうか、これは……白く柔らかく……見当もつきませんね」

　ディオンとレオは同時にそう言って、はんぺんを慎重に一口食べた。そうして、顔を見合わせている。二人とも、驚きに目を輝かせていた。

「なんと面白い食感だろうか！　泡のように軽く柔らかいのに、しっかりとしていて……」

「この香りは……魚ですか？　けれどとても優しい味わいですね。どのように加工したのでしょう」

　思った以上の反応に、嬉しくなりながら言葉を返す。

「それははんぺんというもので、魚のすり身をゆでたものです。……実は、ディオン様が少し手伝ってくれまして……おかげで、試作品よりもおいしくできました」

「そうか、あれは魚だったのか。本当にお前は、いつも面白いものを思いつくな」

心底感心したような顔で、ディオンはもう一口はんぺんを食べた。そんな彼を、レオはまるで父親のような優しい目で見守っている。

前にレオは「ディオンがおいしそうにお茶を飲んでいると、ついついもっと色々なお茶を飲ませてあげたくなる」とか何とか、そんなことを言っていた。どうもレオは、ディオンのことをかなり気に入っているように思う。友人として、というより息子のような存在として。もっとも、ディオンのほうは気づいていないようだけれど。

微笑ましいなあと思いながら、私もはんぺんをもう一口かじる。やっぱり、試作品よりもずっとなめらかで軽く、ふわふわしていた。泡のような、雲のような、そんな舌ざわりだ。

ディオンの手が入っただけで、ここまで味が変わるなんて。そんな驚きをのみ込みながら、ディオンのほうをちらりと見た。彼はこの上なく幸せそうな、うっとりとした顔をしていた。


結構たくさん作ったのに、気がつけば料理は全部私たちのお腹に収まっていた。レオの手土産の茶葉で、食後のお茶にする。レオは満足げにほうと息を吐いていた。

「私は生まれも育ちもここカナールでして、新しいもの、珍しいものには目がないのですが……今日の料理はとびきり興味深かったです。ありがとうございます、アンヌマリーさん」

「そうだろう。君も彼女の料理のとりこになったようだな」

微笑むレオに、なぜかディオンが嬉しそうに答えている。前にもこんなことがあったような。あれは確か、お茶漬け騒動の時だったかな。どうもディオンは、私の料理が褒められると嬉しいらしい。なんでだろう。

「ええ。また機会があれば、ぜひごちそうになりたいです。……ああ、そうでした。ディオン様、先日新しい茶葉が入荷したのです。貴方が探しておられた産地の極上品ですよ。取り置きしておりますので、また時間のある時にでもぜひお立ち寄りください」

「ありがとう。明日の午後にでも買いにいこう。そうか、あれが手に入ったか……楽しみだ」

ディオンは明らかにうきうきしている。どうやら、その茶葉がよほど気になっていたらしい。

「お茶、本当に好きなんですね」

「ああ。私の数少ない趣味だな。ただ飲むだけではなく、色々な種類を飲み比べたり、自分でハーブやスパイスなどを加えてみたりもするぞ」

「ディオン様のブレンドの腕は、かなりのものですよ。もし貴族でなければ、私の店の専属として雇ってしまいたいくらいです」

思いもかけない言葉に、目を見開く。ディオンにそんな特技があったなんて知らなかった。そもそも私、ディオンについてどれだけのことを知っているのだろう。ふと、そんなことが気になった。

ディオンは十八歳、私の二つ上。……もう一つの記憶の私は二十歳だから、二つ下なのかもしれないけれど。淡い金髪に鮮やかな紫の目の、よく見るとかなりの美男子で。おいしいものが大好きで。私の変わった料理を食べたがって。ちょっぴり偉そうなのに意外と律義で、私のことをやたらと気にかけてくれて。

そんなことを考えていたら、もうちょっと彼について知りたいな、という気持ちが頭をもたげてきた。その思いに突き動かされるように、口を開く。

「あの、ふと気になったんですが……ディオン様は普段、何をしているんですか？」

きっとその辺をぶらぶらしているとか、そんな気楽な答えが返ってくるのだろうなと思っていた。

しかし予想に反して、ディオンは一瞬暗い顔をした。けれどすぐにいつものちょっと偉そうな表情に戻り、何事もなかったかのように話し始めた。

「普段は……サレイユ家の跡継ぎとして、日々様々なことを学んでいる。今も、サレイユの屋敷と連絡を取りながら、以前と同じように学び続けているのだ。その合間を縫って、お前のところに顔を出している」

彼の返事に、驚きの声を上げそうになった。彼がそんな風に過ごしていたなんて。知らなかったとはいえ、暇人扱いするなんて申し訳ないことをした。

でもそれなら、彼はどうしていまだにカナールに留まっているのだろうか。そんな疑問が、またわき起こってきた。今までに何度も浮かんでは、そのたびにもみ消してきた疑問。できることなら、ずっと気づかないままでいたい疑問。でも、そろそろ向き合わないと。

「あの、でしたら……そろそろ、サレイユ伯爵の屋敷に戻ったほうがいいのでは？　離れていては、何かと不便でしょうし」

そこまで言ってしまってから、もう一言付け加える。ほんの少し声が震えるのを感じながら。

「……私は、もう大丈夫です。ちゃんとここでやっていけますから」

しかしその言葉をさえぎるように、ディオンがすかさず口を挟んでくる。

「確かに、お前の生活は安定したように思える。だが、まだ何かがあるかもしれないだろう。どうもお前は、波乱と縁があるようだからな」

そう言われると、ぐうの音も出ない。黙り込んでいると、ディオンは小声でつぶやいた。

「……それにここにいれば、お前の料理が食べられる。それを思えば、多少の不便など苦にもならない」

彼の言葉に、レオが小さく笑って口を開く。とても穏やかな、優しい口調だった。

「そうですね。以前のディオン様は、いつも疲れておられるようでしたから。それがいつの間にか、とても元気になられて。どうされたのだろうと思っていましたが、今日のような料理をよく食べているのであれば、それもうなずけます」

どうやらレオは、私の料理がディオンを元気にしたのだと言いたいらしい。それは違うだろうなと思いながらも、悪い気はしなかった。

照れくさくなって視線をそらしたら、ディオンと目が合った。彼はどきりとするくらい優しく、ちょっぴり切なげに目を細めていた。

ここ運河都市カナールでは、周囲の町との間を船が盛んに行き来している。ちょうど電車やバスみたいに、人や荷物をあちこちに運んでいるのだ。平民でも気軽に利用できる、安価な交通手段だ。
そしてその中には、港町メーアとの間を往復する定期便もあった。メーアまでは船で片道一時間。陸路と比べると、びっくりするほど速い。そして安い。
カナールには、たくさんの品が集まってくる。でも、海産物の品ぞろえについてはやっぱりメーアのほうが上だと思う。あと値段も、メーアのほうが安い。

　そんなこともあって、またメーアに行きたいなとずっと思っていた。それに、ずっと探しているものもあったし。そろそろ暖かくなってきたから、船で移動しても凍えることはないだろう。という訳で、休みを利用して買い出しに行くことにしたのだ。

「あくまでも、ついでに誘うだけ……だし。その、考えてみればたくさんお世話になっているのだから、声をかけるくらいしておくべき、よね」

　自宅の玄関で、入り口の扉をじっと見すえながらつぶやく。

　メーアに行く時に、ディオンも誘おう。そう思いついたところまではよかった。けれど、どうやって誘えばいいのかが分からなくて、ずっとここで立ち尽くしていたのだ。

「おわび兼、気晴らしのお誘いなのだけど、それをそのまま言っちゃっていいものか……」

　ついこないだまで、私は彼のことを誤解していた。彼は日々のんびりと、自由にふらふらと遊びまわっているのだとばかり思っていた。

　ところが彼は、日々勉学に励んでいた。サレイユの跡継ぎとして必要な様々な知識などを、ここカナールにいる間も学び続けているらしい。それとも知らず、暇人扱いしてしまったことが一度や二度ならずあるような気がする。申し訳ない。

　面と向かってそのことを謝罪するのは照れくさい。でもこっそりとおわびくらいはしておきたい。それに、彼が忙しくしているというのであれば、息抜きは絶対に必要だと思う。

　前にメーアに行った時、彼は焼きイカをとてもおいしそうに食べていた。たぶんあそこでなら、彼も勉強やらなんやらを忘れてくつろげるのではないか。そんな気がしてならない。

「……こんなところで考えていても始まらないわね。当たって砕けましょう、行動あるのみよ！」

自分にそう言い聞かせて、家を飛び出す。そのまま、ディオンのところを訪ねていった。前に彼の供としてカナールに来た時に泊まった、あの宿だ。

「お前のほうから訪ねてくるとは珍しいな。何の用だ？」

ちょうど勉強中だったらしい彼に、道すがら考えてきた言葉をそのまま一気にぶつけた。できるだけいつも通りの雰囲気になるように、明るく、気軽な感じを装って。

「ディオン様、明日の予定は空いてますか？　私は週に一度のお休みなので、定期船でメーアに行こうと思っているんです。もしよければ一緒にどうですか？　あ、忙しいようなら」

「空いている！　というか、空ける！」

若干食い気味の、とても元気な返事に思わず目を丸くする。ディオンはほんのちょっと頬を赤く染めてはっとした顔をした後、胸を張って涼しい顔をした。

「メーアに行くということは、また新たな食材を探しにいくということなのだろう？　先日のはんぺんは実に面白かった。お前と共に行けば、きっとまた珍しいものが見られるに違いない」

「そうとも限りませんよ？　私は料理しにいくのではなく、ただ買い物にいくだけなんですから」

「お前には面白いものを見つける才能があるからな。お前の買い物を、見逃す手はない」

すっかりディオンは乗り気になっている。その屈託のない表情に、私はちょっとほっとしていた。

よし、こうなったら二度目のメーアを目いっぱい楽しもう。そんな決意も新たに、ディオンと待ち合わせやらなんやらの時間と場所を決めていった。

そうして次の日の朝一番に、私たちは定期船に乗っていた。

ボートの親玉みたいな質素で頑丈な船で、座席も木の板を渡しただけのものだ。漕ぎ手は船首に三人、船尾に三人。船乗りというよりも漁師のような格好だ。もしかしたらこの漕ぎ手って、漁師の副業とかなのかも。

好奇心むき出しできょろきょろしているうちに、船が進み出した。波は穏やかだし晴れた暖かい日だけれど、やっぱりちょっと肌寒い。

いつも以上に浮かれたディオンと身を寄せ合うようにしながら、あれこれと楽しくお喋りをする。そうしているうちに、船は運河を下りきって、海に出ていた。そのまま方向を変えて、すぐ近くの船着き場で停まる。一時間の船旅は、あっという間だった。

最初に彼とメーアに向かった時、馬車の中がとても気まずかったこと、ものすごく長い道のりのように感じたことを、ふと思い出した。あれはほんの数か月前のことなのに、遠い昔のことのように感じる。こんな風に彼と楽しく船に乗る日がくるなんて、あの頃は思いもしなかった。

ともかく、探し物だ。意気込んで船を降りると、辺りが妙に騒がしかった。何だろう。

「ふむ、ずいぶんとにぎやかだな。何かあったのだろうか」

「あっちって……確か、漁師の船が出入りする漁港でしたよね」

「ああ。そこを抜ければ、前回お前と歩いた海辺の市場に出られる。だがこの騒ぎはずいぶんと近いし、市場ではなく漁港で起こっているようだな。少し調べてみるか？」

けれど、調べるまでもなかった。漁港に足を踏み入れた私たちは、そこで何が起こっているのかを即座に理解できてしまったのだ。目の前の光景に私は歓声を上げ、ディオンは小さなうめき声を上げていた。

「わあ、すごい！」

「……うっ、これは……」

漁港にはたくさんの木箱が並んでいた。水揚げしたものを入れるためのものなのだろう。今はその箱の中を、赤みがかったオレンジ色一色が埋め尽くしていた。


すぐそこの箱の中には、カニ。あっちの箱にも、カニ。どこを見ても、カニ。目の前には一面のカニ、カニ、カニ。圧倒的なボリュームの、カニの山だった。


どうやら、カニとり漁船が戻ってきたところらしい。これがこの冬最後の漁だとかで、漁師たちが大いに盛り上がっているのが聞こえた。

「まだ、生きているな……あっちもこっちもかさこそと動いていて………不気味だ」

ディオンはどことなく腰が引けている。そもそも生きたカニを見るのが初めてらしい。貴族として生まれ育っていれば、それも当然か。カニなんて、カニクリームコロッケか、サラダにのったほぐし身、あとは焼いた足くらいしか見たことがないだろうし。

微笑ましいなあと思いながらカニの山を眺めていたその時、漁港の片隅で何かを囲んでいる漁師たちの姿が見えた。何をしているのだろうとわくわくしながら、そちらに近づいてみる。

彼らは生きているカニを大鍋の煮え湯に放り込んでは、ゆで上がったカニをトングのようなもので引き揚げている。それから素手でカニをべきべきと解体して、それはもうおいしそうに食べていた。彼らのそばには、カニの殻が山と積まれている。

「あっ、ゆでガニ！　おいしそう……」

　思わずもらしたその言葉に、すぐ後ろからまたうめき声が返ってくる。そちらを向くと、眉間にくっきりとしわを寄せたディオンと目が合った。ものすごく複雑な顔をしている。

「あれは……美味、なのか……？　しかし……あの見た目は、なんというか……凶悪だ」

「はい、最高においしいですよ。……見た目がちょっと怖いのは同感ですけど」

「……これはこれで、彼らの文化なのだろう。だからこんなことを言うべきではないと分かっている。分かってはいるが……それでもあの食べ方は野蛮だと、そう思ってしまう。しかし美味なのだと聞くと、興味もわいてしまう。アンヌマリー、私はどうすればいい」

　まるで人生の分岐点に立っているかのような悲壮な顔で、ディオンは助けを求めてくる。その袖をつかんで、漁師たちのほうに歩き出した。

「おはようございます。そのカニ、とってもおいしそうですね。お金は払うので、少し食べさせてもらえませんか」

　その言葉に、漁師たちは嬉しそうに笑う。ディオンがかすかに身震いしたのが、つかんだ袖越しに伝わってきた。

「おう、もちろんいいぜ。こんなべっぴんさんと一緒に食えるたあ、眼福ってもんよ」

「貴族様もカニを食べるのかい？　ま、こんなうまいものを逃す手はないからなあ」

「そうそう。やっぱり、水揚げしたその日のうちに食べるのが最高ですからね。今日を逃せば、次は十か月くらい先になるかなあ」

彼らはそんな軽口を叩きながら、ゆで上がったばかりのカニをこちらによこしてくる。素手でカニの足をぶち折るのは私には難しかったので、ハサミを借りて殻を切っていった。

まずは足を胴から切り離し、関節の近くにそっとハサミを入れる。殻だけを切るのがコツだ。それから関節の辺りを持って引っ張ると、赤と白の綺麗な身がするりと抜け出てきた。むっちりと太っていておいしそう。

胸がときめくのを感じながら、そっと身をかじってみる。ふっくらぷりぷりの身から、ジューシーなカニのうま味がじわりとしみ出してきた。塩水でゆでていたらしく、ほんのりと塩味もついている。シンプルなのに、いやシンプルだからこそものすごくおいしい。最高すぎて震えそう。

柔らかな身はあっという間に喉を通っていく。ほんのりとした味の余韻に、さらに食欲がかきたてられる。同じ要領でどんどん足の身を引きずり出して、またぱくり。もぐもぐ、ぱくり。

「カニはやっぱり、こうやって活きのいいものを塩でゆでたものが最高ですね」

もぐもぐの合間にうっとりとそうつぶやくと、漁師たちはそうだろう、と言ってさらに嬉しそうに笑う。

しかしディオンだけは、まだ大いに困惑した顔をしていた。それもそうだよねと思いつつ、さらに別の足を切って身を取り出し、彼に差し出した。というか、突きつけた。

「ディオン様もどうぞ。全体の見た目はちょっと難ありですが、こうやって身だけになってしまったら、おいしそうに見えませんか？」

彼は何か言いたそうにしていたが、それでも素直にカニの身を受け取った。ゆっくりと口にして、もぐもぐと噛む。そうして、ぴたりと動きを止めた。

「…………なんと、いうことだ……」

呆然と、ディオンがつぶやく。そのただならぬ様子に、漁師たちが目を丸くして彼を見た。

「これは！　素晴らしく美味だ‼　見た目の気持ち悪さからは想像もできない深みのある味と魅惑的な香り、そして見事な歯ごたえ！　アンヌマリー、身のむき方を教えてくれ！　もっと食べたい！」

突然解説モードに入ってしまったディオンに、漁師たちはさらに目を丸くする。けれどじきに、顔を見合わせて苦笑していた。

ついさっきまで、彼らはディオンの存在に少々戸惑っているようだった。でもこうやって、おいしいものを一緒に食べればみんな仲間だ。そんなことを実感できる笑顔だった。

それから私たちは、みんなでせっせとカニを食べていた。気づけば全員、無言だった。カニを食べるのに熱中してしまっていたのだった。カニおいしい。私たちの心は、一つになっていた。

思う存分カニを食べた私たちは漁港を出て、市場をさっと一通り見て回った。そして今は、市場の先にある海岸をぶらぶらしていた。辺りには人気(ひとけ)がなく、歩いているのは私たちだけだ。

ディオンはとても上機嫌で、まだカニのことを話している。よほど気に入ったらしい。

「私にとってカニといえば、ジュレやクリームソースの中に入っている細切れでしかなかったからな。丸のままゆでただけのものがあそこまで美味だとは、思いもしなかった……」

「おいしいですよね、カニ。といっても、私もだいたいいつも足しか食べないんですけどね」

ごく普通の大学生だった私にとって、カニはちょっとお高い食材だった。だからいつも足だけ買って、カニ鍋にしていたのだ。こんな豪快な食べ方をしたのは初めてだ。まだ口の中が幸せ。

「まあ、足のほうがまだ見た目の抵抗は少ないからな」

それから二人、顔を見合わせて黙り込む。さっきのことを思い出しているのだろう、ディオンの顔には何ともいえない苦笑が浮かんでいた。

「……彼らは漁師だけあって、カニは食べ慣れているという話だったが……それにしても、豪快そのものだったな」

「素手でカニの胴体を分解してましたよね。果物の皮でもむくみたいに、簡単に」

「内臓がうまいのだと言われても……さすがにあれは、な。そもそもカニの顔はやはり気持ちが悪い。足を全部もいでしまうと、なおさらだ」

「見た目がとんでもないですよね。よく見ると虫っぽいですし、中もなんだかぐちゃぐちゃで何がどうなってるのか分かりませんし」

「しかし勇気を出して少し食べてみたら、やはり美味だった。恐ろしいな、カニとは」

「実は私も内臓は初めてだったんですけど、うま味がぎゅっと濃縮されていて驚きました」

どちらからともなく、声を上げて笑い出す。ひとしきり笑ってから、ディオンがふと尋ねてきた。

「ところで、お前は買い物をするのではなかったのか？　ここには店はないぞ」

「実は、ずっと探しているものがあるんです。でもどうやら、ここの市場にもないみたいで……だったらいっそ自力で採ってしまおうかなって、そう思いまして」

そう答えて、視線を動かす。砂浜の隣に、大きな岩がいくつも転がった岩場が広がっている。ちょうど今は潮が引いているらしく、岩の表面に苔のような海藻がびっしりと生えているのが見えていた。つられてそちらを見たディオンが、小さく首をかしげている。

「採る……？　ここで……？　何を……？」

「はい。たぶん、あれで合っているはずなんですけど……ひとまず試食してみますね」

波に気をつけながら岩に近寄り、海藻をひとつまみむしりとる。海水でさっと洗って、そのまま口に放り込んだ。

「おい、そのようなものを食べて大丈夫なのか？　どこからどう見ても、苔そのものだが」

そんなディオンの声を聞き流しながら、海藻の味に集中する。しょっぱさの向こう側からやってくる、懐かしい香り。

うん、たぶんこれだ、岩に生えた海苔。確か、これを集めて加工すればシート状の海苔が作れるはず。

「ディオン様、これをたくさん集めたいのでちょっと手伝ってください」

「本気か？　と言いたいところだが、従おう。これもまた、お前の手にかかれば美味な料理に化ける……と信じることにする　やはり信じがたいが」

半信半疑のディオンと二人して、せっせと岩海苔を摘んでいく。新鮮な魚介を買うなら必要かもと考えて持ってきていたざるが、大いに役に立った。

辺りの岩にはもっさもさに岩海苔が生えていて、誰かに摘まれたような気配はない。店でも取り扱っていなかったし、ここの人たちは岩海苔を食べないのだろう。

そういえば昆布も貧乏人の食べ物扱いされていたし、海藻は人気がないのかもしれない。おいしいしヘルシーなのになあ。

「ところでお前は、これをどう調理するつもりなのだ？」

作業の合間に、ディオンがそんなことを尋ねてきた。波と風の音で、ちょっと聞き取りにくい。手を止めることなく、少し声を張り上げて答える。

「水洗いしてから広げて乾かして、紙のようにするんです！」

「海藻を、紙のように？　想像と違ったな。それは、どのような料理に使うのだ？」

「おにぎりです！　ご飯の甘さと、海苔の香りがとてもよく合うんです！　海苔があるのとないのとでは、おいしさが段違いなんですよ！」

以前ディオンは、おでんに入れた結び昆布をおいしいおいしいと言って食べていた。あれがいけるのなら、当然海苔もいけるだろう。だから自信たっぷりにそう答えた。

と、ディオンが手を止めて、ごくりとつばをのみ込んだような顔をした。味を想像したらしい。それから明らかに張り切った顔で、一生懸命に岩海苔を摘み始めた。分かりやすいなあ。

さて、私ももっと頑張ろう。腹ぺこディオンに、おいしいおにぎりを食べさせるために。

とはいえ、ずっと前かがみなので疲れてきた。ううんと伸びをして、ストレッチをしようと上体をひねる。次の瞬間、知らない老人と目が合った。漁師たちと同じような服を着ているし、ものすごく日焼けしている。たぶん彼も漁師なのだろう。

いつの間に近づいていたのか、彼はすぐ近くの砂浜に立って、愉快そうな目で私たちを眺めていたのだ。肩をすくめて、彼はつぶやく。

「……岩海苔採りなど、数十年ぶりに見たな」

彼の髪は真っ白で、かなり年を取っているように見えるのに、同時に鋼のような強さを感じさせる。低い声が魅力的な、とてもかっこいいお爺様だ。若い頃はかなりもてたんじゃないかと思う。いや、今でも大いにもてていると思う。

そんなことを思いつつ、彼に尋ねてみる。

「あの、これってこの辺でも食べられていたんですか？」

「ずっと昔の話だがな。俺が若い頃は、そいつも普通に食っていた。今はメーアも豊かになったからか、みんなそんなものには見向きもしなくなったが」

老人は私が手にしているざるを見ながら、懐かしそうに語っている。

「風に乗って、あんたらの会話が聞こえてきた。どうやらそいつを加工するつもりらしいが、やったことはあるのか？　意外と難しいぞ」

「いえ、話に聞いたことがあるだけで……」

「だったら、俺がやってやろうか。そいつを紙みたいに加工するのを」

思わぬ申し出にぽかんとしていると、老人はにやりと笑って私とディオンを交互に見た。

「俺はマキシム。見ての通りの漁師だ。メーア生まれのメーア育ち、海のことならよく知っている。そいつの加工も、ガキの頃からさんざんやってきた」

「あ、私はアンヌマリーです。カナールの朝市で屋台をやっているんです。こっちはディオン様、えーと……友人、みたいなものです」

私たちの間に、もう主従関係はない。けれど、私たちの関係を表す適切な言葉が見つからない。なのでひとまず友人だと紹介したのだが、当のディオンはやけに嬉しそうな顔をしていた。

「そうか。あんたさえ良ければ、俺がそいつを加工して、あんたの住むカナールまで届けてやるぞ。メーアとカナールの間なら、郵便船に頼めばすぐだからな」

「そうしてもらえると助かりますけど……でもどうして、手助けしてくれるんですか？」

「すっかり忘れられた岩海苔を、わざわざよそから摘みにきた連中がいた。俺は、それが嬉しいだけだ。……そうして、こいつの味を知る人間が増えていったらさぞかし面白いだろう。そんな、年寄りの感傷だな」

そうつぶやいて、彼はほれぼれするような笑顔を見せた。見た目だけでなく、中身も格好いい。

俺の気まぐれなんだから金なんざ要らんとごねる彼を説き伏せて、定期的に海苔をカナールの私のところまで送ってもらう約束を取り付けた。材料費、手間賃、それに郵便代をきちんと払って。

今後のことも考えて、ただ彼の好意に甘えるのではなく、きちんとした取引の形にしたかったのだ。そのほうが、お互いに気持ちよくやり取りできそうだし。

「まったく、律義な嬢ちゃんだ。岩海苔採りに貴族まで巻き込んでるし、訳が分からんな」

「私はあなたと、対等な取引相手になりたいんです。おいしい海苔を、ずっと食べていけるように」

困惑しているマキシムにそう答えると、ディオンも胸を張っていた。

「私と彼女は美味なるものを愛する仲間だ。この程度の努力や挑戦など苦にならない。その先に、まだ見ぬ美味が待っているのだから。そして美味の前には、身分など無意味だ」

「本当に、今日はついていました。おいしいゆでガニも食べられましたし、あなたにも会えました」

「さすがはメーア、素晴らしい海の恵みばかりだった。カナールでこれだけのものを見つけるには骨が折れるだろうな」

私たちがちょっぴり浮かれ気味にそう言うと、マキシムはまんざらでもなさそうな顔をした。それからまたにやりと笑って、言葉を続ける。

「褒めてくれてありがとうよ。だが、カナールにもいい店はあるぞ。メーアからあっちに移り住んだ連中なんかは、みんなその店で魚を買ってる。ひっそりと商いがしたい、騒がしいのは嫌いだとかいう店主のこだわりのせいで、ちっと見つけにくい場所にあるが」

そうして彼は、その店の場所を教えてくれた。朝市が開かれる大通りや、多くの食材が取り扱われる市場からは離れた、運河に近い住宅地の一角にあるらしい。地元民以外まず訪れなさそうな場所だ。よし、今度行ってみよう。

一通りの話も済んで、マキシムが立ち去っていく。渋い声で、それじゃあな、と短く言って、彼はこちらに背を向けた。小さくなっていく彼の姿を二人で見送っていたら、隣のディオンがぽつりとつぶやいた。満足そうな声で。

「今日もまた、変わった体験ができたな。それに、お前の探し物が見つかってよかったと、そう思うぞ。……その、誘ってくれて、ありがとう」

「ふふ、楽しかったならよかったです」

彼は日に日に態度が柔らかくなっているなあ。そんなことを思いながら、にっこりと笑ってうなずいた。たぶん私も、とってもいい笑顔になっているんだろうな。そうも思った。

# 《第2章》醤油の香りと打ち明け話

ぴちょん、ぴちょん。薄暗い台所の片隅から、そんな音が聞こえている。味噌に続いて仕込んでいた醤油が、いよいよ完成に近づいている音だ。

大豆と小麦と米コウジ、それに塩水を加えて熟成させること数か月。こまめにかき混ぜるのがとっても面倒だったけれど、どうにかやり切った。ついに、醤油のもとができあがったのだ。もっとも今までに何回か、熟成途中のものをちょこちょこと料理に使ったりもしたけれど。

今はその醤油のもとをこしているところなのだ。布をかぶせた大きなざるを天井から縄でつるして、その真下に大鍋を置いた。それから布の上に醤油のもとを流し入れて、下の大鍋に醤油が自然と溜まるのを待つ。

こうすると、透き通った素敵な醤油ができるらしい。とはいえ、このやりかたでは布の中に醤油と固形分の混ざったものが残る。そちらはあとで絞って、二番出汁ならぬ二番醤油を作ってみるつもりだ。ちょっとくらい濁(にご)って味が落ちても、醤油は醤油だ。最後に残るかすは……野菜でも漬けてみようかな。塩漬けならぬ醤油漬け。いける気がする。

「そろそろ、こし終わったかな……」

醤油が落ちる音を聞きながら、朝からずっと家事を片付けていた。醤油の大鍋に埃(ほこり)が入らないように注意しながら、ひたすらに待っていた。

けれどどうやら、やっと音が止んだようだ。大鍋の中には、醤油の香りがする濃い色の液体がたっぷりと溜まっている。

深呼吸して、懐かしい香りを胸いっぱいに吸い込んだ。こぼさないように気をつけながら、大鍋を火にかける。

「あとは火にかけて、発酵を止める……と。軽く沸騰させるくらいでいいのかなあ。風味が飛んだら嫌だし……」

そんなことをつぶやきながら火を止めて、大鍋の中身が冷めるのをじりじりしながら待つ。

だいたい冷めたようなので、あらかじめ用意しておいた瓶に醤油を全部移す。それから、大鍋をつつつと人指し指で触ってみる。おそるおそる、その指をなめてみた。

味噌とはまた違う、香ばしさと深みのある香り。シャープできりりとしたしょっぱさ。それでいてくどくなくさっぱりとした後味。


「………醤油よ！　これは間違いなく醤油だわ！　やったわ、ついに完成よ!!」


「大丈夫か？」

喜びに小躍りしていたら、心配そうな声が割り込んできた。うわ、びっくりした！

あわてて振り返ると、なぜか居間の入り口に戸惑い顔のディオンが立っていた。もしかして、今の大はしゃぎ、見られた？

「……ディオン様、ノックぐらいしてください」

「したぞ。人の気配がするのに返事がないのでもう一度叩こうかと思っていたら、いきなり謎の叫び声が聞こえてきたのでな。何か事故でも起こったのかと、入らせてもらった。無事なようで良かったが……いや、これは無事……なのか？　そちらの不思議な仕掛けといい、うっすらと辺りに漂う不思議な香りといい……」

どうやら彼は、純粋に私のことを心配してくれていただけらしい。でも、さっきの大喜びを見られたのは大変恥ずかしい。そんな思いをごまかすように、醬油が入った瓶を掲げてみせた。

「その、ついに醬油が完成したんです。これで、さらにもっとたくさんの料理が作れるんですよ。これが喜ばずにいられるでしょうか」

何であれ醬油を入れればあら不思議、あっという間に和風の料理のできあがりだ。それに味噌と醬油、二つそろえばだいたいの和食は作れてしまう。出汁には不自由してないし、みりんは白ワインと蜂蜜でそこそこ代用できているし。

「うふふ、何を作りましょう……焼き魚に煮物、刺身や寿司もいけるかも……そうだ、めんつゆやポン酢も作れるわね……あっ、だったら和風おろしハンバーグもいいなあ……」

冷静に説明しようとしたけれど、無理だった。次から次へと料理の幻が浮かんできて、ついつい意識が幸せな空想の世界に旅立ってしまう。

そんな私をよそに、ディオンは醬油の瓶に顔を寄せて匂いをかいでいた。どうやら、私の様子がおかしいことについては見て見ぬふりをすることにしたらしい。

「これは醬油というのか？　少し癖のある香りだが、そこまで重要なものなのだろうか」

「ふふん、ならばディオン様にも醬油の偉大さを教えてさしあげます。そこに座って待っていてください」

味噌汁が大好きなディオンなら、醤油も気に入るに違いない。そう判断して、手早く準備を始める。朝ご飯の残りの米をにぎって、金網にのせて炭であぶり焼きにする。はけで時々、表面に醤油を塗って、と。

「……なんだ、このやけに食欲をそそる香りは……」

背後の食卓のほうから、ディオンの声がする。感動しているのか、声がちょっぴり震えていた。

「これが、醤油の焦げる匂いです。お腹空きますよね、この匂い」

「ああ、たまらない。アンヌマリー、早くそれを食べさせてくれ！」

背後から聞こえる彼の声は、明らかにうずうずしている。微笑ましさにくすりと笑いながら、焼き上がったものを三つ、皿にのせて彼に差し出した。

「焼きおにぎりです。どうぞ。あ、一個は私の分です」

「おにぎりを、焼いただと？」

「ええ。具材も何も入っていないおにぎりに醤油を塗って焼くと、とってもおいしいんですよ」

説明しながら、やかんでいれた熱々のほうじ茶を出す。こないだレオのところに家賃を納めにいったついでに彼の店をのぞいたら、たまたまこの茶葉を見つけたのだ。暦の上では春とはいえまだまだ冷えるし、あったかいほうじ茶は焼きおにぎりによく合う。

ディオンは目を真ん丸にして身を乗り出し、焼きおにぎりを見つめている。そろそろと手を伸ばして期待もあらわに一つつまみ上げ、やけにおごそかにぱくりとかじった。とたん、その顔に幸せそのもののとろけるような笑みが浮かぶ。

「……外側はぱりぱりと香ばしく、内側は水気がほどよく抜けてふっくらと……そして口の中に広がる、強烈で鮮やかな、それでいてまろやかな香りと、きりりとした塩味……実に美味、だ……」

興奮気味にそう言って、彼はほうじ茶を豪快に飲む。最近、彼はこういう気取らない仕草を見せるようになっていた。親しみやすさがぐっと増したと思うし、いい変化だと思う。

食べて、飲んで。彼は焼きおにぎりに夢中になっていた。私が温かい目で見守っていることにも気づかないくらいに。

「ああ、あっという間に一つ食べ終えてしまった……しかし、もっと欲しくてたまらない。焼きおにぎりとは、危険な食べ物だな。これが醤油の力なのか」

「ええ、その通りですよ。そうだ、こういう食べ方もあるんです」

別の焼きおにぎりを味噌汁用の器に入れて、その上からほうじ茶をざぶりとかける。塩少々で味を調え、アクセントに鰹節。要するに、焼きおにぎり茶漬けだ。

それを一口食べるなり、ディオンはまたしても目を輝かせた。

「おお、いつぞやの茶漬けとは違うが、これはこれで面白いな。醤油の風味と米のうま味を、じっくりと堪能できる」

彼は満面の笑みを浮かべたまま、スプーンでお茶漬けをかっ込んでいる。頬にご飯粒がついていることにも気づいていないようだ。あのご飯粒、取ってあげたいけど食べるのを邪魔したくもないなあ。たぶんそのうち自分で気づくだろうし、私は見なかったことにしておこう。

そんなことを考えつつ、自分の分の焼きおにぎりをのんびりと食べる。ああ、鼻に抜ける焦がし醤油の香り……頑張って良かった、本当に……。

そうしていたら、ディオンがふうと一息ついた。彼の前には、空になった皿と器が並んでいる。貴族だからなのか、それともおいしいものが好きだからなのか、彼はご飯粒一つ残さずにきれいに食べる。そういうところは、ちょっと好感が持てる。

「しかし、お前は本当に不思議なものばかり思いつくな。しかもどれもこれも美味なものばかりだ。先だっての海苔も、おにぎりに巻いたら確かに美味だった。珍味といっても過言ではない」

そう言ってディオンが、またうっとりしている。確かにあの海苔は、とってもおいしかった。

先日メーアの海岸で出会った老漁師マキシム。彼はあのあとすぐに、海苔を送ってくれた。シート状になった海苔の束を見た時、喜びでちょっと涙ぐんでしまった。

岩海苔を食べる文化がメーアから失われた今でも、彼は細々と岩海苔を採って加工していたのだそうだ。とはいえ、食べるのは彼と、昔なじみの友人くらい。そんなこともあって、彼の手元には十分すぎる量の海苔が蓄えられていた。彼はひとまず、それを分けてくれたのだ。

加工した海苔が余っていても、新鮮な岩海苔が生え放題になっているのを見たらつい摘みたくなってしまうんだ。マキシムはそんなことも言っていた。

その気持ちは分かる。食べ放題でお腹いっぱいになっても、制限時間が残っていたらまだ食べてしまう、あの感じと似ていると思う。違うかな？

私とディオンは海苔が届いてすぐに、二人きりのおにぎりパーティーをした。焼き鮭入りの海苔巻きおにぎりがおいしすぎて、ディオンと二人で感動してしまったっけ。

あれこれと思い出している私の耳に、ディオンの声が飛び込んでくる。

「お前は元男爵令嬢だ。料理ができるということだけでも驚きだというのに、新たな料理を次々と生み出していて……お前はきっと、料理の天才なのだろうな」

その言葉に、浮かれていた気持ちがすっと冷えていく。最近、こうやってディオンに褒められるたびに、落ち着かないものを感じるようになっていた。

だって私は、もう一つの記憶の中の料理を再現しているだけであって、一から新しい料理を生み出している訳ではないのだから。私はただの料理好きで、料理の天才などではない。

唇をかみしめてうつむいた拍子に、心の奥から一つの思いが浮かび上がってきた。

これまで、私はずっともう一つの記憶について内緒にしていた。この世界とはまるで違う別の世界の話なんて、きっと誰にも信じてもらえないだろう。もしかしたら、私の頭がおかしくなったと思われるかもしれない。それに、わざわざそんなことを話す必要も感じなかった。

でもこのまま、ディオンに勘違いさせておくのは嫌だった。彼には本当のことを知ってもらいたい。そんな思いが、あふれ出てくる。

その感情に突き動かされるようにして、口を開く。

「実は……私が作る料理には、ほぼ全て元となるものがあるんです。私が一から生み出したものではありません」

「元、だと？」

「はい。私には、もう一つの記憶があるんです。こことはまるで違う別の場所で、全く別の人間として生きていたという記憶が。その記憶がいつ、どこのものなのか、どうしてそんな記憶があるのかについては、全く分かりません」

ディオンはほんの少し驚いた表情をしていたが、それでもまっすぐに私を見つめていた。

「味噌も醤油も、その別の場所で毎日のように食べられていたものなんです。私はただその味が恋しくて、必死に再現しているだけで……」

辺りには、醤油の香りが漂っている。ずっと追い求めていた、懐かしい匂い。

「このことは内緒にしてもらえると助かります。余計なもめ事の種にならないとも限らないので。その、この記憶について打ち明けたのは、ディオン様が初めてですから」

そっとディオンから視線をそらして、口を閉ざした。食卓の木目をじっと見つめたまま、彼の反応を待つ。

こんなとんでもない話、たぶん信じてもらえないだろう。それは覚悟の上だ。でもディオンが今どんな顔をしているのか、それを確かめるのはちょっと怖かった。

やがて聞こえてきたのは、感心したようなディオンの声だった。

「そうか、不思議なこともあるものだな。話したところでおそらく誰も信じないだろうが、口外しないと誓おう」

はじかれたように顔を上げて、ディオンを見る。彼は意外にも、私の話をすんなりと受け入れているようだった。真剣そのものの目をこちらに向けて、彼は問いかけてくる。

「……ところでお前は、その記憶についてどう思っているのだろうか？」

「最初は戸惑いました。でも、今はもうなるようにしかならないって、そう思ってます。何よりも、料理を再現するのが楽しくて仕方がなくって……困惑よりも、食欲が勝ってしまいました」

ためらうことなくそう答えると、ディオンが突然笑い出した。とても明るく。

「ははっ、なんだそれは」

「……ディオン様には、私のことを笑う資格はないと思います。しょっちゅう、変わったものが食べたいって、そう言ってきますよね」

食欲が最優先なのはディオンも同じだろう。そんな思いを込めた私の抗議がおかしかったのか、彼はさらに楽しそうに、明るく笑った。

「確かにそうだな。だが私はこれまでも、そしてこれからも、お前の面白く美味な料理を楽しみにしているのだ。元があろうとなかろうと、私にとってはどうでもいい」

いつも通り堂々と、胸を張ってディオンが言い放つ。

「私は、お前の料理が好きだ」

その言葉に、救われた気がした。今まで料理を褒められるたびに、ちょっとずるをしているような、後ろめたさのようなものを感じていたから。

こうして秘密を共有してくれる人ができた。そしてその人は、全部知った上で私の料理を認めてくれた。たったそれだけのことが、泣きたくなるほど嬉しかった。

「……ただ、一つだけ気になっていることがあるのだが」

ふと、ディオンが眉間にしわを寄せた。何かに納得がいっていない、そんな表情だ。

「お前はどうして味噌や醤油をもっと早く、ミルラン男爵家にいた頃に作らなかったのだ？　珍しく美味なこれらの調味料を大量に作って売りさばけば、もしかすると家の取りつぶしを回避できたかもしれないぞ」

「それがですね、家が取りつぶされると知って、衝撃を受けて……その拍子に、どういう訳か突然もう一つの記憶を思い出したんです」

あの時は驚いたなあと懐かしく思いながら、小声で付け加えた。

「それまでの私は、料理どころか家事が一切できない、本当にただの男爵家の娘でしかなかったので。それに、両親にこの記憶のことを話していいものかどうかも、迷いましたし」

「そうか。中々うまくいかないものだな。……ミルランの家が残っていれば、お前も商売のことなど考えず、心ゆくまで料理に精を出せただろうに」

ディオンがほんの一瞬、珍しい表情を見せた。彼はアメジストそっくりの紫の目を伏せて、悲しげに、切なげに微笑んだのだ。

「……あの、ディオン様。あなたはずいぶんと私の家のことを気にかけてくれているような、そんな気がするのですが……どうしてでしょう？」

思わず彼に見とれたのを隠すように、とっさにそんなことを口にする。

「そうだな。最初は、同情だった」

彼はまた、ふっと切なげな顔をした。いつもの偉そうな態度とはまるで違う、優しく繊細な表情に、ちょっとどきりとした

「去年の夏の終わり、伯父上が男爵家の元令嬢をメイドとして雇ったと聞いた。きっと彼女は、慣れない仕事に苦労しているだろう。いずれ伯父上の跡を継ぐものとして、その人物について知っておきたいと、そう思った」

「もしかして、あの田んぼのそばにあなたが来ていたのって……」

「お前が一人で出かけていったと聞いて、気になった。なぜか田畑しかない辺りに向かっていったと聞いて、余計にな。そんなところで、いったい何をしているのだろうかと思ったのだ」

「そんなにも前から、私のことを気にかけてくれてたんですね……ありがとうございます」

素直に礼を言ったら、ディオンの顔にふわりと赤みが差した。もしかして、照れてる？

「……あ、ああ。……それで、それからも私は、それとなくお前を見守っていた。決して、料理につられただけではないからな！」

料理につられた『だけ』ではない、って。それって、少なくともある程度は料理につられたのだと白状しているような気がするのだけど。

「そうしているうちに、やがてお前自身にも興味がわいた。そうして思った。お前はこのままでいいのだろうか、と」

ディオンはこちらを見ないまま、静かにつぶやいた。

「新しい食べ物に出会えるから幸せだと、かつてお前はそう言った。お前自身は自分の身分など、気にしていないのだろう。だがそれでも私は、ミルラン男爵家が残っていたならと、そう思わずにはいられないのだ」

彼の声には、悲しみのような響きが混ざっている。彼は私のために、嘆いてくれているのだろうか。

「私は、令嬢として何一つ不自由なく暮らしながら、思う存分料理を楽しむお前を見てみたかった」

「あ、その、ありがとうございます……」

私の口から飛び出したのは、さっきと同じ文言の、でもまるで違う感情がこもった言葉だった。

彼が私のことをこんなにも案じてくれていた、その事実に驚きが隠せない。

それに何だか、とてもくすぐったい。彼が浮かべている、切なげで優しい笑みのせいかも。こういう空気って、慣れていない。嫌じゃないけど、落ち着かない。

それきり、何とも言えない沈黙が流れる。それに耐えかねたのか、ディオンが盛大に揺らいだ声で言った。

「そ、そうだ。感謝の気持ちがあるのなら、この焼きおにぎりをもっと食べさせてくれてもいいのだぞ。醤油を用いた他の料理も食べてみたい。さっきの口ぶりでは、色々あるのだろう？」

彼はいつもの偉そうな態度を取ろうと努力しているようだったが、見事に失敗していた。目は泳いでいるし頬は赤いし、口元の笑みがちょっと引きつっている。

それはそうとして、話題が変わったこと自体はありがたかった。大きくうなずいて、ディオンをまっすぐに見る。

「はい、たくさんありますよ。料理に使っても、ソースの材料にしてもいいですし、そのまま食材にかけただけでもおいしいです。何なら今日は、醤油尽くしの夕食にしてもいいですよ。もちろん、食べていきますよね？」

「ああ、もちろんだ。醤油が料理にどのような彩りを与えるのか、ぜひとも味わってみたい」

ディオンは子供のようにはしゃいでいる。それを見て、私もつられて微笑んだ。

貴族である彼が、今はもうただの平民でしかない私の家に気軽に上がり込んできて、私の作るご飯に大喜びしている。それは相当におかしな光景だと分かっていたけれど、同時に、もうすっかりおなじみになっている光景でもあった。

いつの間にやら、私は今の生活をすっかり気に入ってしまっていたのだなあ。そんなことを思わずにはいられなかった。

## 《幕間1》ディオンはいいことを思いついた

その日の夜遅く、ディオンは宿の中庭を歩いていた。ずっと考え事をしていた彼は、少し外の空気が吸いたくなったのだ。昼間は多くの人々が思い思いにくつろぐ中庭に、今は彼以外の人影は見えなかった。

彼は、昼間のことを思い出していた。醤油という新しい調味料、そしてアンヌマリーの打ち明け話。

どこか別の場所で、全く別の人生を歩んでいたというもう一つの記憶。そんなことを聞かされても、にわかには信じられなかった。けれど、あの時のアンヌマリーは嘘を言っているようには見えなかった。

中庭のベンチに腰掛け、空を仰ぐ。うっすらとかすみのかかった夜空に、星たちが柔らかくきらめいていた。その様を眺めながら、ディオンはこれまでのことを思い返してみた。

アンヌマリーは次から次へと、珍しい料理を作り上げていた。ディオンだけでなく、専門家である料理長や見聞の広いレオですら、見たことも聞いたこともない不思議なものばかりだった。

彼女は少しも迷うことなくそれらの料理を作り上げていたが、たまにできあがったものを口にするなり「ちょっと違う」などとつぶやいていることがあった。

ディオンにはどの料理も同じように美味だと感じられたので、彼女がいったい何に対して違うと言っているのか分からなかった。

でも、今なら分かる。あれは、記憶の中の料理をきちんと再現できたかどうかについての言葉だったのだ。

彼女の中の、もう一つの記憶。その存在について、彼はもう疑っていなかった。料理を再現するのが楽しいのだと言い切った時の彼女の笑顔には、少しも嘘は含まれていないように思えたから。

「……その秘密を最初に打ち明けたのが、私……か」

口の中だけで、ディオンはつぶやく。その顔には、この上ない喜びと優越が浮かんでいる。けれど同時に、暗い影も差していた。

アンヌマリーは彼を信用して、とんでもない秘密を教えてくれた。けれど彼のほうは、彼女に一つ隠し事をしたままだったのだ。

自分たちサレイユの者が、ミルラン男爵家を救える立場にあったということを、彼は言えずにいた。自分が伯父であるサレイユ伯爵を説得できてさえいれば、アンヌマリーもその両親も、こんな苦労をせずに済んだのだ。

そのことをアンヌマリーに告げて、もし彼女が自分に幻滅してしまったら。そう思うと、とても言い出すことができなかったのだ。

せめてもの罪滅ぼしに、これからも彼女の力になっていこう。彼はそう決意し、表情を引き締めた。けれどすぐに、その口元に小さな笑みが浮かぶ。

「……もうじき、春か」

いつも一生懸命なアンヌマリーには、気晴らしが必要だろう。そして彼には、ちょうど心当たりがあった。

　春先の一時期だけ、とびきり美しい姿を見せるあの場所。あそこならきっと、彼女も気に入るに違いない。アンヌマリーが喜ぶ様を想像して、ディオンは幸せそのものの顔で笑み崩れた。そしてまたきりりと、顔を引き締めている。

「先日メーアに誘ってもらったし、私のほうから誘ったところで何一つ不自然なことはないな。うむ、これはお返しでもあるのだ。日々美味な食事をふるまってもらっている、そのことへの」

　ディオンは自分に言い訳でもしているかのような口調で、そんなことをつぶやいている。けれどその目は生き生きときらめいていた。ちょうど、おいしいものを前にした時のように。

　いつしか、彼の心は羽でも生えたかのように、軽やかに舞い上がっていた。アンヌマリーと一緒に出かけて、新たな思い出を作っていく。罪滅ぼしだのお返しだの理由をつけてはいるが、彼にとってそれは、とても心浮きたつ、素敵なことだったのだ。

　そうして彼は、弾むような足取りで建物の中へ戻っていった。中庭に出てきた時に見せていた戸惑いの影は、もうどこにも見えなかった。

そうして、ようやく春の気配が近づいてきた。私は相変わらず、毎日せっせと屋台を出している。メニューはミソ・スープと塩むすび、それに日替わりおにぎりの三種類。ここまでは前と同じだ。それとは別に、数量限定の裏メニューも追加した。普通の味噌汁と、具なしのおにぎりに海苔を巻いたものだ。こちらもあっという間に人気になってしまって、毎朝常連たちによる争奪戦が発生している。

もっとも味噌汁はミソ・スープより味噌をたくさん使うし、海苔はマキシム頼りなので大量には使えない。だからメインのメニューではなく、裏メニューなのだ。全然隠れていない、有名な裏メニューになってしまったけれど。

常連いわく、味噌汁のちょっと癖のある匂い、牛乳でごまかされていない味噌そのものの匂いがたまらないのだそうだ。海の香りのする海苔と一緒に食べると最高なのだとか。その気持ちはとってもよく分かる。

サレイユの屋敷にいた頃、使用人のみんなに味噌汁を飲ませて回った時に、玄人好みだという指摘がそこそこあった。やっぱり和食には独特の癖があるんだなあと、あの時はそう思ったものだ。

しかしミソ・スープですっかり舌が味噌に慣れてしまった常連たちは、何の抵抗もなく味噌汁を受け入れてくれたようだった。嬉しい。味噌の減るスピードが速くなったのはちょっと困るけど、でもすっごく嬉しい。

そんなこんなで、私はさらにどんどん味噌を仕込んでいった。ついでに醤油も。いつか、醤油を使ったメニューも出してみたいと、そう思ったのだ。きっと、みんな喜んでくれるだろう。

作ってみたいメニューは山ほどあるし、味噌や醤油はいくらあっても困らない。ただ、味噌の樽(たる)やら醤油の瓶やらの置き場所にはちょっと困り始めていた。

台所の横の食料庫は、もういっぱいだ。というか、他にもそこに置くべき食材は山ほどある。食料庫を味噌の樽と醤油の瓶に占領される訳にはいかない。入りきらなくなった樽と瓶については、仕方なく物置に置くことにした。

でもこれからも、もっともっと味噌と醤油を増やしていきたい。物置がいっぱいになる前に、解決策を考えないとなあ。二階や屋根裏部屋はまるごと空いているけれど、あの重たい樽や瓶を持って狭い階段を上り下りするのは怖い。

このままだといずれ、居間や寝室まで樽や瓶の群れに乗っ取られる気がする。玄関を開けたらそこには樽。居間にずらりと並ぶ瓶。ほんのり味噌の香り漂う乙女の寝室。そんな光景を想像したら、ついうっかり笑ってしまった。笑い事ではないと分かってはいるけれど。

まあ、そちらについてはおいおい何とかしよう。屋台の商売にもっと慣れたら、どれくらい味噌や醤油が必要になるのか、その辺りのこともはっきりするだろうし。

そんなことを考えながら、仕込んだばかりの味噌の樽と醤油の瓶を見つめていた。

そうこうしているうちに、また休みの日がやってきた。暇だし食料庫の整理でもしようかなあと思っていたら、朝一番にディオンがやってきた。

「お前は今日、休みだろう。……その、予定などあるのだろうか」

「今のところありませんよ。暇なので掃除でもしようかなって思ってたくらいで」

「ならば少し、私に付き合ってはくれないか。見せたいものがある」

「はい、いいですよ。どこまで行くんですか？」

見せたいもの。何だろう。珍しい食材が入荷するとか、あるいは新しい料理店がオープンしたとかかな。

しかしディオンの様子は、ちょっとおかしかった。彼は私の返事を聞いてぱっと顔を輝かせたものの、すぐに神妙な顔になってしまったのだ。暗い顔でもない、辛そうな顔でもない。緊張している、というのが一番正しいのかな。

「……今は言えない。ただ、少し遠出になる。帰りは午後になるな」

「でしたらお弁当か何か、作りましょうか」

「ああ……そうだな、頼む」

どうにもディオンは、歯切れが悪い。食べたいものはないかとディオンに聞いたら、簡単なものでいい、お前に任せる、とだけ答えてきた。どことなく上の空で。

そのおかしな態度が気になりつつも、お弁当を作ることにした。いつもは私が料理しているところを食卓や台所で眺めているディオンは、珍しくも居間をうろうろと歩き回っていた。

そうしてぱぱっとお弁当を作り上げて、二人一緒に家を出る。ディオンは迷うことなく、まっすぐに運河に向かっていた。遠出になるって言ってたし、船に乗るのだろうか。メーアへの定期便かな、それとも別の町へ向かうものかな。

船着き場には、大小様々な船がつながれていた。ディオンはちょっと離れたところに泊まっている船に向かい、ためらうことなく乗り込む。華やかな装飾が施された、やけにしゃれた船だった。十席くらいしかない、比較的小さな船だ。

しかし造りはとても豪華で、繊細な装飾があちこちに施されているし、座席はソファのようなちゃんとしたものだ。船体はぴかぴかに磨き上げられているし、船首と船尾に一人ずついる漕ぎ手は、ぱりっと糊（のり）の効いたしゃれた制服を着ていた。

これ、かなり上等な船だ。定期便とかじゃなくて、たぶん舟遊び用の貸し切り船だ。

どうしたものかと固まっていると、ディオンは私からお弁当のバスケットを受け取って船に置いた。それから、私に向かって手を差し出してくる。

「ほら、つかまれ。この船は小ぶりだから、少々揺れるぞ」

まるでエスコートだ、とちょっとどきりとしながら、それでも素知らぬ顔で彼の手を取る。彼に誘導されるがまま、座席に腰を下ろした。案の定、座席はふかふかだった。

私たち二人だけを乗せて、船は進む。漕ぎ手の腕がいいのか、思いのほか揺れない。前にメーアに向かった時とは逆に、上流のほうに向かっていた。

運河の岸辺を行く人たちや、橋の上を通る人たちが、私たちの乗る船をまじまじと見つめている。みんな、私たちの乗っている船を見て目を見張っていた。

珍しくも少しばかり緊張しつつ、隣のディオンに小声で尋ねる。

「ディオン様、その……私たち、ここからどこに行くんですか？」

「お前も察しているだろうが、これは定期便ではない。貸し切りの、舟遊びを楽しむためのものだ。行き先については、もう少しだけ秘密にさせてくれ。お前を驚かせたいのだ」

つまり彼は、私を舟遊びに誘ったらしい。それも、二人きりで。こんなに素敵な、豪華な船を借り切って。

その事実を理解した時、別の疑問が浮かんできた。ちょっとためらいつつ、さらに尋ねる。

「…………あの、普通こういうのって、恋人とか婚約者とかの、特に親密な人と乗るものだと思っていましたが……違うのでしょうか。私が乗ってしまって、良かったのかなあって」

首をかしげてそう尋ねると、ディオンは一瞬目を丸くして、それから額を押さえて天を仰いだ。気のせいか、ぐぬぬとか何とか小声でうなっているような。どういうことだろう、この反応。

きょとんとしながら、ディオンの様子をうかがう。やがて彼はゆっくりうつむいて、切なげにため息をついた。

「私に婚約者はいない。恋人もだ。……恋人になってほしいと思う相手がいるにはいるが、どうにも脈がないようでな。少々鈍い女性のようなのだ」

そう言って、ディオンは寂しそうに目を伏せてしまう。長いまつ毛が鮮やかな紫の目に影を落としている様は、驚くほど綺麗だった。普段は見せないそんな表情に、つい見とれてしまう。

彼がそんな表情をしていると、たいそう絵になる。彼も一応、いや間違いなく美青年なんだなと、今さらながらに思い知らされた。普段は無邪気な腹ぺこ青年だから、落差がすごい。

それに彼は意外と素直だし、気遣いもできるほうだ。ちょっぴり偉そうだけれど、そこも裏返せば頼れる雰囲気といえなくもない。彼が本気で押せばたいていの女性は落とせそうな気がするというのに、相手はよほどの難敵なのだろうか。

そんなことを思いながら、そろそろと慰めの言葉をかける。

「それは残念ですね。でもきっと、うまくいきますよ。自信持ってください」

「お前がそう言うのなら、うまくいくと信じよう。……うまくいかなかったら、責任取ってくれ」

「なんで私が責任取らなくちゃいけないんですか⁉」

いつもと同じ調子でそんなことを言い合いながら、心の中でそっと安堵する。こうやって彼とにぎやかにお喋りするのは、もう私にとって日常の一部になっていた。その日常が、まだ続いている。そのことが嬉しかった。

いつかディオンはカナールを出ていって、サレイユ伯爵の下に戻ってしまう。彼はサレイユ伯爵の跡取りで、いつかは次のサレイユ伯爵になる。私とは違う世界に行ってしまう。ただの元使用人に過ぎない私には、それを止めることはできない。

だから彼と一緒にわいわい騒げる今という時間を、大切にしようと思っていた。もっとも、辛気臭くなってしまうから、私がこんなことを考えていることは絶対に内緒だ。

と、ディオンがふと何かを思い出したように動きを止めた。こほんと咳払いをして、すっと背筋を伸ばす。何だか妙に、かしこまった雰囲気だ。

「……一つ、言い忘れていた。私は、お前『と』この船に乗りたいと思ったのだ。お前と一緒に、この先にある風景を見たいと思ったのだ」

「あ、あの、えっとその、ありがとうございます？」

またしても真剣な、そしてなぜか『と』をやけに強調する彼にちょっと見とれてしまったせいで、声が裏返る。それがおかしかったのか、ディオンが声を上げて笑った。もうすっかり、いつも通りの彼だった。

それからはゆったりと船に揺られつつ、あれこれとお喋りを続けていた。どうしても話題は、こないだ完成した醤油の話になってしまっていたけれど。

作ってみたい料理を次々と挙げていき、それはぜひ食べてみたいとディオンが目を輝かせる、そんなことの繰り返しだ。話しているだけで、私までお腹がすいてくる。

そうしているうちに、そろそろお昼近くなっていた。二人同時に空を見て太陽の位置を確認し、それから顔を見合わせる。横に置いていたバスケットを引っ張り寄せて、ひざの上に置く。

「実は船に乗る前から、楽しみにしていた。お前はどんな弁当を作るのだろうかと」

「ありあわせですし、大したものではありませんよ。味にはこだわってみましたけど」

そう答えると、ディオンは嬉しそうに口元をほころばせ、バスケットからお弁当箱を取り出す。

ぱかりと開けて、中身をまじまじと見つめている。

「……おや、これはまた可愛らしいな。パンに様々な具材を挟んだものか。お前が作ったものだし、きっとまた何か変わっているのだろうな」

「ふふ、まあ食べてみてください」

今日に限ってご飯がろくに残っていなかったので、サンドイッチにしてみたのだ。シンプルな分、具材には工夫を凝らしてある。

貴族にとってサンドイッチといえば、午後のお茶の時のお茶菓子として出てくる、一口で食べられる可愛らしいものが一般的だ。しかし私がお弁当箱に詰め込んだサンドイッチは、普通の食パンの半分くらいはある大きめのものだ。

だがディオンは動じない。とってもうきうきした顔でサンドイッチを上品に手に取り、そのままかぶりついた。彼はもうすっかり、丸かじりにも慣れてしまった。私のせいだけど。

あっという間に一つ食べ終わったディオンが、ほうと息を吐く。

「パンに挟んであったのは、溶き卵を焼き固めたものか。出汁の風味が効いた優しい味だな。それに、不思議な舌触りだった……しっかりと固まっているのに、同時にとても柔らかくてなめらかで……まるで、菓子のようだとも思ったぞ」

「だし巻き卵って言うんです。溶き卵にたっぷりと出汁を加えて、焼きながらくるくる巻いていくんですよ」

卵サンドの定番は刻んだゆで卵にマヨネーズだけれど、前にだし巻き卵のサンドイッチを食べてからは、こちらを作ることが多くなっていた。ぼろぼろこぼれにくいし、あっさりしていて食べやすいのだ。

自分の分のサンドイッチを、ぱくりと食べてみる。うん、今日もうまく焼けた。この辺では卵焼き用の四角いフライパンがないから、ちょっと焼きにくいのだ。どうしてもだし巻きが食べたくってこないだ特訓したのが、さっそく役に立った。

そうしている間にも、ディオンは二つ目のサンドイッチに手を伸ばしている。一つ食べたら、余計に空腹が増したな、などと言いながら。

「こちらはハムと野菜か。ドレッシングには醤油が入っているな？　本当に醤油は何にでも合うのだな。しかもほんのり辛子が効いていて、とても食が進む」

にこにこしながら、ディオンはせっせとサンドイッチにかぶりついている。本当に彼の食べっぷりは見ていて気持ちいい。気のせいか、彼と一緒に食べていると料理がよりおいしくなる気さえする。そんなことを考えながら、自分の分をのんびりと食べる。

「こちらもどうぞ。デザートの代わりです」

別の箱に入れたサンドイッチを、頃合いを見て彼に差し出す。こっちの具は、甘く煮たリンゴとカスタードだ。昨晩、明日のおやつにしようと作っておいたものだ。せっかくなので、フルーツサンドにしてみた。

他のサンドイッチをあらかた平らげたディオンが、勧められるまま甘いサンドイッチを手にした。しげしげと眺めて、首をかしげている。

「カスタードとリンゴか？　お前にしては、普通の料理だな」

「普通の料理も作りますよ。ディオン様が食べにきている時は、意識して変わったものを作っているんです。そのほうが喜ばれるかなって」

「そう……か。それではこちらも、ありがたくいただこう」

なぜかディオンは、感極まったような、ちょっぴり泣きそうな顔をしている。それからやけにおごそかな面持ちで、彼はサンドイッチをかじった。とたん、顔中に喜びの色が広がる。

「しゃきしゃきとした歯ごたえがほどよく残ったリンゴが、なめらかなカスタードとよく合っている。甘さも控えめで食べやすいな。素朴だが、とても美味だ」

「確かに、素朴ですよね。でも口に合ったみたいでよかったです。私も甘すぎるのは苦手なので」

「そうか。……食べ物の好みが合うというのは、ことのほか嬉しいものだな」

子供のように微笑むディオンの口元に、カスタードがちょっぴりついている。甘いサンドイッチを食べるのと私に話しかけるのとで忙しくて、気づいていないらしい。

「顔についてますよ、ディオン様」

可愛いところもあるなあなどと思いながらハンカチを取り出して、彼の口元のカスタードをふき取った。一瞬遅れて、自分がしてしまったことに気がつく。これでは親子か、あるいは恋人だ。

「そ、その……礼を言う」

ディオンは目を思いっきり真ん丸にして、それからすっと視線をそらした。長いまつ毛が小刻みに揺れている。まるで、恥じらう乙女だ。しかもその頬も耳も、見事に真っ赤になっている。

ふと嫌な予感がして、自分の頬に触れてみた。そこはあきれるくらいに熱くなっていた。

豪華な貸し切りの船に二人きり、顔を赤らめて向かい合っている。想像しただけで恥ずかしくなるような、そんな光景だ。そのことに今さら気がついた。

背筋がむずむずするような甘酸っぱい空気を追いやるように、大きく口を開けてサンドイッチにかぶりついた。甘さ控えめのはずのサンドイッチが、やけに甘く感じられた。

こそばゆい食事の間も、船は進み続けていた。そして食事を終えた頃、何か見えてきた。運河の岸、そのすぐ上の土手に、ピンク色の雲のような何かがふわふわと広がっていたのだ。

「ああ、どうやら着いたようだな。あれをお前に見せようと思ったのだ」

ディオンが嬉しそうに言う。その頃にはもう、雲の正体が分かるくらいに近づいていた。

運河の両側の土手に、桜によく似た木がずらりと植えられていたのだ。大学の近くにも、ちょうどこんな景色があったなと、そんなことを思い出す。

「この春の一時期だけ見られる、珍しい光景だ。……お前は毎日働き通しで、休みの日でさえ食材探しに忙しくしている。たまには少しくらい、美しいものを見てのんびりする時間も必要かと、そう思ったのだ」

どうやらディオンは、私のことを気遣ってくれたらしい。いつもなら照れ隠しにちゃかしてしまうところだったが、今はそんな気分にはなれなかった。

咲き誇る桜たち、ふわりふわりと風に乗って舞い散る花びら。もう一つの記憶にあるものとそっくりなその光景に、懐かしさと愛おしさがこみあげてくる。わざわざこれを見せるためだけに、ここまで連れてきてくれたディオンへの感謝も。

「……ありがとうございます。私、この花が大好きなんです」

もう一つの記憶の中の私は、子供の頃から桜が大好きだった。桜の季節になると、お花見に行こうよと家族や友人をしきりにせっついていたものだ。

大切な、親しい人たちと見る桜は、とても美しく幻想的だった。そして、ちょうど今見ているものと同じように、とびきり特別なものだった。

……ん？　ちょっと待って。それって、ディオンも大切で親しい人ってことになるのでは？

そんな疑問が、ぷかりと浮かび上がってくる。焦りながら考えて、それから冷静になってもう一度考えてみる。

うん、認めるのは恥ずかしいし、本人にはとても言えないけれど、彼は大切な親しい人だ。うわ、考えただけで恥ずかしい。

思わず桜からも、ディオンからも目をそらしてしまう。それが気になったのか、ディオンがこちらに身を乗り出してきた
「どうした、様子がおかしいが。船に酔いでもしたか」

「い、いいえ！　なんでもありません、大丈夫です」

「そうか。ならいいのだが。……ここを気に入ってもらえたようで、良かった」

桜を見上げるディオンの横顔は、とても優しく微笑んでいた。その髪に花びらがひとひら、ふわりと舞い降りる。それを見ていたら、自然と言葉が出ていた。

「……また来年も、あの花を見たいなって、そう思いました」

「お前が望むなら、連れてきてやる。来年も、再来年も。それから先も、ずっと」

真剣な声で、ディオンが断言した。それからこちらを振り返って、きゅっと目を細める。

「……お前の黒髪に、この淡い桃色はよく似合うな」

「もしかして、花びらが私の髪についてますか？」

「ああ。とても美しい」

「でもそれを言うなら、ディオン様の髪にもくっついてますよ。ふふ、私たちおそろいですね」

そんなことを口走ってしまったのは、桜の幻想的な雰囲気のせいだろうか。普段はつい意地を張りがちな自分が、不思議なくらいに素直になれていた。ディオンは一瞬目を見張ったが、すぐに嬉しそうに目尻を下げた。

そうして私たちは、どちらからともなくくすくすと笑い出した。桜が音もなくひらひらと散る運河に、私たちの明るい笑い声だけが響いていく。それは何とも愉快な、心が軽くなるような光景だった。

花見の帰り、元の船着き場で船を降りた私の手には、荷物が二つあった。空のお弁当箱が入ったバスケットと、布包み。包みの中には、まだつぼみのままの菜の花が数本入っている。

二人のんびりと桜を見ていた時、運河のすぐそばに菜の花畑が広がっているのを見つけたのだ。ディオンによると、あれは菜種油をとるためのものらしい。

「まだ咲き始め……あれなら、食べられる……」

桜そっちのけで菜の花畑を食い入るように見つめる私に、ディオンが半ば呆れたような、しかし興味深そうな声をかけてくる。

「なんだお前、こんなところでまた食材を見つけたのか？」

「おいしいんですよ、菜の花のつぼみ。昔はよく食べました」

「昔は、か。それもまた、もう一つの記憶の中での話か?」

「はい。……この辺では食べられてないみたいで、カナールの市場でも売っていなくて……」

そわそわしながらそう言うと、ディオンは苦笑しながら漕ぎ手に合図を送っていた。船がするりと運河の岸に近づき、停まる。

「全く、お前ときたら……花見に来ても、食材が気になるとは。だが、お前らしくていい。少し分けてもらえないか、交渉したいのだろう?」

どうやら私の考えていることはすっかりお見通しらしい。そうして二人で畑の持ち主を探しにいき、つぼみをつけたままの茎を数本譲ってもらったのだ。

そんなことを思い返しながら、家に向かって歩く。つい顔がにやけるのを感じながら、隣のディオンに話しかけた。

「明日の夕食は、これを使った春のごちそうにしようと思います。その、ディオン様も食べにきますよね?」

今私が頭に描いている春のごちそう、それは自分で楽しむためのものであり、同時にディオンに食べさせたいものでもあった。

ディオンは私が持つもう一つの記憶について知るたった一人の存在であり、思い出の料理を一番おいしそうに食べてくれる人だ。

特別な料理を彼に食べさせないという選択肢は、最初から私の中にはなかった。こんな風に考えてしまうのは、まだ桜の余韻に浮かれているからかもしれないけれど。

「お前の料理を断るなど、できるはずもないだろう。しかし、お前が今抱えている菜の花、そういった葉物は鮮度が大切なのだろう？　調理するなら、今夜のほうがいいのではないのか？」

「一日くらいなら、涼しい場所で水に生けておけば大丈夫です。それよりも、他に作りたいものがあって。菜の花だけではちょっと寂しいですから。明日仕事のあとにでも、市場を回って材料を集めようと思ってるんです」

「そうか。お前がそこまで意気込んでいるのなら、きっと見事な食卓になるのだろうな」

「見事かどうかは分かりませんが、目新しいものになるとは思いますよ。食材も、味も」

「ああ、ならば明日の夜を楽しみに待つとしよう。……それではな。今日は、ありがとう」

私の家の前までたどり着いたところで、ディオンはそう言って宿へと帰っていく。どことなく、名残惜しそうに。それだけ、今日の舟遊びが楽しかったのだろう。

その背中を見送りながら、よし、と気合を入れた。こうなったら、とびきりおいしいものを作ってディオンを驚かせてやろう。今日の、お礼も込めて。今の私の頭の中には、そのことしかなかった。

「……これが、春のごちそうか……見た目はむしろ質素かもしれないな」
次の日の夜、少し早めにやってきたディオンは、食卓に並べられた皿の数々を見てそう言った。
「そうですね。でもどの皿も、ちょっと変わった素敵な味がするはずですよ」
その分ちょっと癖も強いけど、という言葉をのみ込みつつ、説明を始める。きっと、いや必ず彼はこれらの料理を気に入ってくれるだろうという確信が、私にはあった。

「こちらは菜の花のおひたしです。さっとゆでた菜の花に出汁で割った醬油を回しかけて、鰹節を振っています」

「ふむ……見たところ、普通の葉野菜をゆでたものとあまり変わらないが……」

「そしてこちらは新鮮なタケノコとワカメの若竹煮(わかたけに)です。醬油と出汁でじっくりと煮込みました」

「タケノコ？　木にしか見えないが……なに、竹の若芽だと？　そのようなものが食べられるとは知らなかった」

カナールには、タケノコを売っているところはとても少ない。この近くには竹やぶがあまりないというのもあるけれど、それ以上にタケノコもまた貧乏人の食材扱いされているからだった。昆布に海苔にタケノコ、みんなおいしいのに扱いがひどい。

「さらに、タケノコご飯です。味噌汁の具は旬の新タマネギとサヤインゲンですよ」

「お前はタケノコが好きなのだな。ところでこのご飯からは、醬油の香りがするようだが」

「醬油と出汁、それに砂糖を入れて米を炊くんです。味がしっかりついておいしいんです」

「おお、それは美味だろうな。そしてそちらは貝か、それには見覚えがある」

「はい。最後の一皿は、アサリの酒蒸しです。活きのいいアサリを白ワインで蒸しただけの、貝の味をじっくりと堪能できる一品です」

私たちが以前暮らしていたサレイユの屋敷では、生きたアサリを見たことはなかった。主であるサレイユ伯爵が魚介類を苦手としていたからだ。干し貝も味が濃縮されておいしいけれど、やはり一度はこのぷりっぷりのアサリを食べさせてあげたい。春なのだし。

「それでは、いただきましょうか」

「うむ、いただこう。どのような味がするか楽しみだ」

ディオンはいそいそとナイフとフォークを手に取る。しかし私の手元を見ると、ぴたりと動きを止めた。

「……なぜお前は、木の棒を持っているのだ？　それも、二本も」

「箸って言うんです。木工細工の店に頼んで、作ってもらいました」

そう答えて、空中でものをつまむ動きをしてみせる。ディオンの目が丸くなった。

「もう一つの記憶の私は、いつも木や竹のお箸でご飯を食べてたので。自宅で食べる時くらい、慣れたものを使いたいなって、ずっとそう思ってたんですよ。ディオン様にはもう記憶のことを話してしまいましたし、見せてもいいかなって」

「そうなのか。……箸も興味深いが、ひとまず目の前の料理をいただこう。温かいうちに」

なおもちらちらと私の箸を見ながら、ディオンは菜の花のおひたしを一口食べた。と、その顔がぱっと喜びに輝く。

「……菜の花とは、このような味だったのだな。ほろ苦さと緑の香りが、気分をすっきりさせてくれるようだ……今までこれを知らずにいたとは、もったいないことをした」

「ふふ、そうですよね。花が咲く前の短い間しか食べられない、ある意味珍味です」

うんうんと力強くうなずいたディオンが、もどかしそうな顔で若竹煮を口にする。

「そしてこのタケノコ。こりこりしゃきしゃきとして、とても楽しい食感だ。とろりと柔らかいワカメとの対比がまた見事で……醤油のしっかりした味と出汁の淡い香りが、それらをうまくまとめている。あとに残るほのかなえぐみが、またいい。これがなければ、少々味気ないものになってしまうだろうな」

「タケノコも、春の一時期しか採れないんですよ。しかも掘り出すのが数時間遅れると、もう味が落ちちゃうんです。早朝に掘ってその日のうちに調理するのが一番なんです」

　私の解説を、ディオンは興味深そうに聞いている。彼はタケノコご飯を口にして、ほうとため息をついていた。

「醤油の香りのするご飯……素敵だ……薄切りのタケノコとも、よく合っている。ご飯だけでも延々と食べられてしまいそうだな」

　思っていた以上に、彼はタケノコを気に入ってくれたようだ。そのことにほっとする。あれ、初めて食べたら根っこというか木というか、とにかく食材だと思ってもらえない可能性もあったし。

「味噌汁も、新タマネギの甘みとサヤインゲンの青臭さが合わさった、優しくも目の覚めるような味だ。いつもより癖は強い気がするが、これはこれで何とも言えない味わいがある」

「春が旬の食べ物って、なぜかちょっぴり苦めのものが多いんですよね。山菜とか、調理方法を間違えると寒気がするくらいに苦くなったりしますし」

「寒気がするような苦さか……体験してみたいような、してみたくないような味だな、それは」

　身震いしながら、ディオンはアサリの酒蒸しにフォークを向けた。そこでふと彼は手を止めて、アサリをまじまじと見つめている。

「しかし、ずいぶんと見事なアサリだな。どこで手に入れたのだ？」

「前に、マキシムさんに教えてもらったお店です。若竹煮のワカメも、そこで買いました。静かな裏通りでひっそりとやっているんですけど、驚くほどいいものばかりそろっていました。何でも、メーアでとれた魚介類を直接仕入れて売っているらしいんです」

「そうか。本当に、マキシムに出会えたのは幸運だったな。……ああ、やはりこのアサリは上物だ。うま味がぎゅっと詰まっていて……調理法も味付けも、凝ったものではない。だからこそ、素材の味が映えるのだな」

そうして一通りの料理を口にしたディオンが、すっと頭を下げた。

「質素などと言って悪かった。これらの料理は、みなとても味わい深いごちそうだ。複雑で香り深く、どことなく野生の風味を感じさせる……これが、春の息吹(いぶき)というものなのだろうな」

「ふふ、気に入ってもらえてよかったです」

それから二人、和やかに食事を続ける。菜の花やタケノコの独特のえぐみを感じていると、春だなあとつくづく思う。それに、やっぱりお箸はいい。金属の味がしないから、料理の繊細な味わいを感じ取れる。

と、妙な視線を感じた。ディオンが、私の右手をまじまじと見ている。

「……その箸というのは、扱いが難しいのだろうか?」

「そうですね。……気になるんですか?」

「ああ。お前の料理は、箸で食べるとより美味になる。そんな気がするのだ」

鋭い。料理のこととなると、勘まで良くなるのだろうか、ディオンは。

そう思いつつも、ちょっと嬉しかった。彼が料理だけでなく、箸にも興味を持ってくれたことが。

「少なくとも私は、ナイフとフォークよりこの箸のほうが好きです。……今度、ディオン様の箸も用意しましょうか？」

「ぜひ、頼む！」

「でも、使いこなすには練習が必要ですよ。持ち方から、ものをつまむ練習まで」

「ああ、望むところだ！　……その、教えてくれると嬉しい」

ディオンはとってもやる気になっている。彼が真剣な顔で箸と格闘している様を想像したら、つい笑みがこぼれてしまった。

やっぱり、彼にもう一つの記憶のことを打ち明けてよかった。そんな思いを噛みしめつつ、ディオンに向かって大きくうなずいた。

あるお休みの日、私は一日かけてじっくりと料理をしていた。ディオンに、今晩とびきりのごちそうを出しますから、楽しみにしててくださいね！　と念を押して。
「いよいよ、リベンジするんだから！」
うきうきしながら、手を動かす。私が食べ慣れた懐かしい醤油風味の餃子を、今日こそディオンに食べてもらうのだ。以前彼に食べさせた餃子のできばえがどうしても納得いかなかったので、醤油が完成したら絶対に餃子を作るんだと、そう決めていたのだ。
この日のためにずっと前から駆けずり回って、必要なものをせっせと集めていた。まずは行きつけの肉屋さんで、豚肉を買った。ちょっと奮発して、脂ののったいいお肉にした。

それに、今が旬の春キャベツとニラ。白菜を使うよりもちょっと春らしい、ほんのりといい香りの餃子になりそうだ。それもいいかも。

調味料は、もちろん醤油。今回の主役だ。でも、他の調味料もできる限りそろえてみたい。

まず欲しいのはオイスターソース。ちょっぴり加えると、味にすっごくコクが出る。けれどもちろん、そんなものは売ってない。でも、私なりに考えた。要するにあれは、牡蠣の風味のソースだ。ならばお好み焼きに使っているソースをアレンジすれば、多少は近いものができるはず。

ひとまず市販のデミグラスソースに、干したホタテの貝柱を放り込んで根気よく煮てみた。いつもならドライトマトとか酢とかで味を調えるところだけど、オイスターソースは酸味がほとんどないので、そういったものはなし。代わりに、ちょっと醤油を入れてみた。あと塩も。

さらにゴマ油も用意した。といってもゴマを圧搾（あっさく）する機械はないから、なんちゃってゴマ油だけど。

ゴマをフライパンで炒ってすりつぶし、菜種油を注いで数日放置。それを布でこしたら完成だ。意外と簡単な割に、中々いい感じのものができて満足。今度、炒め物にも使ってみようかな。

そうしてそろった材料で、手早く餃子をこしらえていく。何回も実験して、私好みの皮のレシピも見つけてある。かつてサレイユの屋敷でディオンにねだられて作ったあのぶっつけ本番の餃子より、ずっとずっとおいしいものになるはずだ。

包み終えた餃子の山を前に、仁王立ちする。よし、いい感じだ。

「そして忘れちゃいけない、餃子のタレ！」

酢と醤油、それにラー油　このラー油は、ゴマ油に唐辛子を漬け込んだものだ。そうしてできあがったタレは、感動的なおいしさだった。ああ、懐かしい。

もうすぐ約束の時間だ。ポケットから懐中時計を取り出して、時間を確認する。彼が夕飯を食べにくるのはいつものことなのに、不思議なくらいにそわそわしていた。

ご飯はもう炊けているし、味噌汁もできた。あとはディオンが来てから付け合わせのサラダをドレッシングで和えて、餃子を焼いたら終わりだ。まだかな、ディオン。

玄関で、ノックの音がした。ぱたぱたと駆け寄って開けると、期待に顔を輝かせたディオンが立っていた。いつも通りに彼を中に通し、焼く前の餃子の皿を見せる。

「前に作った餃子を、より改良したんです。……私にとってはこっちのほうが食べ慣れた味なんですよ」

「おお、餃子か！　懐かしいな！」

ディオンはそう言って、台所までついてきた。私は私で、いったん皿を置いてフライパンをかまどにかけ、最後の仕上げに取りかかる。

しょっちゅう私が料理しているところを見物しているせいか、彼は私の作業の邪魔にならないところに立つのがすっかりうまくなった。私が忙しく動き回っていても、一度もぶつからない。この台所、設備が充実しているせいで通路は狭いのに。

台所に、餃子の焼ける音と香りが満ちる。待っている間に、サラダをドレッシングで和えた。レモン汁とオリーブオイル、それに塩コショウをガラス瓶に入れて全力で振りまくった、さっぱり系のドレッシングだ。

焼けた餃子を皿に盛って、サラダボウルと一緒に食卓に運ぶ。ディオンもうきうきしながら味噌汁を椀についで運んでいた。それから、ご飯も。

　特に頼んだ覚えはないのだけれど、最近彼は自主的にちょっとした手伝いをしてくれるようになっていた。貴族の跡取りが平民の台所で料理の皿を運んでいる。冷静になって考えたら、とんでもない光景だけれど、気にしないことにする。今さらだし。

「それでは、どうぞ！」

「うむ、いただくとしよう」

　二人同時に餃子に手を伸ばし、大きく口を開けて頬張る。

　あっつあつの餃子をかみしめると、じゅわっと肉汁がしみ出してくる。醤油の香りがたまらない。

「ああ、懐かしい……これだわ、これ」

　達成感に浸りながら、他の料理にも手を伸ばす。今日もふっくらと炊けたご飯、ワカメと新タマネギの優しい味わいの味噌汁、春野菜のさっぱりサラダ。そしてまた餃子。おいしい。おいしい。震えるくらいにおいしい。

「なるほど、お前がとびきりのごちそうだと言うだけのことはあるな。うむ、炊きたての白米に、とてもよく合う……」

　ディオンも醤油味の餃子を気に入ったようだった。大きな笑みを浮かべながら、ぱくぱくと食べている。いつもならすぐ飛び出てくる食レポも、どうやら後回しになっているようだった。

「……より濃厚で、肉のうま味を引き立てるしっかりとした味わいだな。少々野性味が増しているような気もするが、そこがまた良い……！」

　あ、語り出した。やっぱりこれを聞かないと物足りない。そう思ってしまう自分が、ちょっとおかしかった。

「そしてこのタレ、さっぱりとしているというのに、なぜかさらに食欲をかき立てる！　いっそ白米にかけてしまってもいいのではないかと、そんなことを思うくらいに」

うん、そうだよね。餃子はお上品に食べるものじゃない。豪快にがつがつと食べるものだと、少なくとも私はそう思っている。お行儀の悪さを気にしたら負けだ。タレ、ご飯にも合うし。

前回餃子を食べたのは、サレイユの屋敷の厨房だった。しかも、料理長やら料理人やらが近くにいた。だから私も、一生懸命上品に食べたのだった。……料理長、元気にしてるかな。ふとそんなことが気になった。

それからも和気あいあいと、食事を続ける。さっぱりサラダも春野菜のお味噌汁も、ディオンは気持ちよくなるほどの食べっぷりで平らげていた。本当に、料理の作りがいがある。


「あー、おいしかった！　やっぱり餃子には醬油が欠かせませんよね」

食事を終えて、濃い目の緑茶で一息つく。ディオンも幸せそうに目を細めていたが、やがてぽつりとつぶやいた。

「確かに、醬油を用いた餃子は美味だ。だが私にとっては、前に食べたあの餃子も同じくらい美味に思える」

意外な言葉に、首をかしげてディオンを見る。私と彼の食の好みは割と近いと思ってたんだけどなあ。彼、醬油もすっかり気に入っているし。

するとディオンは目を伏せて、そっと視線をそらした。恥じらう乙女のような仕草だった。

「……あれは、お前が私のために作ってくれた最初の餃子で、私がお前と共に作った最初の料理だ。そのせいか、私にとってあれは大切な思い出の味になっているようなのだ」

ああああ、分かるその気持ち。遠足のお弁当のから揚げがびっくりするくらいおいしかったように思えたりとか、風邪ひいて寝込んでる時に食べさせてもらう桃缶がとびきりおいしかったような気がするのと同じ現象だ。

腹ぺこの子供を見守る母親のような気持ちになりながら、にっこりと微笑む。

「だったら、今度はそちらを作りましょうか」

「そうしてもらえると嬉しい。その時は、もう少し早く呼んでくれ。また一緒に、餃子を包みたい」

やはり子供のような無邪気な顔で、すぐさまディオンが答えた。しかし彼は、突然難しい顔をしてしまう。

「いや、しかし……醤油入りの餃子もとても美味だった……こちらもまた食べたい……ううむ、ならば交互に頼むしかないのか……」

彼にとっては真剣な悩みなのだろう。でもその姿は、とっても面白かった。だって、伯爵家の跡取りが、餃子の味で悩んでいるなんて。

「分かりました。両方作ります。具は同じものにして、味付けだけを変えれば簡単にできますから。たくさん作って、二人で心ゆくまで餃子を堪能しましょう」

笑いをこらえながら、そんなことを提案する。ディオンはまたぱっと顔を輝かせて、嬉しそうにうなずいた。

今までに、色々あった。家が無くなったり、謎の記憶がよみがえったり、メイドになったり、解雇されて追い出されたり。

でも、その中でディオンと知り合えた。そのことは幸運だったなと、そう断言できることが嬉しかった。

## 《幕間2》ディオンはちょっと納得がいかない

存分に餃子を堪能して、ディオンは帰路についた。夜もすっかり遅くなっていたけれど、大通りはまだにぎやかだった。少し離れたこんな路地まで、楽しげに騒ぐ人間たちの陽気な声が聞こえてくる。

「ああ、本当に美味だった。同じ餃子で、あれだけ味が違うとは」

うっとりと独り言をつぶやきながら、ディオンはゆっくりと歩く。どこからか花の香りを運んでくる春の風に、淡い金の髪をなびかせて。

彼はとても上機嫌だった。料理が美味だったのもある。しかしそれ以上に、アンヌマリーが自分に秘密を打ち明け、気を許してくれていると感じていたからだった。

彼女が箸を使うということを知っているのは自分だけだ。そして、彼女は箸の使い方を教えてくれると約束してくれた。いつか、彼女と同じように箸を使って彼女の料理を食べたい。それが、今の彼のひそかな野望だった。

しかしそうやって自分が特別なのだと意識するにつけ、彼は口惜しさをも感じるようになっていたのだ。

あの舟遊び。あの時、彼は彼女に精いっぱい好意をほのめかした。というか、それ以前からほのめかしているつもりだった。自分にとって彼女は特別なのだと、自分の立場を超えてでも守りたい、そんな存在なのだと。

それなのに、そんな彼の思いは少しも伝わっていないようだった。仕方なくディオンは、もう少し踏み込んでみた。気になる女性はいるのだが、その女性はどうにも鈍いようだ、と。

しかしやはり、アンヌマリーは気づいてくれなかった。さらに押してみたら多少動揺してはいたけれど、それだけだった。正直、ディオンは地団駄を踏みたくてたまらない思いだった。

「おそらく、彼女の一番近くにいる男性は私なのだろうが……」

サレイユの屋敷で過ごしていた頃、アンヌマリーはひそかに人気があった。元貴族だけあって知的で気品があり、それでいて気取ったところがなく、みなに明るい笑顔を振りまいていたアンヌマリー。そんな彼女にこっそりと思いを寄せている使用人は、そこそこいたのだ。

そしてここカナールでも、彼女はやはり人気があった。常連客の中で彼女に好意を持っている男性が少なからずいるのだ。ディオンが気づいただけでも、片手の指では数えきれないくらい。

ディオンは最初、彼女の事情と、そして彼女の料理が気になっていた。けれどそれはすぐに、彼女自身への興味へ、好意へと変わっていた。彼女が誰か他の男のものになるところなど見たくない。

彼はそこまで自覚していた。

「……こうなったら、根競べだな。私はこのまま彼女にとって特別な存在であり続け、そしていつか私の思いを告げてみせる……！」

ぼんやりとした春空にひときわ明るく輝く星を見上げ、ディオンは小声でつぶやく。それは決意表明であり、アンヌマリーの周囲の男性たちへの宣戦布告でもあった。

## 《第4章》もう一歩、進んでみよう

いよいよ春も本番となり、かなり暖かくなってきた。そのせいか、ミソ・スープの売り上げがちょっと落ちた。冬の間に使っていた『寒い日にぴったりの体を温めるスープ』という売り文句が使えなくなってしまったのがたぶん響いている。近頃では、むしろ暑いくらいの日もあるし。

だからここで、具材をがらっと変えることにした。殻付きのアサリ、それに新ジャガと新タマネギを大きく切ったものをたくさん、そして春キャベツ。最初のレシピよりもちょっと甘みのある、さらに優しい味わいのスープになった。

春の息吹がたっぷりと詰まった、食べ応え抜群のスープです。春のごちそうを食べた時のディオンの感想を参考に、今度はこんなフレーズで売り出してみた。

そうしたら、またすぐに客が戻ってきた。具材が増えた分、一人当たりのもうけはちょっぴり減ってしまったのだけれど、前より客が増えたのでとんとんだ。

そうして今日もせっせとミソ・スープを売っていたら、常連たちがぼやきだした。私のすぐそばでミソ・スープやおにぎりを食べながら。

「確かに食べ応えはぐっと増したけどさあ……でもやっぱり、ちょっと量が足りないんだよなあ。もっともっと、心ゆくまでミソ・スープを味わいたいぜ。列に二回並ぶのも大変だしな」

「今度の具もいいな。でも、冬に売ってたやつも懐かしい。いっそ両方売らないか……って、荷車一台じゃ無理か」

「っていうか、もっと広い場所を借りられないのか？　俺たちの行列が邪魔になってるって、時々文句を言われるんだよな。それに、立ち食いする場所も狭くって……」

「座って食べられるようになったら、もっと繁盛するんじゃないか？　興味を持ってのぞきにきた女の子なんかは、ここの込みっぷりを見て残念そうに立ち去っていくしさあ」

「まあ、俺らみたいなむさ苦しい男がみっちりと集まって立ち食いしているところには、ちょっと近づき辛いよなあ」

そんなことを朗らかに主張してくる彼らに、考えておくわ、とだけ答え、さらにミソ・スープを売り続ける。接客と作業に集中しながら、頭の中で彼らの言葉を思い返す。

客がたくさん集まってもいいように、朝市の別のスペースを借りる。それはちょっと難しそうだった。広いスペースや二つ続きのスペースはめったに空きが出ない。もし出たとしても、かなりの倍率の抽選を突破しなくては借りられない。広い場所で商売をしたい料理人はたくさんいるのだ。

それにもし広い場所を借りられたとしても、今度は料理の量と種類が問題になる。一台の荷車に積める料理には限りがあるし、荷車を大きくするにしても増やすにしても、私一人で取り回すのは難しい。誰かを雇うしかないのだけれど、どうにもそんな気にはならなかった。

サレイユの屋敷で働いていた頃、私は一部のメイドに目の敵(かたき)にされ、その結果あの屋敷を追い出された。そんな苦い記憶のせいなのか、今の私は他の人と一緒に働くことをためらってしまっていた。一人が一番、気楽でいい。そう思うようになっていた。

「今の形での営業が厳しくなってきた、それは分かっているのだけど……」

客たちに聞こえないように、口の中だけでそっとつぶやいた。

現状を変えるべきだ、変えたいと思いながらも、あと一歩踏み出せない。そんなもどかしい思いを抱えたまま、いつものように屋台を出していたある日のこと。

「おはよう、アンヌマリー。ここで商売をしているって手紙をもらった時は驚いたけど、繁盛して安心したよ」

「お客さんすっごくたくさんいるね、さっすがアンヌマリー！　しかもこの匂い、味噌汁でしょ？」

「イネスさん、クロエ！　会えて嬉しいです！」

とっても懐かしい顔が二つ、すぐ目の前で微笑んでいた。どうやら二人は、こっそりとお客さんの列に並んでいたらしい。突然のことに驚きつつも、二人にメニューの説明をする。

二人は楽しそうにお喋りしながら、ミソ・スープと日替わりおにぎりを買った。今日のおにぎりはグリーンピースご飯だ。軽く塩味を効かせたご飯に、ほんのり甘くて青臭い豆がいい感じに合わさった一品だ。見た目も春っぽい。

「へえ、味噌汁に牛乳が入ってるのかい。前にお屋敷で食べさせてもらったものより、ぐっと食べやすいねえ。なるほど、客が集まる訳だよ」

「こっちのおにぎりもおいしい！　えっと、このミソ・スープ？　とかいうのと、すっごく合う！

なんか幸せな味がするね、ふふ」

常連たちの好奇心むき出しの視線が集まっていることも気にせずに、二人は幸せそうな顔で料理をぺろりと食べ終えていた。空いた器を返しながら、イネスが肩をすくめる。

「あんたと話したくてここまで来てみたんだけど、忙しそうだねえ。どれ、ちょっと手伝うよ」

「アタシも！」

そうして私たちは、三人で手分けして客をさばいていった。クロエが注文を聞いて、私が料理を出して、イネスが代金を受け取る。一台の荷車の前に三人並ぶのはちょっと狭苦しかったけれど、驚くほど作業がはかどった。かつて一緒に働いていた頃のことを、自然と思い出す。

おかげでいつもよりも早く、全ての料理を売り切ることができた。空になった荷台を引いて、二人と一緒に家に戻る。話はそこでゆっくりと、ということになったのだ。


白い外壁の、可愛らしくてちょっと古めかしい我が家。そこを見て、二人は歓声を上げた。

「へえ、中々素敵な家に住んでるじゃないか。立地もいい感じだね」

「ちょっと地味だけど、住み心地は良さそうだよね。……それにしても、台所がすごいね？　本格的っていうか、なんかお屋敷の厨房みたい」

「実はここ、ディオン様のおかげで借りられたんです。料理が好きな私にはぴったりだって。ディオン様も、よく食事をしにきてますよ」

なぜか恥ずかしさを感じつつそう説明すると、二人は同時に大きな笑みを浮かべた。

「うんうん、やっぱりあの時ディオン様をたきつけて正解だったよね！」

「そうだねえ。実はね、アンヌマリー。あんたが屋敷を出ていったあの日、ディオン様はあんたを追いかけたくてたまらないって顔をしてらしたんだよ。でも決断できなくて困っておられたから、あたしたちで背中をそっと押したのさ」

「そっと、っていうより、全力でどーん！　って感じだったけどね」

彼女たちの言葉に、野宿の夜のことを思い出す。あの時ディオンは、屋敷のみんなが旅立ちの準備を整えてくれたと言っていたっけ。

「ふふ、ありがとう。実は家だけじゃなく仕事を見つけるのにも、ディオン様にたくさん助けてもらいました。つまりそれも、みんなのおかげみたいなものですよね」

礼を言って、もう一言付け加える。二人に再会した時から、思っていたことがあったのだ。

「それにしても、突然やってくるから驚きました。カナールに遊びにくるのなら、先に教えてくれればよかったのに……そうすれば仕事の休みを合わせて、たっぷりと町を案内できたんですけど」

私の気軽な一言に、二人は同時に顔をこわばらせた。さっきまでのくつろいだ雰囲気とはまるで違う、やけに真剣な表情だ。

「それがその、あたしたちは遊びにきたんじゃなくってねえ……」

そうして二人が語った言葉を聞いて、私は思わず叫んでいた。

「サレイユの屋敷を、辞めてきた⁉　どうして、そんなことに⁉」

がっしりとした肩をすくめて、イネスが答える。

「お館（やかた）様の行いが、いよいよひどくなってきてねえ。自分の仕事はほぼ全てさぼる、難癖をつけてメイドを夜まで働かせる、気まぐれで庭を荒らす、馬を売り飛ばす……今まではディオン様がお館様をなだめたり、メイドたちをそれとなくかばったりしてくださったんだけどねえ」

「ディオン様がカナールから戻ってこないから、もう誰もお館様……じゃない、迷惑爺さんを止められなくなっちゃったんだよね。もうみんな、我慢の限界がきちゃって」

「結局あたしと、メイドたちの半数、庭師と馬屋番(うまやばん)、さらに料理人が三人、みんな一気に辞めたのさ。ちょっとした騒動になっちまったよ」

それとね、とクロエが声をひそめて言葉を続ける。

私があの屋敷を追い出される原因を作った、私に敵意を抱いていたメイドたち。彼女たちは、その騒動よりも前に屋敷を叩き出されていた。どうやら私を追い出すために、あれこれと大嘘をサレイユ伯爵に吹き込んでいたのがばれたらしい。

人一倍プライドの高いあの老人は「わしを操ろうとは見上げた根性じゃ」と激怒して、彼女たちをまとめて解雇したのだそうだ。ついでに、彼女たちの再就職先を断つために、知り合いの貴族たちに書状を送りまくったらしい。これこれこういう訳で、こやつらを解雇したぞ、と。

彼女たちは泣く泣く、それぞれの実家に帰っていったのだとか。ずっと狙っていた玉の輿(こし)も成り上がりも、これで白紙になってしまった。私が追い出されるきっかけを作ったのは彼女たちだとは言え、少し同情する。

「それで、あたしたちはあちこちに散っていった。実家に帰ったり、また別の貴族に仕えたり……」

「アタシはまだ実家には帰れないんだ。家族のためにも、もっともっと稼ぎたいから。でも貴族はもうこりごりだから、カナールに向かうことにしたの。ここなら仕事もたくさんあるだろうし、アナタもいるから寂しくないし」

「あたしは蓄えもあるし、急いで仕事を探す必要はなかった。それに、あんまり遠くには行きたくなかったのさ。サレイユの屋敷の近くの村に、連れ合いの墓があるんだよ。だからあたしは、クロエに付き添ってここに来ることにしたんだ。ここなら、村からも近いし」

「アタシ一人だとちょっと不安だったから、イネスさんがいてくれてすっごく心強かったんだ」

「それで、昨日の夕方カナールについて、そのまま宿に泊まったのさ。あんたは朝市で店をやってるって聞いたから、朝一番に来てみたんだ」

そんなことを話していたら、こんこんと玄関の扉が叩かれた。あのリズムはディオンだ。そんなことを覚えてしまうくらいに、彼はしょっちゅうここを訪ねてくる。お互いに仕事や勉強が終わってから、ゆっくりと一緒に夕食をとるのがすっかり習慣になってしまっていた。

どうぞ、と声をかけると、案の定ディオンが入ってくる。彼はイネスとクロエの姿を見ると、嬉しそうに目を細めた。

「おお、イネスにクロエか。休暇を使って遊びにきたのか？」

私と同じようなことを言っているディオンに、二人は一斉に首を横に振った。

「お久しぶりです、ディオン様。実はもう、あたしたちはあのお屋敷を辞めてしまったんですよ」

「次の仕事を探しに、カナールまで来ちゃいました！」

そうして、二人はもう一度事情を語り始める。サレイユの屋敷の現状を聞いたディオンは、すっと青ざめた。倒れるんじゃないかと心配になるくらいに、顔色が悪い。

「なんと……幾人か辞めたのだと、そう執事長から聞いてはいたが、そんなことになっていたとは

「……」

　悔しそうに歯を噛みしめて、ディオンは小声でつぶやく。

「最近、こちらに回ってくる仕事がやけに増えたから、伯父上に何かあったのかもしれないと思ってはいたが……おそらく執事長が情報を伏せていたのだろうな。私に余計な心配をさせぬように、といったところか」

「……仕事……？　何のことですか？」

　ディオンの様子も気になったけれど、その単語も気になった。ディオンはサレイユの屋敷とやり取りしながら、跡継ぎとして必要なことを日々学んでいるのだと聞いてはいる。でも仕事をしているなんて、聞いた覚えがない。

「ああ、いや、こちらのことだ。何でもないから、気にするな」

　余計に気になってしまうような言葉をつぶやいて、ディオンはイネスたちに向き直る。

「イネス、クロエ。大変だったようだが、ここカナールはいい町だ。お前たちがここに、アンヌマリーの近くに来てくれたことを嬉しく思う」

　ディオンの笑顔は妙にさわやかで、まるで何かをごまかしているようだった。まあいいか、追及してくれるなと本人が言っているのだし。

　それよりも、一ついいことを思いついた。横合いから、そろそろとディオンに声をかける。

「ディオン様、ちょっと頼まれてほしいことがあるんですが……」

「どうした、急に」

「その、ちょっと図々しいお願いかもしれないんですけど……二人の家探しや仕事探しに、協力してもらえないかな、って。そのほうが、いい物件や働き口が見つかりそうですし」

「ああ、それくらいならお安い御用だ。任せてくれ。……ただ」

ディオンは気軽にうなずいたものの、ふと何かに思い当たったように眉間にしわを寄せる。

「私もイネスたちには世話になった。彼女たちの力となること自体は別に構わない。むしろ、力になってやりたい。だが、ただ働きというのも面白くない。何か褒美をくれ、アンヌマリー」

「はいはい、じゃあ今度、夕食のメニューを全てディオン様の好きなものにしますね。ネギたっぷりのアサリの酒蒸しですか？　大根おろしとポン酢を添えた焼き魚にします？　醤油で煮た牛肉のおにぎりもお好きですよね。海苔を巻いたやつ」

ぽんぽんメニューを挙げていくと、ディオンがごくりと生唾をのんだ。

「いかん、聞いていたら腹が空いてきた。イネス、クロエ、そういう訳だから遠慮なく私を頼ってくれ。そうすれば私は、美味な食事にありつける」

いつも通りに気安く喋っている私たちを、イネスとクロエはぽかんと口を開けて眺めていた。

「アンヌマリー、あんたちょっと見ない間に、えらくディオン様と仲良くなったもんだねえ」

「でもなんか……長く連れ添った熟年夫婦っぽいっていうか？」

二人の言葉に、ディオンがぱあっと顔を輝かせた。今の言葉に、そこまで喜ぶような何かがあっただろうか。妙にむずむずする気持ちはいったん置いておくことにして、全員に呼びかけた。

「それより、ひとまずお昼にしましょう。イネスさんとクロエもぜひ食べていってください」

「あたしたちも手伝おうか？」

「いいえ、二人はゆっくりしていてください。私たちだけで大丈夫ですから」

イネスとクロエに話しかけて席を立つ。さあ、何にしようかな。どうせならちょっと驚かせてみたい。私の屋台の料理は二人の口に合ったようだし、和食でも大丈夫だろう。

「私『たち』?」

背後から聞こえるクロエの声をわざと無視して、台所に向かっていった。


そうしてディオンと二人、台所に立つ。

ディオンは最近、配膳や皿運びだけでなく、野菜を洗ったり湯をわかしたりという簡単な作業もこなせるようになっていた。

単に彼がやりたがって、私が教えた結果だけど、貴族の跡取りとしてはまずありえないことだ。

ちらりと背後を見ると、イネスとクロエが目を真ん丸にしている。

「今日は何を作るのだ? せっかくだから、あの二人が食べたことのないものをふるまってやってほしいところだが」

ひそひそ声で、ディオンが尋ねてくる。とても楽しそうだ。同じように声をひそめて、そっと答えた。

「私も同じことを考えてました。なので、海苔巻きにしようと思っています」

「海苔巻き? それは、海苔を巻いたいつものおにぎりとは違うものなのだな?」

「はい。……まあ、似てはいるんですけど、もっと華やかで楽しいものですね」

そう説明をしてから、作業に取りかかる。まずは具材だ。

食料庫から取ってきたハムに、作り置きの切り干しダイコンの煮付け。さらにサヤエンドウをさっと塩ゆでにして、薄焼き卵をぱぱっと焼いた。うん、これだけあればいいかな。

次は酢飯を作る。ワインビネガーと出汁を合わせて、朝炊いたご飯の残りに混ぜ込む。残りといっても、私のお昼ご飯と、さらに私とディオンの晩ご飯の分を一気に炊いてたから、四人分のお昼には十分な量がある。

「ここからが問題なんですよね……すだれがあれば、簡単なんですけど」

ないものは仕方がない。ひとまず厚手のナプキンを用意して、マキシムが「とびきりいいできだ」という一言と共に送ってきた大きな海苔をその上に敷いた。さらに酢飯を海苔の上に薄く広げて、具材を並べる。最後に、醤油をぱらぱらと散らした。

深呼吸して、海苔と酢飯と具材、それらを慎重にくるんと巻いていく。少々不格好だけれど、どうにか巻くことができた。輪切りにして、皿に並べる。食べやすいように、やや薄切りだ。

海苔巻きはやはり、一口で食べて色んな味を一気に味わってこそだと思う。それにちまちまかじっていたら、途中で分解して大変なことになるし。

「こちらもできたぞ。ふふ、我ながら中々のできだ」

鍋を見ていたディオンが、そう言って火を弱くする。出汁に醤油と塩を加え、味を調えた澄まし汁だ。

自分一人で湯をわかせるようになったディオンは、続いて出汁の引き方を覚えたがった。特に秘密にするようなものでもないので、普通に教えてみた。

日々サレイユ家の跡取りとして様々なことを学んでいるからか、彼は物事を覚えるのは早かった。おまけに彼は、おいしいものに目がない。優れた頭脳と舌のおかげか、あっという間に出汁を任せられるくらいの腕前になっていた。というか澄まし汁の味の調え方は、私よりうまいかもしれない。腹ぺこ、恐るべし。

ふと視線を感じて顔を上げると、はらはらしながらこちらを見守るイネスと目が合った。ディオンが料理を手伝っていることが信じられないらしい。クロエも驚いたように目を丸くして、こちらを見たままぽかんとしている。

ディオンが椀に、次々と澄まし汁を盛っていく。そこに私が、セリを少々と薄切りのタケノコを入れていった。それから二人して、海苔巻きの皿と澄まし汁の椀を食卓に運んでいく。イネスとクロエが、呆然としたまま食卓に着いた。

「今日のお昼は、海苔巻きと澄まし汁です。新たに完成した醤油という調味料を使っているんですよ。味噌とちょっと似た感じで、また違う味わいなんです」

「醤油もまた、かぐわしく美味なのだ。きっとお前たちも気に入るだろう」

期待に満ちた顔で、ディオンが海苔巻きを一つフォークですくいあげた。形を壊さないよう注意して。

「断面が美しいな。具材を工夫すれば、絵画のようなものになるかもしれない。面白そうだ」

そんなことを言いながら、彼は海苔巻きをじっくりと眺めている。それから優雅な動きで、口に放り込んだ。

「うむ、様々な具材を米と海苔がしっかりと包み、まとめあげている。おにぎりとはまた違った味わいがあるな。それに白米とビネガーも、意外と合うものだ」

イネスはまだ目を見開いたままだ。私と気安く喋っているディオン。料理をしているディオン。

みんなと一緒に食卓に着くディオン。何もかもが予想外だったのだろう。前にディオンと一緒に食事会に参加したクロエですら、目をぱちぱちさせている。

「ほら、二人とも食べて。大丈夫、見た目は変わってるけど、癖のない、なじみのある食材がほとんどだから」

クロエが小さくうなずいて、海苔巻きを一つ食べる。こわばっていたその顔が、ぱっと明るくなる。

「……うわあ……何だか、色んな味がする……それに、ちょっと不思議な匂いも。これが醤油？ 味噌もおいしかったけど、醤油もいいかも」

その言葉に、ようやくイネスが我に返った。海苔巻きを口にして、ほっとしたように息を吐く。

「本当だ。変わってるけどおいしいよ。それにしてもアンヌマリー、あんた腕を上げたねえ。さっきのミソ・スープとおにぎりもとってもおいしかったけど、この海苔巻きも素敵じゃないか」

どうやら、二人は海苔巻きを気に入ってくれたらしい。ほっと胸をなでおろして、自分の分の海苔巻きを食べてみる。

ありあわせの具材で作ったにしてはいい感じだ。ハムの脂っこさをサヤエンドウが打ち消してくれているし、切り干し大根の食感が面白い。これなら、もうちょっと冒険してみてもいいな。

本当はマグロを仕入れて鉄火巻きを作ってみたいけれど、ディオンはまだ生魚には抵抗がある。醤油に漬けるとか、たっぷりのネギと合わせたネギトロとかならぎりぎりいけるかも。

あ、そうだ、今度ツナマヨ巻き作ろっと。あれならディオンでも問題なく食べられるし、もしかしたら屋台で出せるかもしれない。

そんなことを考えつつ、今度は澄まし汁を一口。あれ、すごくおいしい。

……やっぱりディオン、出汁を引くのも味付けも、どんどん上達してる。たぶん、私よりも繊細に味を調えてるんだろうなあ。なんだかんだ言って私は、その場のノリと勢いと勘で味を決めがちだし。あと、ちょっぴり雑だし。

でも不思議なことに、ディオンは「お前が引いた出汁のほうが美味だ」と主張して譲らない。やっぱりディオンの出汁のほうがおいしいのになあと内心首をかしげながら、せっせと昼食をお腹に詰め込む。と、ふとディオンが真剣な顔をした。

「そうだ。イネスたちの仕事探しの件だが……一つ、思いついたことがある。アンヌマリーにとっても、いい話だと思う」

ディオンの発言に、私とイネス、それにクロエは食事の手を止めて彼を見つめた。彼はゆっくりと息を吸って、私をまっすぐに見すえる。そうして、はっきりとした声で言った。

「アンヌマリー。お前、料理店を開く気はないか」

あまりに唐突な発言に、とっさに返事ができない。目を丸くしていると、ディオンは楽しげに言った。

「毎朝荷車を引いて屋台を出すのは大変だろう。それに、客が集まりすぎて混雑してしまっているではないか。おかげで、最近では屋台に近寄ることすら一苦労だ。これはもう、きちんとした店を出すべきだろう」

「それは……確かに、このまま屋台を続けていくのは難しいなあって、思ってはいましたけど。でも、お店を探すとなればやることが山のように増えますし……ほら、他の人を雇うとか……それに場所とかが変われば、お客さんも減っちゃうかもしれませんし」

ごにょごにょと言い訳する私に、ディオンがきっぱりと言い返す。

「人手なら、もう二人もいるではないか。気心の知れた三人で協力すれば、小さな店の一軒くらいは切り盛りできるのではないか？」

彼の視線の先には、イネスとクロエ。二人とも一瞬ぽかんとしていたけれど、すぐに大きな笑みを浮かべた。

「料理店の手伝いですか。それも面白そうですねえ」

「アタシ料理の腕は普通くらいだけど、給仕なら任せて！　計算も得意！」

どうやら二人は乗り気のようだった。この二人と一緒に働けるのならとても心強いし、嬉しい。

そうして問題をあっさり一つ解決してしまったディオンは、さらに得意げに胸を張って続ける。

「客についても、問題はないだろう。既にミソ・スープのとりこになっている常連客たちであれば、店の位置が変わろうと、営業時間が変わろうと、万難を排して食べにくるに決まっている。そこから、また客を増やしていけばいい。なに、すぐに元通り、いやそれ以上の客が詰めかけるだろうな」

そうなのかな。いつも屋台のミソ・スープをおいしいおいしいと言って食べてくれるみんなは、場所が変わっても追いかけてきてくれるかな。ディオンがそう言ってくれるのなら、信じても大丈夫かな。

私がちょっと前向きになったのを感じ取ったらしいディオンが、さらに畳みかける。

「ああ、金銭面において心配があるのか？　私の個人的な金でよければ貸せるし、おそらくレオに頼めば商売向けの融資を受けられるはずだ。カナールでは、そういった制度が充実しているからな」

「あ、いえ、たぶんお金は大丈夫です」

ミルランの家を出る時に両親からもらったお金、サレイユの屋敷で働いていた時のお給金、カナールに来てから屋台で稼いだお金。

食材探しの時だけはつい散財しがちだけれど、それ以外にあまりお金は使わない。たまに、服や日用品を買い足すくらいで──そんな訳で、私の手元には結構なお金が残っている。裏通りの小さなお店くらいならきっと借りられる。開店直後から大赤字なんてことにならなければ、その後もやっていける。

「そうか。良かった。もし足りなくなるようなら、いつでも頼ってくれ」

ほっとした顔で微笑んで、ディオンは窓の外に目をやる。真昼の太陽が、通りを鮮やかに照らし出している。

「屋台は朝から昼前までの営業だが、今度は昼食だけを出す店にしてもいいだろうな。昼前に店を開け、夕方になる前に閉める。これなら、お前の負担もそう大きくはなるまい。それに」

そう言って、ディオンはまたこちらを見た。少し上目遣いに、にやりと私を見つめてくる。

「朝食を出す屋台よりも、昼食を出す店のほうが、様々な料理を出せるのではないか？　客に飽きられる心配も減るだろう」

彼の顔には、「もっと色々なメニューを食べてみたい！」と大きく書いてあった。そんな彼を見ていると、後ろ向きな気持ちが吹き飛んでいくような気がする。あの野宿の夜、彼と再会した時のように。この家で、屋台をやれと勧められた時のように。

「なんだか、本当にお店を開けそうな気がしてきました……となるとあとは、良さそうな物件を探すだけですね」

ちょっぴり浮かれた気分でそう言葉を返すと、ディオンの様子が急に変わった。やけに恥ずかしそうに眉をひそめて、視線をそらしている。

「その……実は、だな………既にレオに聞いていたのだ。アンヌマリーが住んでいるところの近くで、料理店を開くのにちょうどいい物件がないだろうか、と」

きっと彼は、料理店を開くべきだという考えをずっと前から温めていたのだろう。だからといって、もう物件を探していたなんて。

「去年まで軽食を出していた店が、今は空き家になっているのだそうだ。ここからも、大通りからも近い。建物の状態も良く、客用のテーブルなどの設備もそのまま残っているらしい。だが大通りに近すぎるせいか、中々次の借り手が現れなかったのだそうだ」

人通りの多い大通りに近いのなら、それなりに客も来るだろう。なのにどうして、借り手がつかないなんてことになるのか。一斉に首をかしげる私たちに、ディオンはさらに説明を続ける。

「大通りの朝市では、お前の屋台のように人気の店もある。そして昼になると、今度は大通りの店が開く。そちらは朝市とは打って変わって、格式高いきちんとした料理店も多い」

私はいつも朝市の途中で店じまいしているのであまり関係がないのだけれど、昼の鐘を合図に、屋台は一斉に撤収することになっている。そして周囲の店から一斉に人が出てきて、辺りを掃除し、店を開ける。屋台側も店側もみんな手慣れているということもあって、ものすごく手際がいいのだ。

「実力のある店と一日中競合することになるから、初心者は大通りの近くでの出店を避ける。代わりにもっと離れた、観光客が多く、かつ肩ひじ張らない雰囲気の区画を狙うことが多い」

ファーストフードの店をやりたいなら、高級店が多いところは避けて、ファミリー層向けのショッピングモールなんかを選ぶ。そういった感じかな。

「逆に腕に自信のある者は、より大通りに近いところを選ぶ。大通りのすぐ裏などは人気だ。そこで客を集めて評判を高め、いつか表側に移る日を夢見るのだとか」

何となく事情は分かった気はする。要するにディオンが見つけてきた店は、立地がちょっぴり微妙なのだろう。

「だが、お前なら問題あるまい。初心者からも、熟練者からも敬遠されがちな、そんな場所なのだと思うに決まっている。今まで屋台をひいきにしていた平民たちのみならず、大通りの店をひいきにしている食通たちも、きっとお前の店を気に入るはずだ」

「……そうですね。はい。やってみます。味噌が売りの、ちょっぴり変わった料理店を。ですから、その……みんな、よろしくお願いします」

私一人では、ここまで来られなかった。そしてこれから目指すところにも、一人では決してたどり着けない。

そんな思いを込めて、ぺこりと頭を下げる。そろそろと顔を上げた私の目に飛び込んできたのは、この上なく頼もしい笑みを浮かべた三つの顔だった。

それから急に、毎日がとても忙しくなった。

まずはみんなでレオのところを訪ねて、その足で店を見にいった。いい感じの店だと全員の意見が一致したので、そのまま賃貸契約を結んだ。

今暮らしている家を借りた時と同じように、レオは用意周到に必要な書類を持ってきていた。彼の案内で店を見て、その場で私が署名。何とも無駄がない。

「実は以前ディオン様が見にこられた時に、きっとここは貴女の店になるのだろうなと、そう確信していたのです。私も、貴女の店が開く日を楽しみにしていますよ」

レオは署名済みの書類を受け取って、茶目っ気たっぷりに片目をつぶっていた。

そうして私とイネス、それにクロエは、連れ立ってまた店に足を運んでいた。開店前に、まずは大掃除をしなくてはならない。あと、設備がちゃんと使えるかチェックも必要だ。

この店は大通りから少し離れていて、周囲には職人の工房や商店の倉庫、あとは一般人の住宅なんかが多い。観光客も多い大通りとは違い、店にやってくるのは地元の人間がメインになるだろう。頑張って、近所のみなさまの胃袋をつかまなくちゃ。

「ここが、私のお店になるのね……」

小声でつぶやきながら、店内を見渡す。傾きかけた日が窓から差し込んで、温かく店の中を照らしていた。

白い漆喰の壁の下のほうに張られている木の飾り板も、素朴だけどしゃれたテーブルや椅子も、ほこりをかぶってはいたけれどよく磨き込まれていた。前の借り手が長い間、大切に使っていたのだろう。今でもこの店には、ほっと落ち着けるような雰囲気が残っていた。

掃除をしながら、台所に足を踏み入れた。オープンキッチンになっているので、客席が見える。ここに味噌の香りが満ちて、たくさんの人たちが笑顔で料理を食べている。そんな様を想像したら、いても立ってもいられなくなった。

浮き立つ気持ちに突き動かされるまま、丁寧に店中をぴかぴかに磨いていく。こうしていると、メイドだった頃をちょっと思い出す。イネスとクロエも一緒に掃除をしているから、余計にそう思えてしまう。

「ふう、すっきりしてきたね。うん、こうしてきれいになるとさらにいい感じじゃあないか」

イネスのその言葉に、クロエがぱっと手を挙げた。彼女にしては珍しく、難しい顔をしている。

「すっきりしたのはいいんだけど、少し殺風景じゃない？　どうせなら、もうちょっと可愛くしようよ。せっかくのお店なんだし、ね？」

「そうは言っても、たぶん客は男のほうが多くなるだろう？　近所の工房に勤めている職人とか、荷運びが終わった使用人とか。店を可愛くしても、ああいった男たちは中々気づかないよ。で、気づいたら気づいたで、居心地が悪いとか言い出すんだから困ったものさ」

「うーん……でも、どうせなら女の子にも来てほしいって、アンヌマリーもそう思うよね？　そうすれば、もっとお客が増やせるよ？　今まで屋台のお客って、ほとんど男の人だったんでしょ？　あのミソ・スープ、絶対女の子にも人気出るって！」

クロエはいつになく食い下がってくる。きらっきらの目で、思いもかけないことを口にした。

「ねえ、よかったらここの室内装飾、アタシに任せてくれない？　男の人から見ても目障りにならないくらいの、でも女の子から見たら可愛いなって思えるような飾り物、探してくるから」

くるんと回りながら、彼女は真っ白い漆喰の壁を手で示している。

「小さな額とか。ドライフラワーのリースなんかを壁に飾ったらどうかな。それなら邪魔にはならないし。……でもさあ、ドライフラワーってすっごく可愛いのに、男の人たちはただの枯れた草とかひどいこと言ってくるよね」

「装飾、ねえ……確かにあんたは絵もうまいし、ちょうどいいかもね」

「あれ、クロエって絵を描くんですか？」

「わ、イネスさん、恥ずかしいからそれは内緒だって言ってましたよね、アタシ！」

「隠さなくてもいいじゃないか。あの鉛筆画、素敵だったよ」

イネスによれば、クロエは時々こっそりと野の花なんかをスケッチしていたらしい。質素な紙と鉛筆の素描だけれど、それでも見事なできばえなのだそうだ。

私がクロエと知り合った、つまりサレイユの屋敷に来たのは夏の終わりだったということもあって、たまたま彼女が絵を描いている現場に出くわさないままだったらしい。秋は冬越しの準備で忙しいし、冬場はあんまり描くものがないんだ、とクロエは白状していた。

ともかく、クロエは美的センスに優れているらしい。そういえば一緒にメイドをしていた時も、彼女は華美にならない程度のおしゃれをうまく楽しんでいた。

だったら、飾りつけを頼んでもいいような気もする。色気より食い気の私や、豪快そのもののイネスよりはずっと適任だと思う。ディオンも美的センスはあると思うけれど、うっかり彼に頼んだりしたら、どんな高価なものを持ってくるか分からなくて怖い。

「じゃあ、そちらはあなたに任せるわ。……私、他にやることが山ほどあるし」

「任せて！　あと、そっちも頑張ってねアンヌマリー！」

張り切りつつも気遣うように笑うクロエに、力強くうなずきを返した。

こうしてぴかぴかになった店に、しゃれた装飾が追加された。皿や鍋などの道具については、イネスが調達してくれることになった。

彼女は掃除の合間に、近所の主婦たちと仲良くなっていた。そうして、その主婦たちからいい物を安く作れる職人の工房を紹介してもらっていたのだ。余計な出費は抑えたいし、とっても助かった。

「これで、必要な道具はすぐに買いつけられるよ。あとは、あんたがメニューを決めるだけだね」

実は、私の担当であるそこが一番の問題だったのだ。お店で出すメニューを何にするか。何種類用意するのか。どれくらい作るのか。

予算やら何やらの細かい計算のやり方については、前にレオから習っていたので何とかなる。でも、そもそもメニューが決まらないことには計算どころではない。

今日も今日とて、私は食卓に向かい頭を抱えていた。あれこれメモを取りながら、さらにぶつぶつと独り言をつぶやきながら。

「ミソ・スープは外せない。でもそれと同じくらい、最近は味噌汁も売れてる。汁物はこの二つにすればいいかな。具材は日替わり、要するにその時々で安く仕入れられたものにすればいいし」

味噌はこのお店の売りだ。それに屋台の常連たちを呼んでくるためにも、汁物は以前と同様のものを出したほうがいい。店が軌道に乗ってきたら、色々冒険してみてもいいけど。

「それにおにぎり。これも、今屋台で出しているのと同じように、塩むすびと日替わりおにぎりを作ればいい」

そこまではすぐに決まった。けれどここからが難産だった。

「でもそれだけじゃあね……ランチタイム限定の営業にする予定だし、もっとお腹にたまるメインディッシュも欲しいところよね……屋台じゃなくて、きちんとしたお店になるんだし……」

ディオンも常連客も、もっと色々な料理が食べたいと言っていた。その思いには応えたい。

「何かないかなあ……珍しくて、できるだけ楽に作れるもの……味噌や醤油には限りがあるし、海苔のほうも、マキシム頼りだから大量には使えないし……」

物珍しい料理にするだけなら簡単だ、味噌や醤油をふんだんに使えばいいのだから。

けれどそんなことをしたら、あっという間に味噌と醤油の在庫が尽きる。どちらもこまめにせっせと仕込んではいるけれど、それでも店でじゃぶじゃぶ使えるほどの量はまだ確保できていない。

「焼肉、ハンバーグ、トンカツ辺りは似たようなものがその辺で売られてるし。ラーメンは手間がかかりすぎるし。刺身は……海産物をよく食べるメーアならともかく、ここでは敬遠されるかもしれないわね。ということは、寿司も駄目、と」

ぶつぶつとそんなことをつぶやきながら、食卓に突っ伏す。気がつけば食卓の上には、色々な案を書きなぐった紙が散らばってしまっていた。その上に突っ伏したまま、うんうんとうなる。

「ああもう、本当にどうしよう……いっそ、メインだけ普通に洋食とか……でもそうすると、お店の売りが弱くなるなあ……食べ応えと珍しさとを両立って……いったい、何を出せばいいんだろう」

「ならば、お好み焼きを出せばいい。あれに味噌汁をつければ、食べ応えも味も文句なしだ」

突然ディオンの声がして、びっくりして飛び起きる。そちらを見ると、優雅にたたずんでいるディオンの姿が目に入った。

「ああ、驚いた。ノックぐらいしてください」

「したぞ。しかし返事はなかった。鍵が開いていたので、どうしたものかと様子を見にきたのだが……どうやらかなり、苦戦しているようだな」

ディオンは食卓の上に散らばった紙を見て、苦笑している。その手には、小さな皿のようなものが乗っていた。

「はい。メニューが決まらなくて。でも、そうですね……そうか、お好み焼きか……」

「あれは切って混ぜて焼くだけだろう？　食べ応えは抜群だし、十分に珍しいものだった」

「……ありがとうございます。ひとまず候補に加えますね。多分、採用することになると思います」

そう答えると、ディオンはとても嬉しそうに目を細めた。その表情に、一瞬だけ見とれる。

「それはよかった。仕事の合間を縫って訪ねてきたかいがあったというものだ」

「また、仕事ですか？　……何をしているのか、気になるんですが……」

身を乗り出して問いかけると、ディオンはしまった、という顔になる。

「そ、それはまあ、秘密だ。大したことはしていない。ところで、ここに来た用件を忘れるところだった。受け取れ」

ディオンはちょっぴり焦った声で、手にした皿を差し出してくる。上からふわりと布がかけられているのでよく分からないけれど、皿の上に何か丸っこいものがのっているようだった。

皿を受け取って布を取ると、その下からはおにぎりが出てきた。びっくりするくらい美しい円筒形の、結構大きめのおにぎりだ。表面に振ってあるのは粗びきコショウだろうか。隣にはフリルが可愛いレタスとつやつや赤いミニトマトが添えられていて、見た目にも美しい一皿だ。

「まさか……これ、ディオン様が作りました？」

「ああ。宿の厨房を借りた。どうだ、私も上達しただろう？　さあ、食べるといい」

屋台を出した最初の日、ディオンと二人一緒におにぎりを作ったことを思い出す。あの時ディオンが作っていたのは、大きさも形もばらばらの、面白い形のおにぎりばかりだった。

ところが目の前のおにぎりは、食べるのが惜しくなるくらいに美しい。これを作り上げるまでに、いったいどれくらい練習したのだろう。ともかく、せっかくだからいただこう。

やけに期待した目のディオンに見守られながら、大きく口を開けておにぎりをかじる。すると、思いもかけないものが中から出てきた。

「あれ、これって……」

ぽかんとした私の様子が面白かったのか、ディオンが大きく声を上げて笑う。いたずらが成功した子供のような、そんな顔だ。

「はは、お前はいつも私を驚かせてくるからな。たまには逆に、驚かせてみたかったのだ」

ディオンのおにぎりには、ローストビーフが入っていた。しかも、ポテトサラダまで。このおにぎりは、丸めたローストビーフにポテトサラダを詰め込んで、それをご飯で包み込んだものだった。

これをおにぎりと呼んでいいものだろうか。彼は私と違っておにぎりの具について先入観がないとはいえ、中々に豪快だ。でもおいしい。具がたっぷりで、コショウがぴりりと効いていて。

そんなことを考えながら、おにぎりをぺろっと平らげる。ごちそうさまと口にした時、ふとひらめいた。

あ、そっか。別に、食べ慣れた和食を厳密に再現しなくてもいいんだ。ここの人たちに合わせて、アレンジすればいい。そこにアクセントとして、味噌や醤油を効かせれば。

ディオンのほうに向き直り、そのまま彼の手を両手でひっつかんだ。

「ありがとうございます！　おかげで、いい案が浮かびそうです！」

手をしっかりとにぎりしめたまま、礼を言う。なぜかディオンは、私の手を振りほどこうとはしなかった。

「あ、ああ……役に立てたなら、その……私としても……嬉しい」

彼は視線をそらして、何やらごにょごにょとつぶやいている。そんな奇妙な態度も、今の私には気にならなかった。

いよいよこれで、最大の問題も片付きそうだ。そんな予感に、わくわくしてしまっていたから。

やがて、メニュー候補のリストができあがった。それから各メニューの原価と定価を計算していく。どうやっても高くつくメニューは、この段階で没にする。

「これはこれで、苦行だわ……」

このところ午前中は屋台、午後はひたすらにそろばんをはじいて試算を繰り返すという日々を送っていた。ディオンが来たら作業に巻き込んでしまおうと思っていたけれど、最近彼はあまり顔を見せない。仕事とやらが忙しいらしい。

「はあ……ちょっと気晴らしに、散歩でもしてこようかな」

メモが書きつけられた大量の紙が散らばる食卓から目をそむけ、立ち上がる。ずっと座っていたせいで、すっかり体がこわばってしまっていた。

外に出ようと玄関の扉を開けたら、目の前にディオンが立っていた。私も驚いたけれど、彼も相当驚いたらしい。手に持っていた何かを一つ、取り落とした。それは地面に落ち、私の足元まで転がってくる。

「……オレンジ、ですか？」

「ここに来る途中で買った。お前は忙しくしているようだし、疲れがたまっている頃かと思ってな。青果店の主に相談したら、これを勧められた。疲労回復にいいらしい」

得意げに笑うディオンの顔を見ていたら、何だか笑えてきた。さっきまでこわばっていた体と心が、ふわりとほぐれていくのを感じる。

「だからって、五つも買いますか？」

「まとめて買えば値引きしてくれると聞いたのでな。それにこれは保存がきくから、余ったところで問題ないだろう。どうだ、私にも大分平民の金銭感覚が身についてきたと思わないか」

そう言って、彼は自信たっぷりに胸を張る。そんな姿に和んでしまう自分が、ちょっとおかしかった。

「じゃあ、さっそく食べましょう。ディオン様も一緒にどうぞ」

彼に笑いかけて、くるりときびすを返す。一瞬だけちらりと見えた彼の顔は、それはもう嬉しそうにほころんでいた。

そんなやり取りがあってから一週間。果てしなく続くかと思われた作業にも、ついに終わりが来た。

店は見違えるほど可愛く、それでいて華美過ぎない落ち着いた雰囲気になっていた。必要な道具や食器も全て運び込まれている。メニューも決まったし、食材の仕入れ先も見つけた。試作品を作っては試食して、を何度も繰り返して、レシピもしっかり調整した。

開店日も決まった。屋台の常連客たちに店を開くのだと話したら、彼らは驚きと嘆きと喜びが混ざった叫びを上げていたが、「必ず食べにいく」と言ってくれた。ついでに、宣伝もしてくれるらしい。とってもありがたい
そのことをレオとディオンに報告したら、二人とも我がことのように喜んでくれた。

そしてディオンは、今度お前の家に行く、いつなら空いているかとわざわざ尋ねてきた。いつも

約束などせずにふらりと現れるというのに、珍しいこともあるものだ。

首をかしげつつも、訪問の日時を決めた。そうしてもうすぐ、その時間がやってくる。

何となくそわそわしながら、ディオンを待つ。懐中時計を取り出して、時間を確認する。あと五分。

「アンヌマリー、来たぞ」

玄関の扉の向こうから、ディオンの声がした。ぱっとそちらに駆け寄って扉を開けると、彼は小さなトランクのようなものを持っていた。

このトランクには見覚えがある。あれはまだサレイユの屋敷にいた頃、使用人のみんなに味噌汁を飲ませて回っていた時のことだ。

味噌汁は割と好評だった。でも一部のメイドに手ひどく拒絶されて、その拍子にスープ皿を割ってしまった。しょんぼりしながら掃除道具を取ってきたら、ディオンがティーカップで味噌汁を飲んでいるところに出くわしたのだ。このトランクは、その時彼が持っていたのと同じものだ。

私がトランクをじっと見つめているのに気づいたのだろう、ディオンが得意げに胸を張った。

「今日は私の茶器を一式持ってきた。これまでのお前の頑張りをねぎらうため、そして一足早い開店祝いとして、私が手ずから茶をいれてやろうと思ったのだ」

彼は台所の作業台の上にトランクを置き、優雅な手つきで開ける。中には素敵なカップとソーサーが二組、さらにティーポットがしまわれていた。それに細々(こまごま)した道具と、片手にのるような小さなガラス瓶も入っている。中身はおそらく茶葉だ。

「この茶葉は特別なものなのだ。お前のために、わざわざ調合したものなのだぞ」

そういえばディオンのブレンドの腕は素晴らしいのだと、以前にレオがそう言っていた。でも、実際にディオンが調合したお茶を飲むのは初めてだ。楽しみ。

「ひとまず、そちらに座って待っていてくれ」

私を食卓の椅子に座らせると、ディオンはその足で台所に向かった。流れるような手つきでお湯をわかし、ティーカップとティーポットに注いだ。茶器が温まるのを待つ間に、茶葉を慎重に量っている。

行儀よく座って、そんな姿をのんびりと眺める。彼はティーカップとティーポットを一度空にして、それからティーポットに茶葉を入れた。その上からお湯を注いで、蒸らして、茶こしを使ってカップに注いだ。お茶のいれかたのお手本のような、とても慣れた動きだった。

「さあ、飲むがいい」

そう言って彼は、優雅な動きでカップを置く。私の前と、自分の前に。どことなくそわそわしているようにも見えるのは、気のせいだろうか。

ひとまず、温かいうちにお茶をいただくことにした。私も一応元男爵令嬢なので、こういった時の作法はきちんと身につけている。まずはお茶の色を眺めて、次に香りを味わう。それからそっと、お茶を一口飲んだ。

「あ、おいしい……味自体は淡くて、そのぶん香りが引き立って……」

ディオンが時折見せる、穏やかで柔らかい笑顔。それを思い起こさせるような、繊細で優しい味と香りのお茶だった。

「……花のような果実のような……とってもいい匂いがします。これは……リンゴですか？」

「軽めの口当たりの紅茶に、カモミールと干しリンゴ、それにラベンダーとバラの実を合わせてみた。心を落ち着けてくれる、優しい味に仕上がったと思う」

どことなく浮かれた声音で、彼がそう答える。正直、私はハーブのたぐいにはあまり詳しくない。けれどこのお茶は、とってもおいしいと思えた。

うっとりと微笑みながらもう一口。湯気の向こうのディオンは、それはもう嬉しそうに笑っていた。その底抜けに優しい表情に、思わずどきりとする。

「あ、そうだ」

動揺したのをごまかすようにぱっと立ち上がり、台所に向かう。扉付きの棚の中にしまってあった皿を二つ手にして戻ってきた。

「お茶うけにどうぞ。……今日ディオン様が来ることになっていたので、作っておいたんです」

「そうか、それは嬉しいな」

「……先日もらったオレンジの残りで作ったんです。牛乳寒天っていうんですよ」

ちょうど、以前マキシムに教えてもらったお店でテングサを買ったところだったのだ。これを煮込んで、布でこせば寒天液ができる。

その寒天液に砂糖と牛乳を入れてよくかき混ぜ、バットに流し込む。皮をむいて小さく切り分けたオレンジをそこに入れて、涼しいところでしばらく放置したのだ。冷蔵庫はないけれど寒天は割と固まりやすいから、何とかなった。

これがゼリーを作るとなると、豚や牛の皮や骨をひたすらぐつぐつ煮てゼラチンを作らなくてはいけないので、かなり大変なのだ。煮込み時間も、テングサよりはるかに長くなるし。

おまけに中に入れるものを間違えると固まらなくなるわ、どうにか完成させてもちょっと温度が上がるとまた溶けてくるわで、ゼリーは面倒くさい。その点寒天は気が楽だ。

そんなことを思い出している私の前で、ディオンは牛乳寒天を一かけら口にした。

「ふむ、ゼリーよりも固くしっかりしているな。牛乳の風味と優しい甘みに、さっぱりとしたオレンジがよく合っている。何を使って固めたのだろうか？」

「テングサっていう海藻です。煮出し汁を冷やすと、こんな風に固まるんですよ」

私の答えを聞いて、ディオンは目を丸くした。

「……本当にお前は、海藻が好きなのだな？　昆布に海苔、ワカメときて、そして今度はテングサか」

「もう一つの記憶の世界では、海の幸が大いに活用されてましたから。他にも、ヒジキとかモズクとか、おいしい海藻がありましたよ」

「なんと、まだあるのか⁉」

和気あいあいとお喋りしながら、さらにお茶を飲み、牛乳寒天を食べる。

「この牛乳寒天とやら……素朴ながらも、味わい深い菓子だな。いくらでも食べられてしまいそうだ。それにしても、まだオレンジが残っていたのか。あれからもう一週間は経つし、てっきり食べ切ったものだとばかり思っていたが」

そこは突っ込んでほしくなかったなあと思いながら、そっと視線を落として小声で答える。

「……実は、一気に食べてしまうのがもったいないなって、なぜかそんな風に感じてしまって……

毎晩少しずつ、頑張った自分へのご褒美として食べてたんです。最後の一個を使って、この牛乳寒天を作りました」

改めて言葉にしてみたら、ものすごく恥ずかしい。もらったオレンジを大切にちまちま食べていたなんて、まるで乙女だ。私らしくもない。

「そうか、喜んでもらえたようで何よりだ」

そろそろと視線を上げると、満面の笑みを浮かべたディオンと目が合った。妙な余裕をたたえた、でも心底嬉しそうな表情だ。その顔を見ていると、なぜだかそわそわしてしまう。

「あ、あの、ところで」

こそばゆい空気をどうにかしようと、とっさに話題を変える。気になっていることもあったし。

「このお茶はねぎらいの意味を込めて。こっちのオレンジは、これを食べて疲れを癒せ、という気遣い……なんですよね」

「ああ、そうだ。何がいいか、私なりに懸命に考えたのだぞ」

「もっと前には、おにぎりをもらいました。あれのおかげで、メニュー案が色々と浮かんだんですが……もしかしてあのおにぎりも、私を驚かせたかっただけじゃなくて、励まそうとしてくれてたのかなって、そんな気がするんですが」

そう指摘すると、ディオンはあからさまにうろたえた。鮮やかな紫の目が、あっちこっちに泳いでいる。分かりやすい。

「ディオン様、もしかして食べ物を与えておけば私が元気になるんじゃないかとか、そんなことを考えてません？」

「仕方ないだろう。お前はとにかく変わっている。お前を励ますには、宝石もドレスもふさわしくない。そんな気がするのだ。違うか？」

今度は私が考え込む番だった。確かに宝石やドレスをもらったら嬉しい。でも、それで元気になるかというと、そうは思えない。

サレイユの屋敷を出る時に、ディオンにホットドッグをもらった。不格好なあのホットドッグは、これまでにないほど心を温めてくれた。

そして先日の面白いおにぎりは、私に新しい発想を与えてくれた。貴族そのもののディオンがオレンジを両手で抱えてここまでやってくる姿を想像したら、自然と笑みが浮かんでしまう。わざわざお茶をブレンドして、道具を持っていれにきてくれるなんて、最高の励ましだ。

「……そうですね。宝石やドレスより、このお茶や、面白いおにぎりのほうがずっと嬉しいです」

素直にそう答えると、ディオンはぐっと口を引き結んだ。どうしたのかなと思ってよく見ると、その頬がほんのり赤くなっていた。明らかに照れている。本当に彼は表情豊かだ。見ていて飽きない。もっと、見ていたい。

彼は私を変わり者だと言ったけれど、正直彼も相当変わっていると思う。元使用人の私をこんなにも気にかけてくれて、オレンジが安かったと喜んで、平民の台所で出汁を引いたりお茶をいれたりしている。

私も元男爵令嬢で、かつてはそれなりに貴族の知り合いもいたけれど、こんな貴族、彼以外に知らない。

「……案外、似た者同士なのかもしれませんね、私たち」

小声でそうつぶやいたら、彼は真っ赤になっていた。ふふと笑いながら、もう一口お茶を飲んだ。

やっぱり、とっても優しくて温かい味がした。

「いよいよ、明日ね」

夜遅く、食卓の椅子に腰かけて辺りを見渡す。この家に住むようになってから数か月、もうすっかりこの椅子が私の居場所になっていた。居間や寝室よりも、食卓や台所のほうが落ち着くというのも、どうかと思うけれど。

「ほとんどの食材はもう店に運び込んである。残りの食材は明日の朝、店に届く」

開店までの手順を、一つ一つ数え上げながら口ずさむ。何度も何度も確認したせいで、もうすっかり覚えてしまった。このままだと今夜は、店の台所で料理をする夢を見そうだ。

頭を振って、そんな考えを追い出す。何か別のことを考えて、気をまぎらわせよう。しかし私の口をついて出たのは、こんな言葉だった。

「……お店の名前、どうなるのかな……」

ここカナールの料理店のほとんどは、ちゃんとした名前を持っていない。一流の料理店なんかはかっこいい名前を名乗っているけれど、それ以外の店は自然と愛称が決まっていくらしい。名付け親になるのは、だいたい常連客たちだ。

そういう愛称があること自体が店にとってステータスになるらしく、店が大きく立派になってもその愛称を名乗っていることが多いのだとか。

たぶん、きっと、私のお店にも愛称がつくのだろう。いや、つけてほしいなあ。いやそもそも、屋台の常連さんたち、本当にここまで追いかけてきてくれるのかなあ。近所の人たちも、食べにきてくれるかなあ。

可能な限りあちこちに、声をかけた。イネスやクロエも、あっちこっちで宣伝してくれた。二人とも、カナールに来てからできた友人やら知り合いやらに声をかけまくってくれたそうだ。

そんなことを考えて、大丈夫だと自分に言い聞かせる。でも、やっぱり気持ちがそわそわしてどうにも落ち着かない。

「駄目ね、私ったら。すっかり考えが後ろを向いてるわ」

すっくと立ち上がり、寝室に向かう。タンスを開けて、小さな木箱を手に取る。町の雑貨店で買った、繊細な細工が美しい箱だ。その中には真っ白なハンカチと、銀貨が一枚。

サレイユの屋敷を出たあの時にディオンが渡してくれたホットドッグ、それを包んでいたハンカチ。そして初めて屋台を引いてミソ・スープを売りにいった時に、ディオンが釣りはいらないと言ってよこしてきた銀貨。

どちらもそれなりに価値はあるけれど、そこまで珍しいものでもない。でも私にとっては、この二つはかけがえのない宝物だった。

両方ともディオンからもらったものだっていうのが、ちょっと悔しいけれど……でもこれを見ていると、不思議なくらいに前向きになれるのだ。大丈夫だ、何とかなるって、そう思える。

ハンカチと銀貨にそっと触れて、一人つぶやく。

「いつか、代わりのハンカチをディオンにあげないとね……店が軌道に乗ったら、とびきりのものを用意しましょう。感謝の気持ちを込めた、そんなものを」

ふと、窓の外に目をやる。ずらりと並ぶ屋根の上に、綺麗な星空が広がっていた。ディオンも今、この空を見ているのかもしれないな。そんなことを考えながら、じっと星のまたたきを見つめていた。

## 《幕間3》クロエは楽しくてたまらない

「いよいよですね、イネスさん。アタシ、すっごく楽しみ！」

「クロエ、明日は忙しくなるんだから早くお休み」

「だって、楽しみで楽しみでしょうがないんですもん！」

クロエとイネスは、居間でそんなことを話していた。それぞれ椅子に腰かけて、とてもくつろいだ様子で。

ここは、カナールの住宅地にある一軒の家だ。アンヌマリーにお願いされたディオンがあちこち走り回って見つけてきた貸家だった。

アンヌマリーの家からは少し離れているが、やはり治安のいい区画だ。クロエとイネスは話し合って、ここで一緒に暮らすことにしたのだ。

「……それにしても、あの二人。すっかり仲良くなってましたね」

クロエが意味ありげに笑うと、イネスは苦笑して肩をすくめた。

「だねえ。そりゃあまあ、ディオン様は以前からあの子のことをとっても気にかけてたけどね。ちょっと見ない間に、一緒にしょっちゅう夕食を食べるような関係になって、おまけにディオン様が台所に立つようになるだなんて、思いもしなかったさ」

「でも二人とも、幸せそうでしたよねー？」

「ああ、それは否定しないよ。……特にディオン様は、すっかり表情が柔らかくなられた。もうずっとこっちにおられるほうがいいんじゃないかって、そう思うくらいにはね」

「アタシもそう思います。……でもディオン様、けっこう長い間屋敷を留守にしちゃってますよね。あの迷惑爺さんのところに戻らなくて大丈夫なんでしょうか？」

クロエの問いに、イネスは一瞬言葉に詰まる。ディオンは執事長の協力のもと、ここカナールでサレイユの当主としての仕事を肩代わりしている。イネスはその事実を知っている、数少ない人間だった。

「まあ、大丈夫なんだろうさ。お屋敷とは今でもやり取りされてるみたいだからね。何かあったら、呼び戻されてしまうかもしれないけれど」

「そっかあ……だったらアタシ、お祈りしますね。ディオン様が、少しでも長くアンヌマリーと一緒にいられますように、って」

「ああ、それがいい」

イネスはしんみりと答え、クロエも神妙に目を伏せる。しかしクロエがそんな顔をしていたのは一瞬のことで、彼女はまたしてもはしゃぎ始めてしまった。

「ほんっと、カナールに来て良かった！　安くて可愛い雑貨店もいっぱいあるし、あの迷惑爺さんにぴりぴりしなくてもいいし！　そして何より、アンヌマリーとディオン様を近くで見てられるし！」

両手を合わせて喜ぶクロエを、イネスは娘を見守る母のような表情で眺めていた。

## 《幕間4》ディオンはそわそわしている

「明日、開店か。……いよいよ、だな」

ディオンは宿の客室で一人、そんなことをつぶやいていた。ゆったりとした部屋着のまま窓辺に立ち、眼下に広がる町並みを眺めている。

彼は今までのことを思い起こしていた。アンヌマリーが屋台を出したあの日から、今日までのことを。

彼女の屋台には日に日に客が増え、大いに繁盛していた。彼女の風変わりな料理は、ここカナールで受け入れられたのだ。ディオンはそのことが、我がことのように嬉しくてたまらなかった。

しかしそれと同時に、彼は物足りなさも感じるようになっていた。アンヌマリーはもっともっと、変わった料理を作ることができる。その料理をもっと多くの人に広めたい、彼はそう思うようになっていた。

彼女の料理で人々が笑顔になるところを、もっともっと見たい。それが、今の彼の望みだった。

その望みが、まもなくかなおうとしている。けれど彼の表情は、今一つ冴えなかった。

その原因は、久しぶりに再会したイネスとクロエがもたらした驚くべき情報だった。彼の伯父であるサレイユ伯爵が、すっかり仕事を放棄してしまったのだと、彼は二人に会ってようやく知ったのだ。

最近、執事長を経由してこちらに回される仕事が目に見えて増えていた。けれどまさか、そこまでとんでもないことになっているとは、さすがの彼も想定していなかったのだ。

本当なら、自分はもうサレイユの屋敷に戻らなくてはならない。めちゃくちゃになってしまった屋敷を、サレイユの家を、全力で立て直さなくてはならない。

それが分かっていてなお、ディオンはカナールを離れることができなかった。あと少しだけ。あと一日だけ。せめて、アンヌマリーの店が軌道に乗るところを見届けるまで。

彼は唇をかみしめて、ぐっとこぶしをにぎる。その様は、泣き出しそうになるのをこらえている幼子(おさなご)のようだった。

肩を震わせて、彼はただ立ち尽くす。しかしやがて、疲れたように大きく息を吐いた。

「……先のことを考えても仕方がない。今はただ、明日のことだけ考えよう」

きっと、いや間違いなく彼女の店は繁盛する。屋台の時と同じく、ディオンはそう確信していた。彼女の料理の熱狂的なファンは、もう何人もいる。彼らは、彼女の力になってくれるだろう。

それにイネスとクロエもいる。二人とも気配りのできる働き者だ。彼女たちがいれば、店にたくさんの客が押し寄せても問題ない。

ディオンの空想は、どんどん先へと進んでいく。アンヌマリーの店はカナール中で評判になり、やがて貴族たちですら食べにくるような、そんな店になる。

少しずつ店は大きくなり、彼女は名声と富を手に入れて……。

「……待て……もしそうなったら、彼女が両親の力を借りることなく、ミルラン男爵家を再興させることも可能なのでは……」

ついさっきまで苦しげにうつむいていたのが嘘のように、彼は目を輝かせる。

そうなれば、彼女はまた男爵家の令嬢に戻れる。そして自分は、伯爵家の次期当主だ。少々家の格が違うが、たった一人で男爵家を再興させたほどの人物であれば、親戚たちも彼女を認めるだろう。不釣り合いだなどと、誰にも言わせない。自分たちは堂々と、並んで立つことができる。

ディオンの頭の中には、冬にアンヌマリーと二人で市場に出かけた時のことが浮かんでいた。あの時アンヌマリーに苦情を言い立てていた料理人たちは、アンヌマリーのことをディオンの愛人だろうと言ってのけたのだ。

それだけ仲が良く見えたのか、という嬉しさと、それだけ身分違いなのだな、という落胆を、あの時のディオンは感じていた。そうしてその思いは、今もなお彼の心に巣くっていた。

でも、もうそんなことで苦しまなくても済むようになるかもしれない。

幸せな妄想にうっとりとした笑みを浮かべていたディオンが、水でもかぶったかのように真顔になる。

「……はっ！　私は、何を考えているのだ！」

ディオンは髪がばさばさと音を立てるほど勢いよく、首を横に振る。彼の頬は、見事なまでに真っ赤になっていた。

そうしてついに、開店当日になった。なってしまった。

「うう、どれくらいお客さん、来てくれるかな……」

お店が開くのは十一時。まだ三十分以上あるけれど、とっくに準備は終わっている。もうすることが残っていない。待つことしかできない。

味噌汁の優しい香りが立ち込める店内を、私は動物園の熊のようにうろうろと歩き回っていた。時折立ち止まって、懐中時計を確認して、またうろうろ。

そんな私に、イネスとクロエが苦笑しながら声をかけてくる。二人はクロエがデザインした、中々におしゃれなエプロンを身に着けていた。

「落ち着きな、アンヌマリー。やれるだけのことはやったんだ、あとはどんと構えてりゃいい。あんたの料理と、あんたの料理を気に入ってくれた人たちを信じておやりよ」

「そうそう。チラシも配ったし、知り合いにも声をかけたし。常連さんたちも、友達を引っ張ってきてくれるって言ってたじゃない？」

「それに、この辺は昼を外で食べる職人なんかも多いって話だし、新しい客も来てくれるさ」

「今からそんなにぴりぴりしていると、疲れちゃうよ？」

「でも、やっぱり落ち着かないのよ。……はあ、あと三十分……」

また懐中時計を確認したその時、入り口の扉が開いた。誰かが落ち着いた足取りで入ってくる。

「すみません、まだ開店前で……って、ディオン様でしたか」

そこにいたのはディオンだった。何となくそんな気はしていたけれど。

「お前たちがどうしているのか、気になってな。少し早いが、様子を見にきた。もう準備は終わっているのか？　とてもいい匂いだ」

「はい、いつでも料理を出せます。でも開店は十一時ですよ。あと三十分、待ってもらえますか」

そう答えると、彼は困ったように目をそらして声をひそめた。

「……一つだけ、わがままを言ってもいいだろうか。私はどうしても、今日のうちにここの料理を食べたい。しかし午後からは、どうしても外せない予定があるのだ」

最近彼は、仕事とやらでやけに忙しくなっているようだった。ちょうど、イネスとクロエと再会した頃からだろうか。夕食だけはそれまで通りにちょくちょくうちに来て食べていくものの、昼間はほとんど姿を見せなくなっていた。

たぶん今日は、頑張って時間を作ってくれたのだろう。お店の料理を食べるために。そう思ったら、ちょっとうるっときてしまった。

「開店と同時に席に着けば、おそらく午後の予定には間に合うだろう。だが開店初日の、それも営業が始まった直後に貴族の私がいたら、他の客が遠慮してしまうような気がするのだ」

「確かにそうですね。屋台の常連客たちはもうすっかりディオン様にも慣れっこですが、新規のお客さんは、ちょっと……」

「だから、今料理を食べさせてはもらえないだろうか。屋台の時と同じように、私はお前の店の最初の客になりたい。自分でもわがままだと、分かってはいるのだが」

そう主張するディオンは、申し訳ないと思っているのかいつになくしょんぼりしていた。元気づけてあげたい、そう思わずにいられない姿だ。

大いに動揺しながら、イネスとクロエの様子をそろそろとうかがう。二人は少し離れたところで、意味ありげな笑みを浮かべて私たちを見ていた。

「あたしはあんたの決断に従うよ、アンヌマリー？」

「アタシも。準備はできてるし今はまだ暇だから、どっちでもいいよ？」

そんな風に言葉を濁してはいるものの、二人が私の背中を押そうとしてくれているのは明らかだった。小さく二人にうなずきかけて、またディオンに向き直る。

「……分かりました。今日だけ、特別ですからね。……その、ディオン様には色々とお世話になりましたし」

私の言葉に、ディオンはぱっと顔を輝かせた。イネスとクロエのにやにや笑いが、さらに大きくなる。なぜかちょっと恥ずかしい。

「それでは、こちらの席にどうぞ。一名様、入ります」

接客用のとびきりの笑顔を向けて、ディオンを席に案内する。彼の顔が、ちょっと赤くなった。

「メニューはそちらです」

店の壁の二か所に、メニューを書いた黒板をかけてある。こちらも、他の内装やエプロンと同様、クロエが手掛けたものだ。読みやすさと飾り気を兼ね備えた、素敵なものに仕上がっている。

実はディオンは、この店のメニューの全容を知らない。開店したら食べにいくから、その時の楽しみに取っておきたい。だからどうか、メニューの詳細を私の耳には入れないでくれと、彼はそう主張したのだ。

そんなに期待されているのならばと、彼が知らない料理を一品メニューに加えることにした。きっと彼は興味を示して、大いに驚いて、そして喜んでくれるだろう。そんな様を思い描きながら。

「ふむ、スープとメインディッシュを組み合わせて注文するのだな。スープは味噌と牛乳を合わせたミソ・スープか、味噌汁。メインディッシュはおにぎり、お好み焼き、ちらし寿司の三種」

わくわくした顔でメニューを読み上げていたディオンが、目を見張る。

「……一つだけ、聞き覚えのないものがあるな。よし、それをもらおう。味噌汁と、ちらし寿司だ」

その注文を受けて、すぐに台所に戻る。ふふ、やっぱりそれを選ぶんだ。そんな思いに、ついつい笑みを浮かべながら。

ちらし寿司を手早く盛りつけて、味噌汁をお椀によそう。料理をのせたお盆を手に私が近づくと、ディオンが中腰になってお盆の上をのぞき込んできた。待ちきれないらしい。

「おお、これがちらし寿司か……まるで、春の野のように華やかだな」

「実は、前にディオン様がくれたあの肉のおにぎりのおかげで思いついたんですよ」

ディオンがくれた、ローストビーフとポテトサラダ入りのおにぎり。それにヒントを得た、洋風ちらし寿司だ。

酢飯は酢に出汁を合わせてご飯と混ぜた、ちょっとマイルドなものだ。その酢飯を皿の上に平たく盛って、細く切った薄焼き卵をのせる。

その上から、バターで炒めたアスパラガスとマッシュルームを並べる。短く切ったアスパラガスの緑と、薄切りマッシュルームのシルエットが可愛い。

さらに塩ゆでした小エビを数匹のせて、ほぐしたオレンジの身を散らす。彩りも味の変化もばっちりだ。

仕上げに軽く塩コショウと、バター醤油のソースをさっと回しかけてある。ここの人たちでも抵抗なく食べられるよう、ワサビや生魚はなし。

正直、ちらし寿司と呼んでいいのか微妙な代物ではある。でも、これは間違いなくおいしい。さんざん試食したのだから、間違いない。

「それでは、いただこう」

スプーンを手にしたディオンが、おごそかな表情でちらし寿司を口に運ぶ。そのままもぐもぐと咀嚼（そしゃく）していたが、不意にぴたりと動きを止めた。


「…………ああ、美味だ……‼」


「ディオン様ってば、おいしいのは分かりますけど……泣くほどのことですか？」

歯に衣着（きぬき）せぬクロエが、若干引き気味につぶやく。イネスも無言で苦笑していた。そんな二人に向かって、ディオンが感極まったような声で答えている。

「仕方がないだろう、美味なのだから。なじみ深い食材が、不思議な組み合わせで並んでいて、それを醤油がしっかりと取りまとめている。以前食した醤油マヨも素晴らしかったが、バターと醤油

の組み合わせもまた至福……」

うっすら涙ぐみながら、ディオンはちらし寿司をかなりの速度でかき込んでいる。バター醤油がおいしいのは同感だけど、ここまで感動されるとは思わなかった。

そして彼は合間に味噌汁を飲んで、感動のため息をついている。ここまでテンションの高いディオン、久々に見たなあ。

「味噌汁の具は……タマネギとジャガイモか。見た目は地味だが、滋養に満ちた味がする」

「気に入ってもらえて良かったです。あ、ちらし寿司と味噌汁の具は、その時々で安く手に入るものを使う予定です。季節に合わせて、少しずつ変わっていきますよ」

「そうか。ならばこれからも、頑張って通わねばな。……ただ、混んでいる時間は避けなければならないか……仕事を急いで片付ければ、二時くらいには……」

口の中で何事かつぶやいていたディオンが、一瞬暗い顔をしたような気がした。けれど彼はまたすぐに元のご機嫌な笑顔になって、ちらし寿司と味噌汁をあっという間に平らげる。

「馳走になった。私のわがままをかなえてくれて感謝する。……この店が繁盛することを、祈っている。いや、祈っているというのは適切ではないな。この店が繁盛している様を、また見にくる」

代金を払って店を出ていくディオンの背中を、私たちは並んで見送った。彼が開けた扉から、明るい昼の光が差し込んでくる。その光は、私たちのこれからを優しく照らしてくれているような、そんな気がした。

彼がやってくる前に感じていたそわそわした気分は、もうすっかり吹き飛んでしまっていた。

この店の最初の客として、ディオンはちらし寿司を食べていった。そして彼が出ていった直後。

「おおい、俺たちにも食わせてくれよ！」

「まだちょっと早いけどさ、いいだろう？　ほら、今貴族の兄さんが食べてったんだしさあ」

「このいい匂いをかぎながらただ待つのは、辛いんだよお……俺も兄ちゃんみたいに『美味だ！』って叫びてえよお……」

そんな情けない声と共に、数人の男性がなだれ込んできた。屋台の常連客たちだ。

ちょくちょく屋台に来ていたからか、ディオンは常連客に顔を覚えられてしまっている。最初のうちこそ貴族がいることにちょっと落ち着かなさそうだった常連客たちも、じきにディオンの存在に慣れたようだった。

彼らは親しみを込めて、ディオンのことを『貴族の兄さん』『貴族さん』『美味の兄ちゃん』などと好き勝手に呼ぶようになっていた。そしてディオンも、その呼び名を受け入れてしまっていた。

それでいいのか。特に最後の。そう思わなくもなかったけれど。

「そうですね、分かりました。それではみなさん、席にどうぞ！」

本来の開店時間まで、あと十分程度。もうディオンに料理を出してしまったし、彼らがフライングしても構わないだろう。

私の言葉に、常連客たちは大はしゃぎで席に座る。ごちそうを待っている子供のような顔で。

「あら、あなた方は……」

しかしその中に、意外な顔があった。私が屋台を始めてすぐの頃、言いがかりをつけてきた二人の料理人だ。結局彼らにはお茶漬けをふるまって納得してもらい、それからは時々互いの屋台を行き来するような、そんな関係になっていたのだけれど。

「あんたが店を開くと聞いたからな」

「また何か面白いものを出すんだろうと思ったんだよ」

「それに、あんたが朝市に出てこなくなるなら、俺たちとしても願ったりだしな」

「あんたはとびきり手ごわい商売敵だったからなあ」

そんなことを朗らかに言いながら、彼らはお好み焼きとミソ・スープ、ちらし寿司と味噌汁を頼んだ。そうして、それぞれの料理をシェアして食べ始めたのだ。ミソ・スープと味噌汁の飲み比べをして大いにはしゃぎ、お好み焼きとちらし寿司の違いに目を丸くしている。

「しまった、その手があったか！」

料理人たちがやっていることに気づいた常連客たちが、あちこちで叫び出す。それから違うメニューを頼んだもの同士が手を組んで、料理を分け合い始めたのだ。

少々お行儀は悪いかもしれない。けれど私は、そうやって店内がどんどんにぎやかになっていくのが嬉しくてたまらなかった。だって、みんな私の料理を全力で楽しんでくれているのだから。


そうして、正式な開店時間を迎えてしばらく経った頃。

「イネスさん、こっちもお願い！」

そう言って、クロエが両手いっぱいに汚れた皿を持って、洗い場に駆け込んでくる。

「任せときな！　アンヌマリー、こっちの皿は洗い終わったよ！」

イネスは頼もしく笑ってこちらに皿を渡し、すぐさま次の洗い物に取りかかっている。

「ありがとう、イネスさん！　クロエ、三番テーブルの注文、そろったわ！」

「はいはい、アタシに任せて！」

私が作った料理を、クロエが運んでいく。さっきから、もうずっとこんな調子だ。

さほど大きくもない店はあっという間に満席になり、店の外には行列までできていた。おそらく今が人出のピークなのだろうけど、それでも開店初日にこんなに人が集まるとは思わなかった。

「アンヌマリー、注文だよ！　お好みスープが二つ、ちらし味噌汁が一つ、よろしくね！」

ほんの一瞬ぼんやりしたら、もう次の注文が舞い込んできた。時々イネスに手伝ってもらいながら、一心不乱に料理を作り続ける。考え事をする余裕すら、もうなくなってしまっていた。


どうにかこうにか一息ついた時には、二時間も経ってしまっていた。もう昼の一時過ぎだ。嵐のようになっていた店内に、やっと静けさが戻ってくる。

「ようやっと、落ち着いてきましたね……忙しかった……」

「お屋敷にいた頃だって、ここまで大急ぎで皿を洗い続けたことはなかったねえ」

「はあ、やっと……休憩できる……アタシもうくたくた……」

客がまばらになった店内を見渡し、三人でこそこそとそんなことを話す。

「ねえアンヌマリー、さすがにお腹が空いたんだけど……まかない、あるのよね？」

空いた席に座ってぐったりと机に倒れこみながら、クロエが目だけをこちらに向けてくる。期待に満ちた、きらっきらの目だ。

「うん、あるわよ。ちょっと待って、用意するから」

そうしている間にも、客が一人また一人と食事を終えていった。ありがたいことに、ちょうど客がみんないなくなる。これなら気兼ねなく私たちもお昼にできる。台所に戻ってごそごそして、まかないの皿をのせたお盆を手に戻ってきた。

「はい、今のうちに食事にしちゃいましょう」

まかないはちらし寿司と、若干余り気味のミソ・スープだ。屋台の頃は味噌汁が数量限定だったからか、今日はみんなやたらと味噌汁を頼んでいた。

ちらし寿司の具材はちょっと違っていて、カリカリに焼いたベーコンが追加でのっている。それと、おろしたチーズが少々。

「あれ？　ねえアンヌマリー、具材が多いよ？」

「実はうちの余り物なの。そろそろ食べ切ってしまいたいベーコンとチーズがあったから。量はそんなにないから、お客さんには出せないのよ。片付けるのを手伝ってもらえると助かるわ」

「そうなんだ。豪華になってて素敵！　ありがたくいただくね」

「たっぷり動いた後だし、肉まで食べられるのは嬉しいねえ」

そうして三人で、ちらし寿司をかっこむ。いつまた次の客が来るか分からないから、大急ぎで食べる必要があるのだ。

しかし、心配するまでもなかった。気がつけば全ての料理は、私たちのお腹に消えてしまっていた。ちらし寿司って、飲み物だったかな。そう思ってしまうくらい、あっという間に。

「あー、おいしかった！　試食の時もおいしかったけど、もっとおいしくなってる気がする！　毎日こんなまかないだと、アタシ太りそう」

「そうだね。あたしも若い頃からあちこちで仕事をしてきたけど、まかないの味ならここが一番だねえ。サレイユの屋敷の食事も良かったけど」

「二人とも、褒めても何も出ないからね」

などと言いつつ、また何か余った食材が出たらまかないに追加しようと考えていた。我ながら単純だとは思う。

「さあ、それじゃあ後少し、頑張りましょう！」

お腹もいっぱいになって元気になった私たちは、力強くうなずき合った。

それからもぱらぱらとお客さんが来てくれて、無事に閉店時間を迎えることができた。屋台の頃のように初日から完売とまではいかなかったけれど、それでも予想を遥かに超える、満足のいく量を売り上げることができた
「お疲れ様……また明日、よろしくね……」

「ああ、お疲れ様。しっかり休むんだよ」

「アタシもうくたくた……でも充実した一日だった……」

手短にあいさつを済ませ、イネスとクロエと別れて帰路につく。その途中、近所の郵便組合に足を運んだ。要するに、郵便局のようなものだ。

郵便組合は町から町へ荷物や手紙を運んではくれるけれど、それぞれの家までは配達してくれない。というか、平民たちの間では手紙のやり取りはさほど多くなく、わざわざ配達人を雇うほどではないのだ。誰々のところに手紙が来てますよという知らせが郵便組合に張り出されるので、各自それをチェックするのだ。月に一度くらい、一応念のために確認しておくような人から、しょっちゅう見にくる必要のある人まで、様々だ。

私はマキシムに海苔を送ってもらっているということもあって、こまめに顔を出している。今日も私の顔を見るなり、係員が笑顔で荷物を渡してくる。

「あら、今日はマキシムからの荷物だけじゃないのね」

見慣れた質素な包みの上に、一通の手紙がのせられていた。しゃれた上品な雰囲気からして、この手紙はマキシムからのものではない。しかもこれは、サレイユの屋敷から届いていた。

もしかして、と裏返すと、差出人は私の両親だった。おそらく執事長か誰かが、こちらに転送してくれたのだろう。

急いで家に戻り、手紙を開いた。懐かしい両親の筆跡に、目頭が熱くなる。読み進めていくと、二人の声が聞こえてくるような気がした。

『元気にしているかい、アンヌマリー。メイドの仕事は辛くないかい』

『私たち、こっちで小さなお店を開いたの。どうにか軌道に乗ったところよ』

『ここは、思っていたよりもいいところだったよ。祖国を離れ、海を渡ったかいがあった』

『最悪、ミルラン男爵家を再興できなさそうなら、いっそここに永住してもいいかもしれない。私たちはそう思っているの』

『お前も、そちらでの暮らしが嫌になったらいつでも言いなさい。船賃を出してあげるから、こちらで一緒に暮らそう』

両親はてんでに、そんなことを書いていた。その心遣いはとても嬉しかったけれど、私の答えは決まっていた。

寝室に向かい、タンスの引き出しから便せんを取り出す。ためらうことなくさらさらと、返事を書いていった。

『お父様、お母様。そちらが順調なようでよかった。私はとても元気です。訳あってサレイユの屋敷を辞めて、今は運河都市カナールで暮らしています』

『実は私も、店を出しました。小さな料理店です。今日が開店初日でしたが、その前は屋台もやっていたので、もう常連のお客さんもいるんですよ。とっても忙しかったです』

『友達もできました。毎日充実しています。なのでもうしばらく、ここで頑張っていこうと思っています』

きっと、この手紙を読んだ両親は驚くだろう。ただの貴族の娘でしかなかった私が、一人前に料理店を開いている。その姿が想像できずに、目を白黒させるのだろう。きっと両親からの次の手紙は、質問だらけになるのだろうな。

そんなことを思いながら手紙を書き上げ、便せんを封筒にしまう。いつの間にか、私はくすくすと笑っていた。

それから毎日、私たちはせっせと働いた。客をさばくのも、料理の準備をするのも、どんどん速くなった。一日の仕事を終えても、疲労困憊するようなこともなくなっていた。

ディオンは混雑が落ち着く頃を見計らって、店に来るようになっていた。彼に慣れていない客たちは最初こそ驚いていたが、ディオンがただ料理を堪能しているだけなのだと気づくと、じきに彼のことを気にしなくなっていた。

それどころか、「あの店は貴族もお忍びでやってくるほどの名店だ」という噂が流れ始めたらしく、客がさらに増えた。つくづくディオンは、客引きとしては最高の存在なのかもしれない。


そんなある日、レオが店に顔を出した。秘書らしき男性を連れて。

「こんにちは、アンヌマリーさん。繁盛していますね」

お昼のピークがちょうど過ぎたところだったので、手を止めて彼らを出迎える余裕があった。おかげさまで、と言いながらぺこりと頭を下げる私に、レオはうきうきとした声で言う。

「今日はお客としてここへ来ました。お勧めは何でしょう?」

「そうですね……レオさんは味噌の料理に慣れておられますし……お好み焼きに味噌汁の組み合わせが、目新しさもあっていいと思います。秘書の方は、ミソ・スープにちらし寿司でどうでしょう。お互い分け合って食べることもできますよ。別途取り皿を用意しますから」

私の説明を聞いた二人は、ではそれをお願いしますと、すぐにそう答えた。二人を席に案内して、大急ぎで料理を用意する。

それぞれの前に置かれた料理を、レオはいそいそと、秘書はちょっとためらいがちに口にする。

「最初はパンケーキかと思いましたが、口当たりも味もまるで違いますね。野菜の歯応えとソースの味が、とてもよく調和しています。本当に貴女の料理は、驚きに満ちていて素敵ですね」

笑顔のレオに続き、少しほっとしたような顔の秘書が口を開く。

「この店では少々変わった料理が出ると聞いて、実は尻込みしていたのですが……思ったよりもずっと食べやすいものが出てきて、良かったです。おいしいですね、この米料理もスープも。ちょっと独特の風味がありますが、そこが癖になりそうです」

秘書の感想に、思わず目を見開く。なるほど、目新しい料理を売りにした分、和食初心者には少しハードルの高い店だと思われがちなのか。興味を持ったらふらっと立ち寄れる屋台とは、やはり勝手が違う。この情報は、今後に生かしていこう。宣伝の仕方とか、改良できそうだ。

「また来ますね。今度は友人も連れて。……そうそう、ディオン様があちこちでこの店について宣伝されているようなので……もしかすると、お忍びの貴族の方なども来られるかもしれませんよ」

「僕と同様に、この店を気にしつつもためらっていた友人がいるので……彼らにも話しておきますね。あそこの料理、とてもおいしかったですよ、って」

そんな言葉を残して、レオたちは満足そうな顔で帰っていった。二人を見送って、さあ台所に戻ろうかなと思ったその時。

「今の人って、商人組合の偉い人だよな？　こないだの祭りの時にちらっと見たぞ」

「そんな人が、おいしいって言ってここの料理を食べてった……」

「やっぱりこの店って、すげえんだな！」

他の客たちが、興奮した顔でそんなことを叫んでいるのが聞こえた。どうやらまた、この店についての噂が増えてしまうような、そんな気がした。

私の予感はばっちり的中し、レオたちが来店した数日後から目に見えて客が増えた。どことなく不安げな顔で他の客が食べているものをこっそり観察している新顔の客たちと、一生懸命平民のふりをしようと頑張って変装している貴族たちだ。

あからさまに挙動不審な彼らを、常連客たちは苦笑いで見守っていた。そして新入りたちが料理を口にして顔を輝かせるのを見ると、やっぱりそうなるよなあ、と言って嬉しそうに笑うのだ。

それから常連たちは新入りに話しかける。こうやって食べるとうまいぞと助言したり、味噌汁の具は何が一番うまいかについて熱く持論を語ったり。そうこうしているうちに、彼らは少しずつ打ち解けて、親しくなっていく。

私の料理をきっかけとして、色々な人たちがめぐり逢い、交流を深めていく。私はそんな様を、微笑みながら見守っている。それはとても満たされた、幸せな時間だった。

「アンヌマリー、二番テーブルと五番テーブル、注文入ったよ」

楽しげなクロエの声が、私を現実に引き戻す。台所に置かれた鍋や食材に目をやって、気合を入れた。

「了解。さあ、これからも頑張りましょうか。……ありがたいことに、今日もとっても忙しいから」

クロエが去り際に、そだね、と小声で答えた。皿を洗っているイネスさんも、ああ、と答えてくれた。笑顔の二人にうなずきかけてから、料理に取りかかった。いつもと同じように、明るい気分で。

その日、閉店時間の一時間以上前に、料理が全て売り切れてしまっていた。外はまだまだ明るい。扉の外に『本日の営業は終了しました』の札をかけて店の中を掃除しながら、私は無言で考え込んでいた。

「……アンヌマリー、難しい顔してどうしたんだい？」

「いいえ、もったいないなあって思って」

「もったいないって、何のこと？　ここのところずっと料理が全部売れてるし、すっごくいい感じじゃない？」

首をかしげている二人に、思っていたことを話す。

「この時間帯って、小腹が空いた人がちょっと軽食やおやつを食べにきたりしてますよね」

「そうだねえ。この時間なら、おにぎりがよく売れるし」

「……店さえ開けられれば、もうちょっと稼げたはずなんですよね」

「アンヌマリー、意外とがめつかったりする？　たくさん稼げたほうがいいってのはアタシも賛成だけど。だったら、もっとたくさん料理を用意したらいいんじゃない？」

「それはそうなんだけど、どうせならこの機会に何かメニューを増やそうかなって思っているの。お客さんに飽きられないためにも、時々新メニューを追加したほうがいいと思うし」

掃除の手を止めて、肩をすくめる。どんどん客が増えて、どんどん店が有名になっている今、メインディッシュが三種にスープが二種では、少々メニューが少なすぎる気がする。

「お昼を食べたけど物足りないお客さんが追加でちょこっと食べられるような、小腹を空かせたお客さんがさっと食べられるようなもの。あるいは、店の料理がどんなものか分からなくて尻込みしている新規のお客さんが、気軽に頼めるようなもの。そんなものがいいなって思うの」

ここ数日で、そんな風にイメージはふんわりとまとまっていた。ただ、具体的なメニューはちっとも思い浮かんでいない。

「何かいい案、ありませんか？　どんなものがいいとか、そういうのが」

そう問いかけると、二人はすぐに答えた。

「肉だね」

「甘いものか野菜！」

「見た目が変わったものがいいと思うぞ」

あれ、返事が一つ多い。見ると、入り口のところにディオンが立っていた。

「ディオン様、今日の営業はもう終わりましたよ」

「分かっている。私はお前たちに、差し入れを持ってきただけだ。そうしたら、面白い会話が聞こえてきたのでな」

そう言って彼が手渡してきた袋には、みずみずしいビワがたくさん入っていた。ひとまずみんなでそれを食べながら、改めて意見を聞いてみる。

「今あるメニューは軽めのものが多いからね、食べ応えのある肉料理があってもいいと思うんだよ。小腹を満たすにもいいしね」

「お昼のあとってことは、おやつだよね？　だったらやっぱり、甘いものが食べたい！　それか、太る心配をしないで食べられる野菜がいいと思う！　どっちも、女の子には人気だもん」

胸を張って答えたクロエが、ディオンのほうを向いてにっこりと笑う。

「それにしてもこのビワ、よく熟れてておいしいです！　アタシ、田舎の村で育ったから、ビワは食べ慣れてますけど……こんなにおいしいの、久しぶり！」

「やはりあの店は当たりだったようだな。前に買ったオレンジも美味だった」

ビワをゆったりと食べながら、ディオンが得意げに言う。前に買ったオレンジとは、私が開店準備でばたばたしてた時に差し入れてくれたあれのことだろう。あのオレンジもおいしかったし、確かに当たりの店なのかも。あとで、店の場所を教えてもらおう。

「ところで、新しいメニューの話だったな。やはり、見た目の面白さも大切だぞ。お前の料理は、味はどれも一級品だ。さらに見た目で人の興味を引くことができれば、もう言うことはない」

三人の意見は、だいたいそんな感じだった。一つうなずいて、口を開く。

「そうね、甘いものはいったん保留かしら」

「えー、なんでー？」

「私、お菓子は得意じゃないのよ。でも一応、考えておくわ。何か思いつくかもしれないし」

そう答えたら、ディオンが何か言いたそうな顔をしていた。牛乳寒天のことを思い出しているのだろう。でもテングサを煮るのって、結構面倒なんだよね。そもそもテングサを大量に手に入れるのも難しそうだし。

ひとまずクロエをなだめて、ディオンの視線には気づかなかったことにする。

「となると、あとは肉と、野菜……そちらは何とかなりそうね……でも、変わった見た目のもの、か……どんなのがいいかしら……」

皮をむいたビワにかぶりつきながら考える。とってもジューシーで、上品な甘さとほのかな香りがたまらない。実の大きさの割に食べられるところが少ないのも、またもどかしくていい。

大皿の上にころころと並んでいる丸っこいビワを見ていたら、ふと思い出した。見た目が面白くて、作るのが簡単な料理を。

ただそれを作るには、どうしても特殊な道具が必要だ。店を開く時に皿や鍋なんかを買った工房には腕のいい職人がたくさんいたけれど、あそこは斬新なものを作り出すよりも、質の高い日用品を作ることを得意としているような、そういう工房だった。私が求めている道具の作成は、ちょっとあそこには頼めない気がする。

「……ディオン様、金属製の奇妙な形をした調理器具を作れそうな職人に、心当たりとかありませんか？」

私の発言に、三人が同時に動きを止めた。興味半分、困惑半分といった顔だ。

「奇妙な形の調理器具？　いったいどれくらい奇妙なのだろうか」

「こんなもの何に使うんだ？　っていうくらいには奇妙ですね」

間髪を容れずに答えると、ディオンの口元が引きつった。笑いをこらえているらしい。

「そ、そうか。残念ながら心当たりはないな。ただレオに頼めば、すぐに紹介してくれるだろう。彼のもとに行く時は、私も同行させてくれ。お前がどんな調理器具を欲しているのか、興味がある」

「はい。ちょうど明日はお店がお休みなので、午前中にでもさっそく訪ねてみようと思います」

「ならば、朝お前を迎えにいく。それから共にレオのもとに向かおう」

そんな感じで、あっさりと話がまとまった。明日までに、調理器具の絵でも描いておこうかな。そのほうが説明しやすそうだし。

そう決めて、みんなを順に見渡す。にっこりと笑いながら。

「で、肉と野菜のメニューなんですけど……ちょっと思いついたものがあるんです。試食がてら、うちで晩ご飯、食べていきませんか？」

三人とも顔をほころばせて、大きくうなずいた。


それから手早く店の片付けと戸締まりを終えて、みんなで市場に繰り出す。必要なものを買い込んで、そのまま私の家に戻る。

うちの台所は広いけれど、四人で入るにはちょっと狭い。なので相談して、クロエが外れることになった。彼女は食卓で、今日の分の帳簿をつけてくれている。

そうして三人で忙しく動き回っていると、クロエの感心したような声が後ろから聞こえてきた。

「ディオン様が台所に立ってるって、やっぱりすごい状況……しかも、とっても手慣れてるし。料理長とかが見たらものすごくびっくりしそうだよね」

私の右ではディオンが得意げに胸を張っているし、左ではイネスが笑いをこらえている。

「アンヌマリーが屋敷にいた頃から、気になってはいたのだ。ただの食材を美味な料理に変えるその鮮やかな手さばきに、私は見とれずにはいられなかった。そして彼女は寛大にも、私に火の取り扱いを教えてくれたのだ」

幸せそうにそう言い放つディオン。くすぐったさを覚えながら、彼に声をかける。

「ディオン様、そちらの煮物の鍋はもう良さそうです。中身を皿に盛りつけてくれますか？」

「ああ、任せろ。美しく盛りつけてみせる」

「期待してます。盛りつけは私よりも、ディオン様のほうがうまいですから」

そんなやり取りをしていると、クロエがぼそりと言った。

「…………どこからどう見ても若夫婦……隣に母親のおまけつき」

「ちょっとクロエ、そういうのじゃないから！　ディオン様に失礼よ」

「……ディオン様のほうは、失礼だって思ってらっしゃらないみたいだけどねえ」

思わせぶりな声で、イネスがつぶやく。どういうことだと右を見ると、ディオンがやけにこわばった顔でぎくしゃくと煮物を盛りつけていた。ぎゅっと口を引き結んで。

「ディオン様、怒ってます？　それとも困ってます？　大丈夫ですか？」

「い、いや、何ともない。気にするな。大丈夫だ。むしろ元気なくらいだ」

やけにぎこちなく、上ずった声でディオンはそう答えた。こちらを見ないようにしているけれど、ちらりとのぞいている耳がちょっぴり赤い。

変なの、と思っていたら、イネスとクロエが同時にくすくすと笑った。さっき感じたくすぐったさが、何倍にも膨れ上がるのを感じる。あわててディオンから視線をそらしたら、またくすくす笑いが聞こえてきた。もう、二人ともからかわないでほしい。

そんな風にばたばたしながらも、どうにか夕食が完成した。みんなで手分けして、食卓に皿を並べていく。席に着くと、ディオンはきらきらと目を輝かせていた。よかった、もうすっかりいつも通りだ。

「おお、これは見たことのない料理だな。肉の煮込みのようだが、醤油の香りが素晴らしい……」

「牛丼っていう料理です。醤油と砂糖で甘辛く煮た牛肉とタマネギを、ご飯の上にのせたものです。醤油に不慣れな人でも食べやすいように、あと醤油の節約のために、デミグラスソースも加えていますけど。小さな椀で出せば、いい軽食になると思います」

「ううん、空きっ腹をくすぐる素敵な匂いだよ。働き盛りの男たちに人気が出そうだねえ」

「やっぱりそう思います？　醤油に余裕が出てきたら、大きな丼で出すことも考えてます」

じっくりと牛丼を観察していたディオンが、もう一つの皿を見る。

「そして、こちらは野菜の煮物だな。ほんのりと透き通っていて美しい。盛りつけがいがあった」

「たっぷりの出汁に醤油を少し加えて、ウリを煮たんです。これならあっさりしていて食べやすいですし、真夏の暑い時期なんかにはぴったりだと思うんです」

「ねっ、それよりアタシお腹空いたよ……早く食べよう？」

料理を前にあれこれ話し込んでいたら、クロエがお腹を押さえてそう言った。

「そうね。煮物はともかく、牛丼はあったかいほうがおいしいから。では、食事にしましょう」

私の言葉を合図に、みんなで一斉に食べ始める。

「この牛丼とかいうの、癖になりそう！　お肉たっぷりなのに、するする食べられるし！」

「ウリの煮物もあっさりしていていいねえ。おにぎりの定食と一緒に食べたらちょうど良さそうだ」

　クロエとイネスがのんびりとそんな感想を口にしている中、ディオンはものすごい勢いで上品に食べつつ、いつものように食レポを始めていた。

「醤油と砂糖の織りなす重厚な味わいが、牛肉とタマネギに力強さを与え……白米の優しい甘味と、この上なく合う……。そしてこちらの煮物は、淡白な味のウリをかみしめるたび、出汁と醤油のふくよかな香りが、ほのかなウリの風味と共に口いっぱいに広がって……ああ、たまらない……」

　うっとりとしながら熱く語るディオンを、クロエが微妙な目で見ていた。隣のイネスに、小声で話しかけている。

「ねえイネスさん、前から気になってたんですけど、ディオン様ってこういうお方でしたっけ？　アンヌマリーが屋敷に来る前は、もっとこう、物静かだったような……」

「人間ってのは、変わるもんさ。ディオン様を変えたのは……ねえ」

　そうして二人が、私をちらりと見る。とっても意味ありげな目で。

　その視線が落ち着かなくてとっさに顔をそむけると、今度はディオンが視界に入った。彼はもう料理を平らげていて、とても幸せそうな顔でため息をついている。私の視線に気づくと、にこりと笑いかけてきた。邪気のかけらもない、穏やかな笑みだ。

　こんな風に戸惑っているのは、私だけなのかな。そう思ったら、なぜか胸がちくりとした。

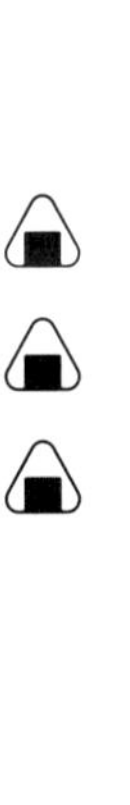

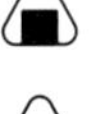

次の日の午前中、私はディオンと一緒にレオの店を訪ねていた。二人でのんびり店の中を見て待っていたら、じきにレオのところに通された。

「こんにちは、アンヌマリーさん。また家が手狭になられたのでしょうか？」

そう言って、レオはちょっぴりおかしそうに笑った。実はつい先日、私は一人でここを訪ねていたのだった。

店を開いて少し経ち、想像を遥かに超える数のお客さんが詰めかけた。それを目の当たりにした私は、大急ぎで味噌と醤油をさらに仕込んだ。これから先、味噌や醤油がもっともっと必要になることは明らかだったから。仕込みにもすっかり慣れたし、作業自体はそう手こずらなかった。

しかし置き場所が問題だった。既に食料庫に入りきらなくなっていた味噌の樽と醤油の瓶は、とうとう物置をも占領してしまったのだ。

ひとまず、入りきらなくなった分を居間に置いてみた。でも壁際に樽と瓶がずらりと並んでいる様はちょっと異様で、これではうっかり客も招けない。仕方なく、今度はそれらを寝室に移動させてみた。それでひとまずどうにかなったけれど、このままではいずれ、寝室も樽と瓶に乗っ取られかねない。というか、既に足の踏み場がなくなりつつある。

さすがにこのままではまずい。なので、レオに相談したのだ。これこれこういう訳で、大至急物置を探しています、それもできるだけ近くで。

そんなリクエストに、彼はあっさり応えてくれた。というのも私が今借りている家には、まだ空きスペースがあったのだ。

この家を外から見た時の大きさと、中のスペースの大きさが合わないことには気づいていた。ただいかんせん古い家だし、たぶんそこは立ち入り禁止になっているのだろうなと、そう勝手に納得していた。がらくたが置きっぱなしの開かずの間かもしれないな、とも思っていた。

そしてその空きスペースへの入り口は、意外なところにあった。物置の奥に置かれた棚の後ろに、扉が隠れていたのだ。

その扉をくぐった先は、石畳の床としっかりした木の壁の、がらんとした大きな部屋になっていた。裏側に、外に通じる扉もある。

カナールでは、大きすぎる家はこうやって分割して、別の人に貸すことも多いのだそうだ。こっちの空きスペースは二階まで吹き抜けになっていて広々としているので、倉庫として時々貸し出されていたのだとか。

でも今は空いているから、別途家賃を払えばこちら側も貸してもらえるらしい。今の私にとって、こんなありがたい話はなかった。最悪、荷車でよその倉庫に樽や瓶を運ぶことも覚悟してたのだし。

私は即座にその部屋も借りて、味噌の樽と醤油の瓶をそちらにせっせと運び込んだ。そうしてようやく、無事に私の生活スペースを奪い返すことができたのだった。


そんなやり取りを思い出しながら、レオと笑い合う。その騒動についてあとから知ったディオンは、ちょっと面白くなさそうな顔をしていた。仲間外れにされたと思っているのだろうか。

「いえ、今日は仕事のほうで、少し力を借りたくて。……何度も、すみません」

「同じ商売人として、貴女の力になれることは嬉しいですよ。それに私も、貴女の店をとても気に入っているのです」

たびたび彼の時間を割いてもらっているにもかかわらず、レオは嫌な顔一つしない。彼はこのカナールを実質的に治める商人組合の重鎮だから、とても忙しいはずなのに。

それどころか、私が後ろめたくならないように気を遣ってくれている。やっぱりレオって、素敵な人だなあ。感動しながら胸の前でぎゅっと手を組み、ありがとうございます、と答える。

そんな私に、ディオンが小声で耳打ちしてきた。いつになくふてくされたような顔だ。

「アンヌマリー、レオは男の私から見ても魅力的な人物だが、彼には既に妻がいるからな」

「ディオン様、突然何を言ってるんですか」

妙なことを言い出したディオンはひとまず置いておくことにして、今回の来訪の理由を説明する。こんな感じの調理器具を作ってほしいのだと言って用意した絵を見せると、レオは面白そうに目を見張った。

「そういうことでしたら、うってつけの人物を知っています。お二人さえよければ、今からでも案内できますよ」

「それはありがたいのですが……レオさんは仕事の途中だったのでは」

「大丈夫ですよ、急ぎのものではないので。それよりも、貴女が欲している道具に興味があるんです。貴女の店の新メニュー開発に携わる栄誉をいただける機会を逃すのも惜しいですし」

そうして私たちは、レオの案内で歩き出す。幸い、目的地はそう遠くなかった。というか、私の店の近所だった。そこにある職人たちの工房の一つに、レオはすたすたと入っていく。

「ああ、おはようございます、レオ様。何かまた、面白いものの注文ですかね?」

作業服を着た初老の男性が、そんなことを言いながらこちらに近づいてくる。見たことのある顔だ。というか、常連客の一人だ。

「あっ」

「おう、アンヌマリーじゃねえか。なんでまた、レオ様と一緒に?」

思わず驚きの声を上げた私に、常連客が向き直る。ぽかんとしながら、彼に答えた。

「新しい料理を作るのに、変わった調理器具が必要で……かなり普通ではない形をしているものなので、他のものでは代用できそうになくて」

そう言いながら、持参した紙を見せる。小さな半球型のくぼみがたくさんついた、大きな鉄板。要するに、たこ焼き用の鉄板だ。

「なので、作ってくれそうなところを知らないかって、レオさんに尋ねたんですけれど……」

紙を見つめて、常連客は目を丸くしてまばたきした。今朝方のディオンもこんな顔をしていたし、やっぱりかなり奇妙な形なのだろう。

「なるほど、面白い形だな。これなら確かに、俺らの工房に頼むのが正解だな。珍妙なものを作るのが得意な工房だって、結構有名なんだぜ?」

「……あなたが職人だというのは知っていたんですけど、まさかそんな工房だったなんて……」

まだぽかんとしたままの私の隣で、ディオンがそれはもう悔しそうにつぶやいた。

「くっ、こんなことならもっと、周囲の者たちと交流しておくのだった。そうすればレオに頼るまでもなく、私がお前にここを直接紹介してやれたかもしれないのに……!」

「……もしかしてディオン様、自分が活躍できなくてすねてたんですか?」

今朝からディオンは、ちょっと機嫌が悪いようだった。まさかね、と思いながらそう尋ねると、彼は思いもかけない反応を見せた。

彼はきょとんとした顔になると、私を見つめたまま硬直した。色の白い滑らかな頬に、ぶわりと赤みが差していく。

「あ、ああ、まあ、そんなところだな。決して、お前の力になれなくて残念とかそういったことではなく、華麗に活躍できなかったことが悔しかっただけだからな」

ディオンの肩越しに、レオと常連客、あと工房の人たちが一生懸命笑いをかみ殺しているのが見えた。みんな、とっても温かな、そして妙に優しい目をしていた。イネスやクロエがちょくちょく見せている、やけにこそばゆくなる目つきと全く同じものだった。

頼んでいた調理器具は、一週間ほどで店に届いた。ピンポン玉くらいの半球形のくぼみがたくさんついた、大ぶりのフライパン。うん、重さも大きさもちょうどいい。あの常連客、思っていた以上にいい職人だったみたい。レオが推薦するだけのことはある。

そうして次の休みの日、みんなで店に集まった。たこ焼きを試食するのだ。当然のようにディオンもいる。新メニューの試食会をするんですよ、と言ったらすっ飛んできた。仕事とやらは大丈夫なのだろうか。

生地の材料は、出汁と小麦粉と卵、それに炒ってもんで粉にした鰹節。混ぜるだけなのでとっても簡単だ。

それからたこ焼き用フライパンを火にかけて、油を引く。くぼみに生地を流し込んで、ひと呼吸置いてからぶつ切りのタコを入れた。あとは、タイミングを見てくるりと返すだけ。返すのに使ったのは、紙なんかに穴を開けるための目打ちだ。もちろん新品だし、きれいに洗ってある。

「うわ！　すごい！　くるんって丸くなった！　面白い！」

「確かにこれは、変わってるねえ。特に見た目が。新しい物好きには受けそうだよ」

「たやすく生地を回しているが……きっと、かなりの修練が必要なのだろうな」

「そうでもないですよ？　やり方さえ知っていれば、割とすぐできるようになります。イネスさんとクロエに練習してもらおうかなって思ってたんですが……ディオン様もやってみます？」

「実は、触ってみたくて仕方がなかったのだ。ただ、さすがに店が開いている時間には練習できないな」

「だったら、もう一枚このフライパンを作ってもらいましょうか。私の家に置いておけば、ディオン様も存分に練習できますし」

その時は色んな具を入れてたこ焼きパーティーをするのもいいかもしれない。お茶漬けの時みたいに、予想外の具を選んでもらうのもいいかも。闇鍋ならぬ、闇たこ焼き。

そんなことを話している間に、たこ焼きが焼き上がった。皿に取り出して、お好み焼き用のソースをかける。鰹節と細かくした海苔をぱらぱらと散らしてできあがり。青ノリがないので、普通の海苔をちぎってあぶって袋に入れてもんだのだ。……いつか時間を作ってまたメーアに行って、青ノリがないかマキシムに直接聞きにいこうかなあ。

と、考え事はあとだ。鰹節がゆらゆら揺れているうちに、みんなでいただきます。

「あつっ！　……でも、ちゃんとできたわ。ふふ、大成功」

「これ、やけどに注意ってお客さんに言ったほうがいいんじゃないかなあ？　おいしいけど」

「あたしはこれくらい平気だけどねえ。おやつにちょうどよさそうだ」

「ソースのせいか、味わい自体はお好み焼きと似ているな。しかし一口か二口で食べられる気軽さはいいな。柔らかな生地とタコの歯応えの対比も心地よく、面白い」

試しに焼いてみた第一弾のたこ焼きは、あっという間になくなった。さらに追加のたこ焼きを焼きながら、私たちは顔を見合わせて笑った。これならいける、と。


お店の新たな軽食メニュー、野菜の煮物とミニ牛丼、そしてたこ焼き。みんな、とっても好評だった。以前からの客だけでなく、それ以外の人たちにも。

「よう、昼に来たばっかりだがまた来たぜ！」

「へえ、ここがあんたの行きつけの店かい。あんたにしてはしゃれた店を見つけたじゃないか」

「お父さん、ここに面白いおやつがあるの？」

こんな感じで、常連客が家族を連れてくるようになったのだ。

そうしてやってきた奥様方は、今度は女性同士連れ立ってくるようになり、子供たちは子供たちで、おこづかいをにぎりしめてやってくるようになった。三人くらいでお金を出し合ってたこ焼きを買い、分け合っているのだ。一個おまけしてあげたらものすごく喜ばれた。

客層が変わったせいか、お店の雰囲気が柔らかくなった気がする。若い女性はほとんどいないけれど、それ以外の人たちがたくさん集まる場所になりつつあった。

私たちのお店、結構いい感じ。ううん、とってもいい感じ。これからもっと、素敵なお店にしていこう。
笑顔があふれた店の中をそっと眺めて、また仕事に取りかかった。

気温が上がってくるにつれて、市場の品ぞろえも変わってきた。色鮮やかな夏野菜が少しずつ、並ぶようになったのだ。

そしてその中に、見覚えのあるものがあった。イチゴよりちょっと大きくて、優しい黄色のころんとした丸っこい実。

「あれって……もしかしてウメですか？　プラムに似ていて、でも黄色くて……」

「そのようだな。私は口にした覚えはないが、熟したものをそのまま食べたり、ジャムにしたり、果実酒を作ったりするとそこの看板に書いてあるぞ」

いつものように買い出しについてきていたディオンが、そう答える。なるほど、この辺にも梅酒はあるのか。

しかし私の頭をよぎっていたのは、もっと別のものだった。ウメと言えば梅干し。梅干しおにぎりは最高においしいし、これからの暑い季節、梅肉和え(ばいにくあえ)は最高だ。千切りにしたキュウリと、ゆでてほぐしたササミを、梅肉で和えて……考えただけで、よだれが出そうだ。

「ディオン様、あれ、買って帰ります。ぜひとも再現したいものがあるんです」

彼にだけ聞こえる声で、しかし力強く言い切ると、彼もまた目を輝かせた。

「私に、何か手伝えることは？」

新たに。

「色々あります。どうぞ、よろしくお願いします」

すっかり乗り気なディオンに笑いかけ、ウメをたっぷりと買い込む。梅干しを作るぞ、と決意も新たに。


そうして必要なものをそろえて、軽やかな足取りで家に戻ってきた。何を作るのかディオンにはまだ話していないけれど、彼は新しいものを作るというだけでわくわくしているらしい。彼らしいなと思いつつ、私の口元にも笑みが浮かんでしまう。

「さて、ひとまず作業を書き出しておきましょうか……」

久々に『伝統の食文化』のお世話になることにしよう。というか、梅干しなら田舎のおばあちゃんも漬けてたし、そっちの思い出も役に立つかも。

「ふむ、見たところウメの塩漬けだな。思ったより普通……のような気がしなくもない」

思い出した内容を書きつけている私の手元を見て、ディオンが首をかしげている。

「そうなんですよね、普通ですよね。でも中々に強烈なものができあがるので、そこは期待していてください」

それからディオンと一緒に、作業に取りかかった。まずはお酒で容器を消毒。本当なら焼酎を使うところだけれど、それっぽいものは見つからなかった、というかそもそも私はそこまでお酒に詳しくない。なので、アルコール分高めの蒸留酒を買ってきた。

容器にお酒を少し入れて、容器を回して内壁にお酒を行き渡らせる。そのお酒をそのまま捨てたら、この工程は終わり。

次は、ウメの下ごしらえ。傷をつけないよう気をつけながら、手で丁寧に洗う。それからざるに並べて、布巾で拭いた。

で、次の工程が面倒なのだ。ウメのヘタ取り。金串で一つずつ、丁寧に取り除く。ディオンがいてくれて本っ当に良かったと思いながら、ちまちまとヘタを取り続ける。当のディオンは、母親の手伝いをしている子供のようなピュアな顔で、楽しそうに手を動かしていた。

ウメの下ごしらえが終わったら、いよいよ容器にウメと塩を詰めていく。塩、ウメ、塩、ウメ、塩。交互にぎゅぎゅっと。

スーパーとかで売ってるのは、塩分濃度八パーセントとかのヘルシー減塩梅干しが多い。けれど、今回はがっつり二十パーセントでいく。

塩が多いほうが保存性に優れるので、初心者向けらしい。それにそもそも、私は塩がきつめの梅干しが好きだ。おばあちゃんの梅干し、強烈なしょっぱさだったし。

ウメと塩を詰め終わったら木の蓋をのせて、さらにその上から重しをのせる。ここから数日で汁……梅酢だったかな？　が上がってくるはず。

で、梅酢が上がってきたら、塩でよくもんであく抜きしたシソを入れる、だったはず。シソは他のタイミングで入れてもいいらしいと聞いた覚えがあるけど、ひとまずこれでいいや。

「今日の作業はここまでです。一か月くらいしたらいったん取り出して、晴れた日に天日干しにするんですよ」

私の家の三階は屋根裏部屋になっていて、そこの窓から外に出られるようになっている。出たところは小さなバルコニーになっていて、普段はそこに洗濯物を干している。あそこなら、梅干しの天日干しにもちょうどいいだろう。

「よければ、ですけれど……その時も手伝ってもらえると嬉しいです」

「もちろんだ。……しかし、梅干しか……それがお前のもう一つの記憶によるものだと、知っているのは私だけだな」

「そうですね。そろそろイネスさんやクロエあたりには打ち明けてもいいのかな、とも思うんですけど、どう切り出したものか悩んでいて」

「……ならばもう少し、黙っていてもらえないだろうか。打ち明けなくてはならない特段の事情もないようだし」

突然妙なことを言い出したディオンに、無言で首をかしげてみせる。どうしてですか？ という思いを込めて。

「その、だな。お前のもう一つの記憶のことは、私とお前だけの秘密だ。それが、その……嬉しいと、そう思ってしまうのだ」

照れくさそうに視線をそらして、ディオンが答える。どういう訳か、彼の言いたいことが理解できるような気がしていた。

私とディオンは、イネスやクロエの前ではまだ箸を使ったことがない。別に堂々と箸を使っても、あの二人は面白がるだけだろう。それが分かっていても、二人がいる時はかたくなにフォークを使っていた。なぜか、そうしたいと思ってしまっていたのだ。

たぶん私も、楽しんでいたのだろう。彼とちょっとした秘密を共有することを。

「……そうですね。でしたらまだ、内緒にしておきます。それと梅干しができあがったら、真っ先にディオン様にごちそうします。海苔を巻いた梅干しおにぎり、おいしいんですよ」

「ああ、楽しみにしている」

それきり、二人して黙り込む。食卓の上に置かれた梅干しの壺（つぼ）を眺めながら。

若い男女が二人きり。しかし目の前には梅干しの壺。どうにもムードに欠けるなあと思いながらも、これが私たちらしいのかもね、とも思った。

「二人とも、お疲れさまでした。それじゃあ、また明日」

「アンヌマリーもお疲れ！　明日も頑張ろうね！」

「あんまり寄り道しないで帰るんだよ。女の子の一人歩きは危ないからね」

今日の営業も無事に終わった。てきぱきと店を片付けて、イネスやクロエと別れて家へと向かう。

日に日に昼が長くなっていて、まだ辺りは明るい。これなら、ちょっと散歩していくのもいいかもしれない。そんなことを考えながら歩いていたら、ディオンとばったり出会った。

「アンヌマリー、仕事は終わったのか。その……何か用事など、あったりはしないか」

「はい。特に何も。晩ご飯を何にしようかなって、そう考えてたくらいで。どうせなら、ディオン様もうちで食べていきますか？」

「その誘いはとても嬉しいのだが、今日はお前を誘いに来た。……仕事のあとで疲れているとは思うが、よければ一緒に来てくれないか」

珍しいことにディオンは、ちょっと自信なげな笑みを浮かべている。いつになくおどおどした様子だし、私と視線を合わせようともしない。不思議に思いながら、ひとまずうなずく。

「いいですけど……どこに行くんですか？」

「できれば内緒にさせてくれ。大丈夫だ、そう遠くではない。帰りはお前を家まできちんと送り届けると約束しよう」

そう言ってディオンはこちらに背を向け、歩き出す。隣に並んで、歩きながら彼の顔を見上げた。夕焼けの優しいオレンジ色に染まった彼の横顔は、とても優しく穏やかだった。でも私が見ていることに気づいたとたん、またぷいと顔をそらしてしまった。

やっぱり様子がおかしい。そう思っていたら、彼はふと足を止めた。

「そうだ、お前はまだ夕食をとっていないのだったな。どこかで食べていくか……いや、それではお前がまた仕事のことを考えてしまうか。ならばあちらの……屋台でどうだろう」

彼はためらいがちに、近くの広場に出ている屋台を指している。どうやらホットドッグの屋台のようだ。

「はい、構いませんよ。でもどうして、仕事のことを考えたらいけないんですか？」

「お前は最近働きすぎだ。店を持ったほうがいいと言ったのは私だし、その提案自体を悔いたことはないが……まさか、お前がここまで熱心に働き続けるとは思わなかった」

「だって、楽しいんです。それにお客さんもどんどん増えてますし」

「それでも、休息は必要だ。……ほら、行くぞ」

珍しくも少し強引に、ディオンは私を屋台に連れていく。ホットドッグを買って、広場の端に移動する。

ソーセージ、レタス、それにベーコンと粒マスタード。具だくさんのホットドッグを、二人並んで立ったままかじる。

「悪くはないが、もう少し驚きが欲しいな。そういった点では、お前の料理のほうが……」

ぶつぶつ言いながらも、ディオンはせっせとホットドッグを食べている。くすりと笑って、小声で言葉を返した。

「そうですね。これはおいしいですけど、もう少しあったかいほうが好きです」

「この料理は十分に温かいと思うが？　パンも具材も、直前に鉄板であぶっていたしな」

サレイユの屋敷を出たあの日にひとりっきりで食べた、心をあったためてくれたあの不格好なホットドッグが、私にとっては一番おいしいホットドッグなのだ。でもそのことは、彼には内緒だ。

不思議そうな顔で首をひねっているディオンに笑いかけながら、普通においしいホットドッグをぺろりと平らげた。


そうやってお腹を満たした頃には、ディオンも多少落ち着きを取り戻していた。彼は一つ深呼吸すると、ちょっとぎこちなく手を差し出してくる。エスコートだなんて珍しいなと思いながらその手を取ると、彼はそのまま広場を横断していった。どうやら、そちらの端にある階段に向かっているらしい。

「目的地はこの下だ。暗いから、足元に気をつけろ」

ディオンに手を引かれて、薄暗い階段を下りていく。ディオンは「お前が足を滑らせても、私が支える。安心してくれ」と誇らしげに言っていた。

やがて、下のほうから水音が聞こえてきた。カナールの生命線である運河から枝分かれした小さな川の一つだろう。流れる水がきらきらと光を跳ね返しているのが、遠くに見えていた。

階段を下まで降りて、川辺に近づく。辺りは暗く、静かだった。上の広場の喧騒も明かりも、ここまではほとんど届かない。

目の前にはさらさらと静かに流れる川、その両岸には葉の細い草が生い茂っている。そろそろ暗さにも目が慣れてきて、川辺のあちこちに人が立っているのが見えてきた。みな川のほうを見つめ、じっと何かを待っているようだった。

「……暗い中、川の見物ですか？」

訳が分からなくて、そう尋ねる。ディオンは私の顔を見て苦笑した。

「そう難しい顔をするな。危険などない。素晴らしいものが見られるらしいぞ」

「らしい？」

「実は私も初めてなのだ。カナールには昔から何度も来ていたが、その……平民の暮らしにはうとくてな。ここに良いものがあるというのも、お前の店の客から聞いた」

すっかりディオンに慣れた客たちは、ちょくちょく親しげに彼に話しかけるようになっていた。その様を微笑ましいなあと思いながら見守っていたのだけれど、こんな情報までやり取りしていたのか。

ディオンもすっかり変わったなあ。嬉しさとくすぐったさをかみしめたその時、小さな明かりがふわりと私たちの間を通り抜けた。

辺りから抑え気味の歓声が上がる。静かな闇の中に、指先ほどの小さな明かりが次々と浮かび上がってきたのだ。緑とも黄色ともつかない神秘的で優しい光が、ふわふわと宙を舞っている。

「蛍……こんなところで……」

「なんだ、お前はこれを見たことがあるのか」

行きかう淡い光を目で追いながら、ディオンが穏やかに尋ねてくる。

「……もう一つの、記憶の中で。でもこちらのほうが、ずっと素敵……」

自然と、うっとりとしたため息がもれる。すぐ近くを飛んでいた蛍が、すっと私の手に留まった。

「まるで指輪だな。よく似合うぞ。普段から、もっと着飾ってもいいと思うのに」

「手につける飾りは、料理の邪魔になるので……」

「まったく、お前は本当に料理のことばかりだ。気晴らしになればと連れ出したというのに」

あきれたように肩をすくめたディオンだったが、その目はとても優しく細められていた。

「ええ、とてもいい気晴らしになりました。ありがとうございます」

以前ディオンと一緒に船に乗り、桜を見た。そうしてまた、彼は蛍を見せようと連れ出してくれた。彼がいなかったら、きっと私はカナールに来てから仕事三昧、料理ばかりの生活を送っていただろう。それはそれで悪くないかもしれないけれど、ちょっと味気ないとも思う。

彼には感謝しなくてはいけないな。いや、感謝するだけでは足りない。たまにはその思いを形にしなくては。何かきちんと、お礼をしたい。

幻想的な蛍の乱舞を並んで眺めながら、こっそりとそんな決意を固める。さっきからずっと感じている、そわそわむずむずするこそばゆい気持ちが、さらに高まっていくのを感じていた。

そうしてその次の休みの日、私はまたしてもディオンと一緒にいた。今度は、町の外の野原だ。

蛍を見た帰り、私は彼に尋ねたのだ。改めて今までのお礼がしたいのですが、何か希望はありますか、と。

そうしたら彼は「カナールの外に出かけておにぎりの弁当が食べたい、お前と二人きりでのんびりと」と即答したのだ。カナールでは昔から、ピクニックが盛んなのだそうだ。店のお客さんたちからも、ピクニックに向いた森や小川なんかを教わってはいる。

もっとも、あっちの森がいいか、それともこっちの野原がいいかについては各人こだわりがあるらしく、しょっちゅう大論争を繰り広げていた。ひとまず、カナールの周囲に素敵な散策スポットがたくさんあることだけは分かった。

ディオンの可愛らしいリクエストにちょっと拍子抜けしたけれど、それくらいならお安い御用だ。私の頭の中は仕事のことばかりだとディオンが言っていたことがあるけれど、彼も人のことは言えないと思う。彼の頭の中だって、料理のことばかりだ。

ともあれ、お弁当がお望みなら、全力で作るまで。うふふ、腕が鳴る。

という訳で、私たちはお弁当入りのバスケットを提げて、朝からのんびり町の外を歩いているのだった。特に目的地を決めず、気の向くまま歩く。お昼になったらお弁当を食べて、また来た道を戻ってくる。そんな行き当たりばったりのピクニックだ。

「ただぶらぶらと野を歩くのも悪くないな。カナールの民がこのような行いを好むのも、分かる気がする」

「そうですね。風が気持ちいいです。それに静かで、穏やかで……」

こうしていると、自然と肩から力が抜けていく。最高にリラックスした気分だ。もしかして彼は、ここまで見越して私を外に誘ったのだろうか。

「あちらには何か咲いているな。普段は手入れされた花ばかり見ているが、野にある花もまた愛らしい」

そんなことを話しながら、近くの茂みに向かう。名前は分からないけれど、白やピンク、黄色などの可愛い花がちらほらと咲いていた。よく見ると、アジサイっぽい花もある。

「先日は蛍を見ましたし……いよいよ、夏が近づいているんですね」

「……もうそんなになるのだな。以前、お前と共に野を歩いた時は、まだ冬だった」

彼と一緒に野を歩いた時――それは、私がサレイユの屋敷を追い出されて、カナールにやってきた時のことだ。

「あれから毎日忙しくて、楽しくて……あっという間でした」

「ああ。お前と出会ってから、まだ一年も経っていない。だが私は、もう何年もお前とこうしているように思えてしまう。あっという間なのに、とても長い」

しみじみとそんなことを語り合って、風に吹かれながら野の花を眺める。

何だか青春してるなと思ったその時、お腹が鳴った。私のお腹が。爆音で。

ディオンが露骨に笑いをこらえながら、口を開いた。

「……と、ところで、そろそろ昼時ではないか？　花のそばでの食事もいいと思うぞ」

「ずっと歩いてきたから、お腹が空くのは当たり前です！　もう、笑わないでください」

「ああ、すまない。いや、健康的で良いと思うぞ」

ディオンはなおも肩を震わせながら、大きな布を広げて草地の上に敷いている。布の上に二人並んで座って、バスケットからお弁当箱を取り出した。

「それでは、お前の心づくしの弁当をいただくとしよう。外で食べるおにぎりは、やはり絶品で……む？　これ、は……思ったより、ずっと華やかで……なぜだろう、不思議と胸が高鳴る」

もどかしげに弁当箱の蓋を開けたディオンが、目をぱちぱちさせている。驚いたように目を見張りながらも、喜びに顔を輝かせていた。

今日のお弁当は、私にとって一番なじみのあるものを再現した。子供の頃、遠足の時なんかにお母さんが持たせてくれたものだ。

私ももう一つの弁当箱を開けて、中を見る。思わずじんとしてしまうくらいに懐かしい料理の数々がずらりと並び、明るい日差しを受けていた。

海苔を巻いた小ぶりのおにぎり、ショウガ醤油で下味をつけたから揚げ、ほんのり甘い卵焼き、鰹節たっぷりのモロヘイヤのおひたし。モロヘイヤよりもほうれん草のほうがよりなじみ深いのだけど、季節のせいか見つからなかったのだ。でもこれはこれでおいしいから気にしない。

なんと弁当箱の片隅には、豪勢にメロンが収まっている。カナールでは、なぜだかメロンが安売りされているのだ。リンゴくらいの小ぶりなものを子供たちがおこづかいで買って食べているくらいに安い。

そして忘れてはいけない、タコの形に切ったウィンナー。カナールで売っているウィンナーは大きいものばかりで、タコさんウィンナーを作るのにちょうどいい大きさのものを探すのに少々苦労した。肉屋さんを何軒もはしごするはめになったけれど、おかげで満足いく仕上がりだ。

「これは……何かの形を模しているのか？　どこかで見たような……見ないような……」

「ディオン様も見たことのある、とある食材の元の形ですよ。うちの店でも使ってます。長い足をぶつ切りにして……」

真剣に悩んでいるディオンに、そっとヒントを出す。彼はもう少し考えて、そろそろと答えた。

「……もしかして、タコ、だろうか。一度、ゆでる前のものを見た覚えがある。大まかな形は合っているといえなくもないが……」

「はい、正解です。実物はともかく、これは可愛いでしょう？　同じウィンナーなのに、ちょっぴりおいしく感じられるんです」

「あのタコを、このような形で再現するか……少々可愛らしくし過ぎではないか？　食べてしまうのが惜しくもあるが……しっかりと味わうのが、食材への礼儀だろう」

生真面目にそんなことを言いながら、ディオンはタコさんウィンナーをぱくりと一口で食べた。

「ふふ、お前の言う通り、やけに美味に感じられる。ありふれたウィンナーだというのにな。それでは、他の品もいただこうか」

にっこりと笑って、ディオンは箸を進める。おにぎりを口にして、ほうとため息をつき。から揚げをかじって、満面の笑みを浮かべ。不思議そうな顔でモロヘイヤを口に運んで、目を丸くする。

その様子からすると、どうやらこのねばねばは初体験らしい。

どうやら彼は、このお弁当も気に入ったようだ。それを確認して、ほっと息を吐く。そうして、私もお弁当を食べ始めた。

うん、さすがは私。みんなおいしい。自然と笑顔になっていくのが分かる。見ると、ディオンも最高に幸せそうな顔でお弁当を食べていた。

「うむ、美味だ。お好み焼きやちらし寿司も素晴らしいが、やはり私はおにぎりが好きだな。……初めてお前からもらった料理だからだろうか」

「そういうものなんですか？　あの時のおにぎり、自分の昼食としてぱぱっと厨房の隅で作ったものですから、かなり質素でしたけど」

彼と初めて出会ったのは、サレイユの屋敷の近くの田んぼだった。田んぼのそばの木の下で昼食をとっていたら、ひょっこりと彼が顔を出したのだ。あの時は、こんなにも長く、親密な付き合いになるなんて思いもしなかった。これはこれで悪くないけれど。

「確かに質素だったが、私にとっては何より忘れがたい味なのだ。ところで、こちらの揚げた鶏も素晴らしいな。一つ食べたら、もっと欲しくなる。不思議なくらいに飽きがこない」

懐かしそうに語っていたディオンが、から揚げをかじって目を細める。

「醤油の味に、ショウガのさわやかな風味が華を添えているな。店で出せば人気になるだろう」

「それも考えましたけど、揚げ物をするには店の台所が少し狭いんですよね。どうせなら、揚げたてを出したいですし」

「……もしかして、揚げたてはさらに美味なのだろうか」

私の言葉に、ディオンが期待に目を輝かせている。本当に彼は、おいしいものに目がない。こんなところは、前から少しも変わっていない。

「そうですね。外はぱりっとしていて、噛むと柔らかくて、あつあつの脂がしみ出てきて……脂の香りが、醤油の香りと合わさって……とってもおいしいです」

「頼む、今度食べさせてくれ。いつでも構わないから」

「はいはい、分かりました」

前のめりになって真剣に頼み込むディオンに、苦笑しながらそう答える。こうなったら、とびきりおいしいから揚げを食べさせてあげよう。塩味、醤油味、あと付けマヨネーズやタルタルソースもいいかも。

肉ばっかりだと栄養が偏るし、野菜も用意しよう。口直しにもちょうどいい。えっと、浅漬けに野菜スティック、それと和風サラダがいいかな。食べやすく切った季節の野菜をポン酢とオリーブオイルで和えて、上から鰹節をぱらぱらと振ればできあがりだ。

「あ、そうだ」

そこまで考えた時、ふと思い出したことがあった。箸を置いてディオンに向き直り、ぺこりと頭を下げる。

「ありがとうございます、ディオン様。前にもらった鰹節削り器、とても重宝しているんです」

「そ、そうか」

ディオンがちょっと動揺しているけれど、ひとまず礼の続きを言うことにする。

「私の料理には出汁が欠かせませんから、毎日山のように鰹節を削る必要があって……。でもあの鰹節削り器は少しもがたこないんです。今でも、買ったばかりの頃と同じくらいすんなりと削れるんですよ。最高です」

　彼と一緒に初めてカナールに来た時、彼がくれた鰹節削り器。あの色気のない贈り物は、それはもう恐ろしく役に立っていた。今やあれなしではやっていけないくらいに。

「あの時、私はもっと安い鰹節削り器を買おうとしていました。でもきっと、安いものだったらもう壊れるか、がたがきていたと思います。今私の店が順調なのは、ディオン様のおかげですね」

「……役に立ったのなら、良かった」

　短く答えて、ディオンはついと横を向く。なんだろう、いつもと様子がちょっと違う。普段の彼なら、ここでまた長々と言葉を返してくるところなのに。

　どうしたのかなと思いながら、身をかがめてディオンの顔をのぞきこもうとする。しかし彼はさらに顔をそらしてしまった。

　顔を見ようと頑張る私と、見せまいとして逃げ回るディオン。野原に敷かれた布の上での攻防は、じきに決着がついた。

「あ……」

　両肩をひっつかんで間近でのぞきこんだ彼の顔は、リンゴのように真っ赤になっていた。その鮮やかな紫の目は、恥ずかしそうに泳いでいる。

「その、放してくれると助かる。……誰も見ていないとはいえ、そう迫られると落ち着かない」

「……だったら、どうしてさっきから逃げ回っているのか教えてもらえませんか？」

「嬉しかったのだ。お前の役に立てた、力になれたと思ったら……胸がざわついて、お前の顔をまっすぐに見られなくなってしまった」

なんだそれは。まるで乙女のようじゃないかと思いながら、もう少し顔を近づけてみる。彼は恥じらうように目を伏せて、必死に横を向いていた。

いつも堂々として偉そうなのに、案外可愛いところがあるじゃないの。そう思った拍子に、心臓がどきどきし始めた。えっ、なにこれ。

蛍を見た時に、そしてそれ以前から感じていたくすぐったさが、何倍にもなって押し寄せてくる。

あれ、おかしいな。頬の辺りがほんのり熱いような気が。

ディオンから手を離さないと。そう思っているのに、どういう訳か動けない。結局私はそのまま、彼の横顔をじっと見つめてしまった。しかもなぜか彼はそれ以上抵抗せず、されるがままになっている。

どんどん鼓動が速くなっていく。今うかつに口を開いたら、何かとんでもないことを口走ってしまいそうな気がする。でも黙っていたら、このむずむずする空気を追い払えそうにない。どうしよう。困った。嫌じゃないけど困った。

結局私たちは、通りすがりのリスが乱入してふわふわの尻尾でくすぐってくるまで、そんな状態で固まっていたのだった。

そんなくすぐったいピクニックの数日後、私はイネスとクロエと一緒に出かけていた。今日のお

休みは何をしようかな、などと考えていたら、問答無用で二人に連れ出されたのだ。

やってきたのは、お菓子の品ぞろえがいいことで評判のオープンカフェのお店だ。たぶん二人は、お茶をしながらお喋りをしようと思っているのだろう。

木陰の涼しい席に案内されて、注文を告げる。やがて、湯気を上げるお茶と可愛らしいお菓子が運ばれてきた。うきうきしながら、まずはお茶を一口。

ちょっと香りが強めの、清涼感が強いお茶だ。たぶん、お菓子に合わせてあるんだと思う。続いてはお菓子を……とフォークを手に取ったところで、クロエがいきなり切り出した。

「ねえアンヌマリー、最近何か変わったこと、あったんじゃない？」

「変わったこと？　そうね……」

視線を上げて、考える。そういえば最近、やたらとディオンと一緒にいるなあ。でも彼と出かけるのって、そんなに珍しいことじゃないし。思えばまだ私がサレイユの屋敷にいた頃から、何だかんだで彼と出かけてた。しかも、泊まりがけのこともあった。

あ、そうだ。あったあった、変わったこと。

「梅干しっていう新しい漬物を仕込んだの。一か月したら天日干しをするんだけど、ディオン様がその日を楽しみにしてて。早く味見がしたいって」

そう答えると、二人とも頭を抱えてしまった。イネスは額を押さえてため息をついているし、クロエは机に突っ伏さんばかりになっている。私、そんなおかしなこと言ったかな。

「イネスさあん、アンヌマリーが鈍すぎてどうしよう」

「そうだねえ。こうなったら正面切って聞くしかないんだろうね。やれやれさ」

さて、二人は何を言っているんだろう。きょとんとしていると、イネスがこちらに流し目をよこしてにやりと笑った。

「ここならにぎやかだから内緒話には向いてるし、人前ならあんたも走って逃げたりしないだろうし」

「やっぱり、ここに連れてきて正解だったよね、うんうん」

それから二人は身を乗り出して、声をひそめて口々に言った。この上なく楽しそうに。

「あたしたちが聞きたいのは、ディオン様のことなんだけどね」

「アナタはいったいどう思ってるの？　さっさと白状しちゃってよ」

思いもかけない質問に、またしてもきょとんとする。それから気を取り直して、思いつくまま答えてみる。

「ええと……食べるのが好きな人なんだなって」

「違う、そういうことじゃないってば！」

クロエがいやいやをするように、ぶんぶんと首を横に振っている。イネスは肩をすくめて、静かに言った。

「……アンヌマリーに一つ、教えておいたほうがよさそうだねえ。ディオン様は、昔はあんなに食事にこだわる方じゃなかったんだよ。そもそも、食事自体にあまり興味がなかったみたいで」

「同じようなメニューが続いても、全然気にされてなかったですよね。いつも淡々と『美味だ』って答えるだけだったし」

「お茶だけはお好きだけれど、食事のほうはねえ。まずくなければそれでいい、そういう方だったんだよ。工夫のしがいがないって、料理長がぼやいてたものさ」

「えっ？」

食事に興味のないディオン。それは私の知っているディオンとは別の人間だ。呆然としたまま、おそるおそる反論する。

「でもディオン様は、初めて会った時からずっと、私の料理を気にしていて……いつも私の夜食を分けてほしがっていて……」

サレイユの屋敷にいた頃、たびたび彼と夜食を食べた。ラーメンにカツオのたたき、他にも色んなものを。それまでに食べたことのないメニューに、彼はいつも果敢に挑んでいた。

そんなことを思い出しながら、さらに続ける。

「それに、新しい料理のためだって言って、メーアやカナールに連れてきてくれました。今だって、梅干しの完成を心待ちにしていて……」

混乱している私をなだめるように、イネスが穏やかに微笑んだ。まるで母親のような、そんな表情だった。

「そうだね。ディオン様は、すっかり変わってしまわれたんだよ。あんたは、どうしてディオン様がそうなったと思う？」

「……私の料理が変わっている、から？」

「それもあるけど、それだけじゃないって。ディオン様、何か言ってなかった？　絶対言ってると思うんだよね。お前のことが気になるんだーとか、そんな感じのこと」

クロエの言葉を聞いて、ふと思い出した。

あれは確か、醤油が完成した時のことだ。ディオンはやけに、私の家の再興について気にかけてくれていた。そしてその理由を尋ねたら、彼はこう言ったのだ。最初は同情だったが、次第にお前に興味がわいた、と。

まるでドミノのように、次々と記憶がよみがえってくる。屋敷を追い出された時に追いかけてきてくれた彼。私が住まいと仕事を見つけるまで、力を貸してくれた彼。その後も、まだ何かあるといけないからと言って、カナールに留まってくれた彼。

彼がいてくれたから、私はひとりぼっちで辛い思いをせずに済んだのだ。

それからも、色々あった。一緒に連絡船に乗ってメーアに行ったし、貸し切りの豪華な船で桜も見た。あれ、そういえばあの時、恋人について何か言っていたような。

そうして順に記憶をたどるうち、ふとこないだのピクニックのことまで思い出してしまった。私の力になれたのが嬉しいと、そう言って恥じらう彼の顔がぱっと頭に浮かんでしまう。その拍子に、かっと頬が熱くなった。

「あれえ?　どうしたの、アンヌマリー?」

「おや珍しい、この子が恥じらってるところを見られたよ」

二人がおかしそうな声をかけてくるけれど、そのことを気にかけている余裕はなかった。とにかく、一刻も早く顔を冷やさないと。

「えっと……その、色々と思い出しちゃっただけだから……」

どうにかこうにか、それだけを答えた。しかしなぜか二人は、大変満足そうにうなずき合っている。さっきまで難しい顔をしていたのが嘘のように。

「ああ、思い出しただけで赤くなるんだあ。アタシたちずっと心配してたけど、順調みたいで何よりだね、うんうん」

「まったくさ。ディオン様が盛大に空振っているんじゃないかって気をもんだけど、どうやらそうでもなさそうだ。本当に良かったよ」

「おや、私の名が聞こえたようだが？」

「ひ、ひゃあああ⁉」

その時突然、よりにもよってまさかのディオン本人が顔を出した。オープンカフェでお茶をしている私たちを見つけて、近寄ってきていたらしい。

絶妙な、というか最悪のタイミングで現れたディオンに驚きすぎて、つい奇声を上げてしまった。彼は目を真ん丸にして、顔を近づけてくる。

「どうした、いきなりおかしな声で叫んだりして。顔も赤いな、熱でもあるのか？」

「ないですないです健康です、だからちょっと顔、離してください！」

必死にそう訴えると、ディオンは素直に離れようとした。だがその時、ふと何かに気づいたような顔をして動きを止めた。

「……そういえば先日、お前に肩をつかまれたな。放してくれと頼んだのに、お前はしっかりと私を捕まえたままで……」

その言葉に、クロエとイネスがにやにやと笑い出した。間違いない。この二人、この状況を楽しんでる。

「うむ、せっかくだからあの時の意趣返しといこうか。もうしばらく、こうさせてもらおう」

ディオンはたいそう楽しそうに笑って、さらに顔を近づけてくる。前かがみになった彼の前髪が、私の前髪をかすめそうなくらいに。心臓がどどどどと、爆速で走り始めた。

「ごめんなさい謝ります、ですから、ちょっと離れてください！　落ち着きません、というより心臓に悪いので、ええ！」

「ならば、私もここに混ぜてくれ。そちらの焼き菓子がさっきから気になっていてな」

「はい分かりました、どうぞ一緒にお茶にしましょう！　当たり障りのないお話をしながら優雅にお茶を！」

やはりちょっと距離の近いディオンと、盛大に声が裏返っている私。そんな私たちの向かいで、クロエとイネスは和やかにお茶を飲んでいた。

「ああ、アタシとっても満足。すっごく面白いものが見られたし。アンヌマリーを無理やり引きずってきて正解だった！」

「あたしも同感だよ。これからあの二人を見守っていく楽しみもできたしねえ」

「見てて飽きませんよね、あの二人」

すぐ隣の席に腰を下ろしたディオンから一生懸命に目をそむけながら、向かいの二人をじっとにらむ。二人はまったく動じることなく、さらに楽しそうな笑みを返してきた。

木陰を吹き渡るさわやかな風、気心の知れた友人たち。とっても素敵な午後のお茶。けれど私にとっては、この上なく落ち着かない、気恥ずかしい時間になってしまっていた。

「……ディオン様、今度の休みなんですけど……その、空いてますか……？」

とんでもなく恥ずかしいティータイムからさらに数日後、店にやってきたディオンにおそるおそるそう尋ねた。

ディオンはしょっちゅう店に遅いお昼を食べにくるし、しかもちょくちょく夕食を食べに家に押しかけてくる。

けれどあのティータイムからこっち、彼はほとんど顔を見せていなかった。仕事が忙しいらしく、店には来るものの、手早く食事をとってまた大急ぎで帰っていくようになっていた。そのせいで、ろくに雑談すらできなかった。

おかげで私は、むずむずする気持ちを抱えたまま日々を過ごしていた。これではいけない。実際今も、気恥ずかしくてディオンの顔を正面から見られない。

「こないだ、カナールの外を歩いた時にからかってしまったおわびに、特別な夕食をごちそうしたくて……」

どうにかして、気持ちを落ち着かせなくては。そう決意した私は、改めてディオンを食事に誘うことにしたのだ。甘いムードなどみじんもない、ひたすらに食への欲望を満たすためだけの食事会を開こう。そうして二人で、おいしいおいしいと言って、お喋りしながら料理を食べよう。

そうすればきっと、この胸のむずむずも消えるはずだ。前みたいに、ディオンとのんびり料理の話をして笑い合えるはずだ。

「わびなど不要だ。だが、お前の特別な料理が食べられる機会を逃すような、そんな愚かな真似はしない。喜んで、その招待を受けよう」

ディオンは無邪気に、心底嬉しそうに笑う。心臓がどんどこ暴れているのを無視して、彼に笑い返した。


そうして、約束の日の午後。予定よりもちょっぴり早く、ディオンが私の家にやってきた。

「おお、これは良い香りだ。……前にかいだ覚えがあるな。これは……」

やってくるなり、ディオンが鼻をひこひこさせている。一生懸命に何かを考えているようだったが、やがてぱっと顔を輝かせた。

「そうだ。サレイユの屋敷で、お前が夜食を作っているところに初めて出くわした、あの時の匂いだ」

「正解です」

そう答えながらも、私は自然と微笑んでいた。あんな昔のことを覚えていてくれたんだなあという嬉しさと、食べ物の匂いで思い出すなんて、やっぱりディオンは腹ぺこのディオンなんだなあという思いと。

「確かこれは……ラーメンとかいうパスタに使っていたスープだな。この黄金色、覚えがあるぞ」

鍋をのぞき込んで、ディオンが笑う。中に入っているのは、鶏ガラとネギとショウガを煮込んで布でこした、鶏ガラスープだ。朝から煮込んでいたので、家中がスープ臭い。これを仕込むために、わざわざ休みの日を指定したのだ。

「ということは、今日の夕食はラーメンか？　あれは風変わりだったが、とても美味だった」

「はい、そうですよ。ただ、あの時のものとは色々違います。具材もきちんと用意しましたし、より素晴らしい一皿に仕上げてみせますから」

「ああ……それは楽しみだ」

うっとりと目を細めて、ディオンが息を吐く。その拍子に、またちょっとどきりとした。落ち着け私、あれは料理を楽しみにしているだけの表情よ。今までさんざん見てきた顔でしょう。

自分にそう言い聞かせつつ、台所に並べてあった具材を指し示して説明する。

今はとにかく、違うことを考えたい。変に意識して挙動不審になったら、あのピクニックとティータイムの二の舞だ。いや、既に二回やらかしているから、この場合は三の舞って言ったほうが正しいのかな。そんな言葉ないけど。

「こちらは、今朝採れたトウモロコシをさっとゆでてばらしたものです。一粒味見しますか？　すっごく甘いですよ」

「ほう……トウモロコシとは、ここまで甘かったのだな。まるで果物のようだ」

「次の日になると、もう味が落ちるんですよね。そしてこっちのはモヤシです。暗いところで育てた豆の若い芽なんです。さっとゆでただけなので、しゃきしゃきしておいしいですよ」

モヤシはとにかく日持ちがしないからか、それとも日に当てずに育てるという面倒な栽培方法のせいなのか、カナールの市場ではモヤシは売られていないようだった。

でもやっぱり、ラーメンにはモヤシを入れたい。なので豆を買ってきて自分で育てることにした。

手桶（ておけ）に浅く水を張って布を敷き、そこに豆を並べる。仕上げに手桶の上に分厚い布をかけて、暗い所に数日おいてみた。そうしたら結構いい感じに育った。初挑戦にしては上々だ。なんだか、小学生の自由研究みたいだなという感想が浮かんだけど。

「ふむ、味はほぼないに等しいか。かすかに豆の香りがするな。しかし歯触りがとても良い。これをラーメンに……想像しただけで素晴らしい。柔らかくコシのあるラーメンと、しゃっきりとしたモヤシ……」

モヤシを一本つまみ食いして顔をほころばせているディオンに、次の具を紹介する。

「こっちは味玉です。ゆで卵を、醤油と出汁を混ぜた漬け汁にじっくり漬け込んだものですよ」

個人的には、チャーシューを用意したかった。しかしあれは、何回か試作しないと駄目な気がする。豚肉を縛って、醤油とか香辛料とかをたっぷり入れたタレに漬け込んでから焼けばいいはずだけど、試作のたびに醤油をそこそこ消費してしまう。だから、もっと醤油に余裕ができてから試したい。

「これ……は味見はできなさそうだな。うむ、食事の時まで待とう」

その横には、バターと海苔が置かれた皿。これで、トッピングは全部だ。さあ、作業に取りかかろう。

「お湯に重曹（じゅうそう）を入れて、それでパスタをゆでて……」

「なるほど、ラーメンのあの不思議な風味と食感は、そうやって出していたのか。ところで、具体的には何がどうなっているのだろうか」

「ええっと？　……麺の中のグルテンとかいうものが、重曹の……アルカリ？　でこう、きゅっと締まって？」

「何だそれは。分かるような分からないような……それもお前のもう一つの記憶によるものなのだろうが、そこまでうろ覚えだといっそ清々しいな」

「理屈なんていいんですよ、おいしければ」

「はは、違いない」

そう言って、二人一緒に笑い合う。あ、私自然に笑えてる。ぎこちなくない。やっぱり、料理は効果抜群だ。

「麺をゆでている間に、スープを仕上げますね。この黄金色のスープに、この味噌を……」

わくわくした顔のディオンに、おたまに盛った味噌を掲げてみせる。それから鍋におたまを入れて、丁寧に味噌を溶いていく。きらきらと小さな油滴が輝く、華やかな味噌汁色のスープができあがった。

さあ、いよいよ盛り付けだ。まずはスープを丼に注ぐ。ゆで上がった麺をトングでつかんで鍋から上げて、ざるでしっかりと湯切りしてから丼のスープの中へ。さらにその上に、具材を順にトッピングしていけばできあがり。彩りも考えつつ、手早く。

その間中、ディオンは隣で目をきらきらさせていた。切なげな吐息までもらして。

「これが、お前の新たなラーメン……味噌ラーメンとでも呼べばいいのか。ああ、我慢ならない、一刻も早く食べてみたい」

そうして浮かれながらも危なげない手つきで、ディオンが丼を食卓に運ぶ。彼はもうすっかり勝手知ったる動きで、二人分の丼と、それに箸を二膳並べていた。

「はい、こちらもどうぞ」

そんな彼に笑いかけながら、別の小さな皿を差し出す。付け合わせに作っておいた、ナシとハム、それにチーズのサラダだ。ディオンはそれを、とても嬉しそうな顔で受け取る。またちょっとどきりとしてしまったけれど、ひとまず平静を装って席に着いた。

「それでは、いただきます」

「うむ、いただこう」

そうして二人で、ラーメンを口にする。なじみ深く優しい味噌とコクのある鶏ガラスープのコラボ、最高。味噌汁ってまったりのんびりする飲み物だけれど、味噌ラーメンのスープって逆にテンションが上がる気がする。豚汁よりもうちょっと上品で、でもやっぱりパワフル。

具材のチョイスも良かった。しゃきしゃきのモヤシと甘いトウモロコシ、しっかり味がついたとろとろ半熟の味玉、どれもこれも最高にスープと合う。とどめにバターと海苔の香り。すっごくぜいたくだ、これ。貴族の晩餐会に出してもいける、絶対。

一気に食べ切ってしまいたいけれど、ぐっと我慢。ここはサラダで、ちょっとクールダウンだ。ナシとチーズをレタスとハムで巻いて、ぱくり。

……あ、駄目だ。クールダウンできない。おいしい。ナシのさわやかな水気とレタスのさっぱり感を追いかけるように、チーズとハムのコクのある塩味が突撃してくる。勢い任せにもう一度ラーメンを食べたら、さらにおいしく感じられてしまった。大変だ。箸が止まらない。

「はあ……本当に味噌は、素晴らしい……こんな顔も持っていたとは……味噌汁と似て、まるで非なるものだ……サラダがまたさわやかで……交互に食べることで、よりラーメンを深く味わえてしまう……罪深い……」

　どうやらディオンも私と同じようなことを考えているらしく、満足そうな顔でラーメンをせっせと食べている。彼は猛特訓の末、ほぼ私と変わらないレベルで箸を使いこなしていた。けれどラーメンはちょっと食べにくそうだ。若干箸さばきがもたついている。

「ディオン様、実はラーメンはこうやって食べるのがマナーなんです」

　そう言って、箸で麺を数本つまみあげ、つるんとすすってみせる。貴族の常識からいえば、ありえないほど行儀が悪い。パスタ、というかスパゲッティは絶対にすすらないものだから。

　けれどラーメンは、やはりすすってこそだ。前の時は彼に遠慮してすすらず上品に食べていたけれど、今ならこんな提案をしても大丈夫だ。私には、そんな確信があった。

　やはり私の言葉に衝撃を受けたらしく、ディオンは目を真ん丸にして固まっている。しかしすぐに、見よう見真似でラーメンをすすり始めた。ふふ、思った通り。

「意外と……難しいな……しかしこうしたほうが、麺にスープがよくからむような、そんな気がする」

「上手にできてますよ、ディオン様。ちょっと頭を下げて、かがみ込むようにすると楽です。丼を持ち上げて、口をつけてスープを飲んじゃっても大丈夫です」

　今度はディオンも、ためらわなかった。すぐに両手で丼を持ち上げて、ぐいとスープを飲んでいる。そうして、ほうと幸せそうなため息をついた。

「はは、これではまるで子供だな。それも、しつけのなっていない子供だ。しかし、美味だ。あきれるほど美味だ」

あつあつのラーメンのせいかちょっぴり上気した顔で、ディオンが声を上げて笑う。開け放した窓から吹き込んだ初夏の風が、彼の淡い金色の前髪を揺らしていた。私は自然と、そんな彼に見とれていた。

ディオンにうっかりどきどきしてしまわないように、一緒にご飯を食べて心を落ち着かせようと思ったのだけどなあ。余計に彼との距離が縮まってしまったような気がする。

まあ、いいか。こうやって一緒にご飯を食べていると、幸せだなって思えるし。まだ胸の中に残るむずむずにも、ちょっと慣れた気がするし。

そんなことを考えながら、もうだいぶ残り少なくなったラーメンのスープをぐっと飲んだ。ディオンと同じように、豪快に。

## 《幕間5》クロエとイネスは先が気になる

「あーもう、じれったいなあ」

「どうしたんだい、唐突に。あの二人なら、順調だろ？」

クロエとイネスが暮らす家、そこの居間で今夜も二人はくつろいでいた。クロエは端切れで髪飾りを作り、イネスはのんびりと本を読んでいた。

そこに突然、クロエが声を上げたのだ。イネスは何の話かと問うことすらせずに、本に視線を落としたまま平然と答えている。

「確かに、思ってたよりは順調でしたけどお、でももうちょっと……」

自分の思いをうまく言葉にできないのか、クロエができかけの髪飾りを手にぶんぶんと首を横に振る。

「あの二人、どう見ても両思いですもん。その割に、あんまり距離が近づかないっていうか、甘い雰囲気にならないっていうか……一歩引いている感じがして、もどかしいんです」

イネスは本から顔を上げ、目を細めてクロエに語りかける。とても穏やかな、少し寂しげな声だった。

「世の中には立場ってものがあるのさ。分かっておやり」

「……そう、ですよね……」

身分違い。そんな言葉を、二人はそっとのみ込んだ。

アンヌマリーとディオンはとても仲が良い。しかも、お互いに意識し合っている。けれど貴族であるディオンにとって、恋愛と結婚の間にはとんでもない壁が立ちはだかっているのだった。

しょんぼりしてしまったクロエを励ますように、イネスが口を開く。

「まあ、とはいえアンヌマリーは元貴族だし、まだまだ希望は残ってるってやつさ。それに、サレイユ家は伝統的に当主の権力がやたらと強いし……あの爺さんのむちゃくちゃを、みんなしてほったらかしにしてるくらいだからね……」

イネスは、サレイユ伯爵を昔から近くで見てきた。その間のことを思い出しながら、彼女は苦笑を浮かべて肩をすくめる。

「少なくともディオン様は、あの爺さんよりはずっとずっとましな当主になられる。そうなれば、ちょっとくらいディオン様が無茶をやっても、誰も何も言わないだろうさ」

「……元貴族を、奥さんにしても？」

「まあ、そういうことさね」

クロエの顔が、ぱっと明るくなる。さっきまでの泣きそうな顔は、すっかりどこかにいってしまっていた。

「ふふ、だったらこれからも、あの二人をしっかり見守ろうっと！　楽しみだなあ」

「そうだねえ。見守りがいはあるね、あのじれったい二人は」

「お店は順調、あの二人も順調！　うん、いい感じですよね！」

それから二人は、和気あいあいと語り合っていた。これからの、幸せな未来について。

それからも、店はとっても順調だった。屋台の頃からの常連客たちだけでなく、新たな常連客も増えていた。

彼らはこの店を『アンスマリーの店』とか『味噌汁食堂』とか呼び始めるようになった。たまに『味噌汁のとこ』なんて略されているのも耳にする。愛称ができたのはいいけれど『味噌汁』だけで定着したらどうしよう、と思わなくもなかった。まあ、それはそれで悪くないのかも。

店は毎日にぎわっていて、とても忙しい。でもそうしていると、この店はみんなに愛されているのだなと、そう実感できた。

そうしてばたばたしているうちに、あっという間に夏になっていた。

「最近、すっかり暑くなったな。昼を過ぎると、特に……」

いつものように二時過ぎにやってきたディオンは、店の奥の一番涼しいテーブルにまっすぐに向かい、崩れるように腰を下ろした。テーブルに上半身を投げ出して……何というか、溶けている。ディオンって液体だったんだ、とついそんなことを思ってしまった。

「そうですか？　これくらいなら、そこまでもないと思いますが」

カナールの夏はからりとしているし、私にとっては快適なくらいだ。でもディオンはすっかり暑さに負けて食欲が落ちているようで、ここのところおにぎりと味噌汁しか頼んでいない。

テーブルに突っ伏したままのディオンに、明るい声で呼びかける。

「そんなディオン様に、うってつけのメニューがありますよ。期間限定の冷や汁です」

「冷や汁、だと？　それはどのようなものだ？」

溶けていたのが嘘のような動きで、ディオンはがばっと体を起こした。きらきらした目で、まっすぐにこちらを見てくる。夏バテしていてもディオンはディオンだった。

「冷ましたご飯にむしった焼き魚と刻んだ野菜をのせて、冷たい味噌汁をかけたものです。お茶漬けと似た感じの料理ですね。今日から一か月間だけ、味噌汁の代わりにもできますし、単品でも出せますよ」

「よし、それをもらおう。メインディッシュはおにぎりだ。新たな味噌汁の味を堪能するには、やはりおにぎりを合わせるのが一番だからな」

打って変わって生き生きとしたディオンに笑いかけ、料理を取りに台所に戻る。ぱぱっと盛りつけて、すぐに彼のテーブルに向かった。

「はい、冷や汁とおにぎりの定食です。……シソとミョウガ、ちょっと多めにしてますから」

小声でささやくと、彼はとても嬉しそうな顔をした。彼はお茶のブレンドを趣味としているからなのか、ハーブやスパイスのたぐいをとても好むのだ。ミョウガなんてかなり癖があるのに、いっぺん食べさせてみたらぺろりと完食した。

シソもミョウガも、この店では通好みの隠しオプションにしてある。希望者にだけちょびっと出しているのだ。でもディオン相手なら、そんな確認なしに薬味大盛りにしても大丈夫。

「それでは、いただこう。冷や汁か……魅惑的な名前だ」

おごそかな面持ちで、彼はスプーンを手に取る。他の客が注目していることにも気づかずに。冷や汁をそっと口に運んで、うっとりと目を閉じた。

ディオンはもうすっかり、この店の名物になっていた。昼を過ぎ、店が空いてきた頃にふらりと現れる気さくな貴族。そして毎回この上なく幸せそうな顔で、料理を完食していく。そんな彼は、ひっそりと人気になっていたのだ。今も、常連客たちが彼のコメントに聞き耳を立てている。

「熱くない分、味噌の香りはほのかだが……その分、コクが際立っている。それに、どことなく香ばしいような……？」

「はい。焦がし味噌を冷たい出汁でといてあるんですよ」

「ああ、これは焦がし味噌の風味だったか。ほぐした白身魚と薄く切ったキュウリの淡白でさっぱりした味によく合うな。さらりとしていて食べやすく、それでいて滋養も感じさせる」

彼の言葉に、店のあちこちから生唾をのむような気配がした。

「それに、たっぷりの薬味……あっさりとしたこの料理を、きりりとさわやかに引き締めている……ああ、スプーンをにぎる手が止まらない。夏の昼間とは思えぬほど涼やかな、生き返ったような気分だ」

すっかりいつもの調子を取り戻したディオンが、冷や汁を上品かつ猛スピードで食べ始める。その合間に、素手でおにぎりをつかんで元気よく優雅に頬張った。

ちょうど店に入ってきたばかりのお客さんが、そちらの方と同じものを、と注文しているのが聞こえる。ディオンの表情を見ていると、ついそれを食べたくなってしまうらしい。彼が店にいる間は、同じメニューがやけに売れる。

おいしいという気持ちを、全身全霊で表現する。彼はそんな才能を持っているのかもしれないな、と思いながら、せっせと料理を食べているディオンをちらりと見た。

最近、気がついたことがある。私はディオンにご飯を食べさせるのが好きだ。次は彼に何を食べさせよう、どんな反応が見られるだろう、どうすればもっと喜んでくれるかな。ふと気づくと、そんなことを考えている時間が増えていた。

そんな自分の変化にちょっぴり戸惑いつつも、毎日は穏やかに過ぎていった。あの日までは。

「今日もたくさんお客さんが来てくれてたよね。アタシ、もうくたくた」

「あたしたちとしても、やりがいがあるってもんさ」

「店は毎日大繁盛。これもクロエやイネスさんが助けてくれるおかげよ、ありがとう」

「そうさね。これからもあたしたち三人で、この店を盛り立てていこうじゃないか」

閉店直後の店内で、後片付けをしながらのんびりとそんなことを話していた。と、店の入り口の扉がばたんと勢いよく開かれる。

「アンヌマリー、大変だ‼」

そうして駆け込んできた人物を見て、私たちは一斉に目を丸くする。サレイユの屋敷で働いているはずの料理長が、なぜかそこにいたのだ。それも、ひどく息を切らして。

「……まさかあんたも、あそこを辞めてきたのかい？」

イネスがおそるおそる問いかけると、料理長は激しく首を横に振った。しかしすっかり息が上がってしまっていて、うまく話せないらしい。

クロエがコップに水を汲んで、料理長に渡している。入り口からは、さらにレオまでもが顔を出した。彼はいつになく、厳しい顔をしている。不思議な取り合わせに、切羽詰まった様子。何があったのだろう。

「ふう、やっと追いつきました。まさか味噌汁の香りだけを頼りに、ここにたどり着いてしまうとは……料理人の鼻というものは、素晴らしいものですね」

「俺は、一刻も、早く、伝えなくちゃ、なんねえんだ、いちいち、案内なんか、待ってられるか」

料理長はまだ肩で息をしながら、何かを言おうと口をぱくぱくさせている。そんな彼にそっと悲しげな目を向けて、レオが静かに言った。

「……大変申し上げにくいことなのですが、この店の営業許可をいったん取り消しさせていただくことになってしまいました」

この上なく申し訳なさそうな顔で、レオが頭を下げる。とんでもない事態に呆然としていると、彼は小さな声で続けた。

「実は、サレイユ伯爵から圧力をかけられてしまったのです。この店を名指しで」

反射的に、眉間にしわが寄ってしまう。どうしてここで、あの爺さんが出てくるのか。

「ここカナールは陛下が直接治められる地、事実上は私たち商人組合による自治領のようなものですが、この辺りでは力のあるサレイユ伯爵の要求を無下にはねつける訳にもいかず……」

そう語るレオの手は、ぐっとにぎりしめられていた。苦しそうに、いきどおっているように。

「陛下に直訴することは可能なのですが……一料理店のためにそこまですると、問題が一気に大きくなってしまいかねないのです」

一応は元貴族だった私には、彼の言いたいことはすぐに理解できた。ここカナールには領主がおらず、王が直接治めている。だから、ここで起こったもめ事を処理するのは陛下の仕事だ。

でも、それはもちろん建前だ。よほど重要な案件以外は、陛下のところまでは届かない。細かいことは、レオたち商人組合が処理する。そうしないと、陛下が過労死しかねないし。

小さな料理店と伯爵がもめた、ただそれだけの話を陛下の耳に入れてしまえば、この店は良くも悪くも注目される。料理が噂になるのならまだしも、トラブルで有名になるのは良いことではない。先々、さらなるトラブルを呼び込んでくるおそれがある。

かといって、サレイユ伯爵を無視することもできない。商売には人同士のつながりが重要だ。性格が悪かろうがセクハラ爺だろうが、あれは一応伯爵家の当主で、それなりに顔も広い。

豪商であるレオたちなら、サレイユ伯爵ににらまれても困らないだろう。けれどカナールには、それは多くの商人がいる。そしてそのほとんどは、小さな店を持つ者や、屋台なんかで商売する者だ。レオたちに無視されて怒ったサレイユ伯爵が、そういった商人たちに片っ端から嫌がらせを始めるようなことにでもなれば、それこそ大変なことになりかねない。

だから今、被害者が私だけで済んでいるうちに、内密にどうにかするのが一番穏便な解決策なのだ。サレイユ伯爵を説得するなり、気をそらすなりして。

「できるだけ早く営業が再開できるよう、私たちもあらゆる手を打ちます。この店が営業を再開する時にも、迷惑をかけたお詫びとして便宜を図ると約束します。ですからどうか、ここは折れては……いただけないでしょうか」

「あの、頭を上げてください。レオさんは悪くないのですし。悪いのはその、サレイユ伯爵なんですよね。でもどうして、私なんでしょう？　私が彼のもとにいたのは、半年近く前のことですし」

「それについては、俺が説明できる」

ようやく息を整えた料理長が、すさまじく険しい顔で口を開いた。その説明に、私たちはただぽかんとするほかなかった。

何とも恐ろしいことに、あれからサレイユの屋敷は、さらにひどいことになっていたのだ。

かろうじて残っていたメイドも結局みんな辞めてしまい、補充もできなかった。サレイユ伯爵の最低な所業が、いよいよ周囲の町や村に知れ渡ってしまったせいらしい。

そして家事がうまく回らなくなったことで、どんどん屋敷の住環境は悪くなっていった。それに嫌気が差したのか、さらに多くの使用人が辞めていった。

今残っているのは料理長と執事長、それに下働きの使用人が五人。私がいた頃は四十人以上いた屋敷に、主(あるじ)も含めて全部で八人。とんでもないことになったものだ。

「……それ、かなりまずいことになってるんじゃあないかい？」

「なってるんだよ、イネス。幸か不幸か、人数が減ったおかげで厨房は俺一人でも何とかなってはいるが……庭は荒れ放題、どこもかしこもほこりと蜘蛛の巣だらけで……屋敷はすっかり荒れ果てちまった」

料理長はそこでため息をついて、ちらりと私を見た。

「そしてお館様は、その怒りをあんたにぶつけたんだ、アンヌマリー」

「どうして、私なんでしょうか。私があそこを追い出されてから、辞めた人も追い出された人もたくさんいますし……」

あの屋敷を首になった、その時のことを思い出す。サレイユ伯爵は私に腹を立てていたけれど、いくらなんでも半年も怒りは続かないだろう。私にいたっては、毎日が充実して楽しくて、あんなしょぼくれた爺さんのことはすっかり忘れてしまっていたくらいだ。

首をかしげていると、入り口のほうから声がした。暗く弱々しい声だった。

「きっと伯父上は、お前のことをそれなりに気に入っていたのだろうな。だからこそ、お前がこうしてカナールで成功を収めていることが余計に許せなかった」

そちらを向くと、扉を開けてディオンがゆっくりと入ってくるのが見えた。逆光になっているせいで、その表情はよく分からない。

「愛人として大切にしてやる、その申し出をお前が拒んだことで、伯父上は腹を立てた。自分のものにならないのなら、いっそ破滅してしまえ。伯父上なら、そう考えてもおかしくはない」

ディオンの後ろには、レオの秘書が立っている。たぶん、彼がディオンを呼んできたのだろう。

彼らの顔を見た料理長が我に返ったように背筋を伸ばし、私に何か差し出してきた。

「アンヌマリー。俺は、これをあんたに渡すためにここまでやってきたんだ。……お館様は、果たし状だとかおっしゃっていたが」

何とも物騒な言葉に、戸惑いながら手紙を受け取る。開いてさっと目を通し、絶句した。

「伯父上は、なんと……？」

「ねえ、何が書いてあったの……？」

心配そうなみんなの目の前に、手紙を広げて差し出す。これはもう、見てもらったほうが早い。


『けちのつき始めは、間違いなくお前じゃ、アンヌマリー。お前が来てからというもの、他のメイドはわしを操ろうとするし、ディオンは飛び出したきり戻ってこんし、使用人どもがどんどんいなくなってしまうし……お前さえ雇わなんだらと、そう思わぬ日はない』

『しかもあろうことか、当のお前はカナールで料理店を出し、たいそう順調だと聞いた。こうなったら、その鼻っ柱をへし折ってやらねば気が済まぬ』

『お前の得意とする料理で、わしを納得させてみろ。できなんだら、お前はもう二度とその町で店は開けないものと思え。わしの全力をもって、お前を叩き潰してやるでの』

『それとも、しっぽを巻いて逃げるかの？　お前がその道を選ぶなら、わしはもうお前を追わん。お前の成功を阻止できれば、この腹立ちも多少は収まるじゃろうし』

『もしお前がわしの挑戦を受けるというのなら、こちらはいつでも構わぬ。好きな時に挑んでくるがよい。楽しみにしておるぞ？』

みんな、手紙を見つめたまま身じろぎ一つしない。凍りついたような沈黙を破ったのは、料理長だった。

「ああ、やっぱりな。執事長の予想が的中しやがった」

彼は深々とため息をついて、両手で頭を抱えている。

「おそらくお館様は、料理にからめてアンヌマリーに何か嫌がらせをするだろう。どうか彼女の力になってやってくれ、この手紙を運ぶという名目で彼女に会い、こっそり助言してやってくれ、執事長はそう言ってたんだよ」

みんなの視線が、料理長に向く。彼はゆっくりと顔を上げて、私をまっすぐに見た。

「……アンヌマリー。この勝負、どうか受けてくれ。そして、勝ってくれ。そうすればお館様も、少しは頭を冷やしてくれるだろう。俺も、できるだけのことはする」

「どうして、そんなことを……？　力を貸してもらえるのなら、ありがたいですけど……そうしたら、サレイユ伯爵ににらまれてしまいませんか？　あの人の考えを改めさせようと努力するより、あそこを辞めてしまったほうがずっと楽なんじゃ……」

思わずそんな言葉を返した私に、料理長は首を小さく、しかし力強く横に振って答えた。

「俺は先代様に恩を受けた。俺はちびの頃から、あの屋敷で暮らしてきたんだ。若い頃のお館様にも、かわいがってもらったんだよ」

無言でイネスを見ると、彼女は重々しくうなずいた。料理長にそんな過去があったなんて、知らなかった。

「お館様は昔っから、性格がいいとは決して言えないお方だったさ。でもな、それでも……あの方が暴走し続けて、さらに人が離れていくのを……止められないのが、悔しいんだ」

静まり返った店の中に、料理長の言葉だけが響いていく。

「アンヌマリー。あんたの料理の腕は、確かなものだと思う。あんたはいつも妙なものばかり作ってたが、前に食わせてくれたあの餃子も味噌汁も、風変わりだったがうまかった。きっと、あんたならこの状況を何とかしてくれる。俺はそう信じてる」

そう言って、彼は照れくさそうに笑った。しかしごつい中年男性である彼に、そんなさわやかな表情はあまり似合っていなかった。そう思ったのは私だけではないようで、イネスがぷっと吹き出した。それをきっかけに、緊迫していた場の雰囲気がようやく緩んでいく。

「なんだ、俺が褒めたらいけないのかよ！　笑うんじゃねえ、イネス！　ってこら、クロエまで！」

不機嫌そうに私たちを見渡して、料理長がこほんと咳払いをする。

「……と、とにかくだ、お館様の食事の好みについて、一番詳しいのは俺だ。さすがに堂々と手を貸す訳にはいかないが、俺の知っていることをこっそり伝えるくらいはできる。だから、頼む！　あんたしか、頼れるやつはいないんだ！」

どうしよう。万が一勝負に負けたら、下手をするとカナールからも出ていくはめになるかもしれない。レオが手を尽くしてくれると言っているし、ひたすらサレイユ伯爵の怒りが収まるのを待つという手もある。あるいは、彼が別の何かに気を取られるように手を打つとか。

次々と頭の中を駆け抜けていくそんな考えを、一つずつ追い払っていく。料理長がこれだけ必死に頼んでいるのだし、つれなく断ってしまっては寝覚めが悪い。

それに、正面切って売られた勝負から逃げるのは性に合わない。サレイユ伯爵は私をやり込めたと思って高笑いしているのだろうし、ぎゃふんと言わせてやらないと気が済まない。

黙って考え込んでいる私を、みんな固唾をのんで見つめていた。心配そうなみんなに、ゆっくりと重々しくうなずく。

「ありがたい、恩に着るぜ！」

料理長の野太い声が、店の中にびりびりと響き渡った。さっきまでの悲痛な響きは、すっかり薄れていた。

それから私たちはてんでに席について、サレイユ伯爵についての話をひたすら聞いていた。話しているのは、料理長とディオンだ。テーマはもちろん、伯爵の食の好みについて。

これから私は、サレイユ伯爵をうならせるような料理を作らなくてはならない。そんな私にとって、二人の持つ情報は大変ありがたいものだった。

しかしその内容自体は、あまりありがたいものではなかった。というか、頭を抱えずにはいられなかった。

サレイユ伯爵は食についてはかなり保守的で、しかも見た目にこだわる。年のせいで胃や歯が弱っているから、もたれるようなものや固いものは駄目なのだとか。それでいて舌のほうはまだまだ健在で、細かい味の違いをきちんと言い当ててくるのだそうだ。面倒な爺だ。

「……俺が伝えられるのは、だいたいこんなところだな。それじゃあ、俺は戻る。あとは頼んだ」

さらにちょっとした食材の好みなんかも語り終えた料理長が、大きく息を吐いて立ち上がる。もう空は夕焼け色に染まっていて、ねぐらに帰るのであろう鳥の声が遠くから聞こえていた。

「今から戻るのかい？　あたしたちの家でよければ、泊めてあげられるよ。空き部屋もあるし」

イネスの申し出に、料理長は苦笑した。

「いや、馬車を待たせているんだ。俺は馬車を操るのが得意じゃないんで、使用人に一緒に来てもらってるんだ。七人しか働き手のいない屋敷で二人も抜けたら、大変だからな」

「じゃあせめて、夕食くらい食べていきなよ」

「屋敷のほうに、もう準備してあるんだ。気持ちだけありがたく受け取っておくよ、イネス」

「あの、ちょっと待ってください」

料理長に呼びかけて、店の台所に駆け込む。食料庫をあさって、片栗粉と砂糖、それと手製のマーマレードジャムの大瓶を引っ張り出してきた。店では甘いものは出していないけれど、開店前や閉店後にみんなでおやつや軽食を食べたりするので、こんなものも常備してあるのだ。

片手鍋に水と砂糖と片栗粉を入れて、混ぜながら弱火にかける。やがて鍋の中に、半透明の塊が少しずつ現れてきた。鍋をしっかりと左手で持って、右手のへらで底から混ぜていく。どんどん粘りが出てくるので、負けないように力いっぱいよく混ぜ続ける。

いつの間にか、みんな台所の入り口に集まっていた。私の作業を、興味深そうな目で見守っている。しかし私は混ぜるのに必死で、そちらに構う余裕はない。

じきに、鍋の中身がいい感じにまとまってきた。透明感が出てきて、餅っぽくなる。こうなると混ぜているというより、練り上げているといったほうが正しい。

もう少しだけ練ってから、鍋の中身をバットに広げる。作業台の上にバットを置いて粗熱を取ったら、適当な大きさに切り分けて大皿に盛り、ジャムと和える。

要するに、火にかけて混ぜて冷ますだけ。火の取り扱いにだけ気をつければ、子供でもすぐに作れちゃう素敵おやつ。

「これ、わらび餅っていうおやつです。屋敷に帰るまで何も食べないままだと、さすがにお腹が空くでしょうから……よければどうぞ。たくさんありますから、みなさんも」

わらび粉が少しも入っていないこれをわらび餅と呼んでいいのかという点は気になるけれど、細かいことは気にしない。

そうしてまた店の中に戻り、みんなで和やかにわらび餅をつつく。料理長が駆け込んできてからこっち、ずっと重い話をしていたから、甘いものはいい気分転換になった。

料理長はじっくりと味わうようにしてわらび餅を食べていたが、やがてしみじみと言った。

「……あんた、本当に腕を上げたなあ。こういう簡単な料理には、作ったやつの腕がはっきりと出るんだ。それに、心根も。やっぱり、お館様のことをあんたに頼んで正解だった」

「ありがとうございます、頑張りますね。私も、店の将来がかかってますから」

そうして、みんなでわらび餅を食べる。ディオンですら、ほとんど何も言わない。そして私は私で、ひっそりと決意を固めていた。

私は必ずあの爺さんに勝つ。応援してくれる料理長のためにも。そしてまた、あの忙しくて愛おしい日常に戻るんだ。

思いっきり噛みしめたわらび餅は、するんとすり抜けるようにして喉を滑っていった。

店を出た時には、夕日はほとんど沈んでしまっていた。東の空が、宵闇色に染まり始めている。

イネスとクロエは同じ家に住んでいるので、二人一緒に帰っていった。この辺りは治安もいいし、万が一ごろつきなんかにからまれたとしてもイネスがいれば大丈夫だ。

料理長はおみやげのわらび餅を持って、馬車のところに戻っていった。道は分かるから見送りはいらないと、そう言って　レオとその秘書も、自分の店に帰っていった。

そうして私はディオンと二人、家へと向かう道を歩いていた。彼が送ってくれると申し出てくれたので、ありがたく受けることにしたのだ。町が危険だからではない。ただ今は、誰かにそばにいてほしい、そんな気分だったのだ。

じきに夕焼けの名残も消え、空はすっかり暗くなった。けれどカナールの夜は、割と明るい。ぎっしりと並んだたくさんの家の軒先に、小さなランタンがいくつも下がっているからだ。こうやって夜の間明かりを灯すのが、町の決まりになっている。

町を明るく楽しげに見せて、さらに治安を保つ意味があるらしい。貧しい家には明かり用の補助金まで出る。カナールは本当に豊かな、いい町だ。そんなことを、しみじみ思ってしまう。

静かな路地をゆっくり歩きながら、ふとつぶやいた。隣にいるディオンのほうを、見ることなく。

「十日で、サレイユ伯爵をうならせる料理を作り上げる。……私に、できると思いますか？」

あのあとみんなで話し合って、サレイユ伯爵との勝負の期日を、十日後と決めた。

一応、ぼんやりとではあるけれどメニュー案はもう浮かんでいた。今までに作った料理を元に、サレイユ伯爵に喜ばれそうな料理を編み出せばいい。ただおいしいものを作ったところで、あのひねくれ爺さんは負けを認めないだろう。ここは和食で戦うべきだ。そして和食のアレンジなら、店を開く時に色々試した。でもあの時と違って、コストは気にしなくていい。

それに、店は休みになってしまうから時間はたっぷりある。一日中、思う存分メニュー開発に費やせる。屋台を始めた時も、店を開いた時も、悪戦苦闘しながらとはいえ数日で大体レシピを完成させることができた。今回も、一週間もあれば十分だ。

そんな風にずっと自分を励まし続けていたけれど、心のどこかにずっと不安が残っていたのだ。本当に勝てるのかな、これからもお店をやっていけるのかな、と。優しい明かりが並ぶ幻想的な光景のせいか、そんな思いがこぼれ出てしまった。けれど隣から、すぐに力強い声が返ってくる。

「大丈夫だ。お前はやりとげると、私が確信しているからな」

「……なんですか、それは」

「お前以外で、お前の料理を一番多く口にしてきたのは間違いなく私だ。お前がお前の料理に自信がなくとも、私はお前の料理に自信を持っているぞ」

「……もう、ディオン様ったら」

変に自信満々なディオンがおかしくて、歩きながらくすくすと笑う。何だか、肩の力が抜けたような気がした。彼はいたずらっぽい口調で、さらに続ける。

「それでも自信がないというのなら、これから一緒に勝負のためのメニューを考えるのはどうだ？夕食をごちそうしてくれるのなら、私は喜んで力を貸すぞ」

「ふふ、それでは遠慮なく力を借りますね。……頼りにしてます」

そうやって話していると、ようやくいつもの調子が戻ってきたように思えた。それと同時に、自信も戻ってくる。

何とかなる。いや、何とかしてみせる、絶対に。決意も新たに、力強い足取りで家へと向かった。

それから二人で夕食をとって、あれこれとメニューを考えていく。夜遅くに、ディオンは帰っていった。すまないが用事があるので、勝負の当日までほとんど顔は出せそうにないと、そう言い残して。

去り際の彼は、妙に思いつめたような目をしていた。そのことが気になったけれど、理由を尋ねることはできなかった。彼の背中が、その問いを拒んでいるように見えたから。

その言葉の通り、次の日からディオンは顔を見せなくなった。

とはいえ、彼が手伝ってくれたおかげでメニューはほぼ決まっていた。あとは、旬の良質な食材を探して、ひたすら試作と試食を繰り返し、より良い料理に仕上げていくだけだ。屋台やお店を開く時も同じような作業をしたし、一人でもどうにかなる。

イネスとクロエも手伝おうかと言ってくれたけれど、断ることにした。サレイユ伯爵は私だけを指名している。当日の作業手伝いを頼むのは構わないとは思うけれど、メニュー開発は私が一人でやるべきだと、そう言って

などというのは建前だった。だいたい既に、メニュー開発にディオンを巻き込んでいたし。

二人の顔を見ていると、お店が休業に追い込まれたことを強く実感してしまって辛い。それが本

音だった。今はただ、一人で作業に没頭していたかった。

今日も市場を歩いて、必要なものを買いそろえていく。今のところ、準備は順調だ。その帰りに、ふとお店に寄ってみた。いつも客でにぎわっていた路地はとても静かで、入り口の扉には『臨時休業、再開時期は未定』と書かれた紙が貼られている。

鍵を開けて、店の中に入ってみた。こつこつという私の足音だけが響いて、すぐに消える。開店前の静けさとは全然違う、ほこりっぽくて湿っぽい静寂が、じっとりとまとわりついてくる。扉の外は今日も晴れていて、夏のさわやかな日差しがさんさんと降り注いでいるというのに。

「……ここって、こんなに広かったのね」

泣きたいのをこらえながら、店の中に一人立っていた。外から聞こえてくる子供の遊ぶ声が、余計に悲しさをかきたてていた。


暗い気分のまま帰宅し、料理に取りかかる。今の私に、立ち止まっている暇はない。じきに、数皿の料理ができあがった。そのまま一人で、メニューの試食を兼ねた夕食を始める。

ここ数日、ずっと同じような夕食だ。でもそのおかげで、上達を実感できる。あとは出汁や味噌のバランスを微調整して、どうせならもうちょっと彩りも欲しいかな……。

食卓に紙束を置いて、気づいたことや思いついたことをメモしながら、一人黙々と食べる。店が休みになってから体をあまり動かしていないせいか、あんまりお腹が空いていなかった。

ディオンがいたら良かったのに。彼は繊細な舌の持ち主だし、味を言葉で表現するのがうまい。

それに、彼と一緒に食卓を囲みながらのんびりとお喋りするのは、私にとってはもう日常の一部となっていた。

けれど店は休業に追い込まれ、ディオンはいない。落ち込むようなことばかりだ。

「……早く、元の暮らしに戻りたいな。一人きりのご飯って、やっぱりおいしくない……」

私の愚痴を聞いているのは、目の前で湯気を上げている、ちょっぴり多く作り過ぎてしまった料理たちだけだった。

そうこうしているうちに、勝負の前日になっていた。決戦の舞台は、あのサレイユの屋敷。食材や調味料などを荷造りしながら、これまでのことに思いをはせる。

メニューを決めて、試食しながらレシピを調整して、可能な限り良い食材を仕入れて。イネスやクロエとの、当日の打ち合わせも済ませた。あと、脳内リハーサルも。

できるだけのことはした。これなら勝てると思う。でも万が一ということもある。

梱包（こんぽう）が終わった荷物を眺めながら、ぼんやりと椅子に腰かける。落ち着かない。屋台や店を始める直前のそわそわ感とはまるで違う、気が滅入（めい）るような落ち着かなさだ。何かをして気を紛らわせたいけれど、何をすればいいのか思いつかない。

仕方なく椅子に座ったままうなだれていたら、玄関の扉が叩かれた。あれ、このノックって。

扉を開けると、そこにはディオンが立っていた。たった数日彼の顔を見なかっただけなのに、何だかとっても久しぶりのような気がした。

ディオンを招き入れ、作り置きの冷たいお茶をコップについで差し出す。彼はほっとした顔でコップを受け取る。たったそれだけのことで、不思議なくらいに落ち着くのを感じていた。

「ああ、ありがとう。夜とはいえ、夏は暑いな」

お茶を一気に飲み干して、ディオンがほうと息を吐く。いつもと同じ椅子に座った彼は、いつもよりちょっぴり疲れているようだった。

「ところで、用事のほうは片付いたんですか？」

「急いだおかげで、どうにかな。間に合ってよかった」

そう答えたディオンが、目を伏せて真剣な顔になる。

「いよいよ、明日だな。……伯父上のせいでこんなことになってしまって、すまなかった。私は私なりに、責任を取ろうと思う」

そうして彼は、座ったまま深々と頭を下げた。私の目線よりずっと下に、金色のつむじが見えている。

「あ、あの、別にディオン様が悪い訳ではないですから、謝罪とか、責任とか、そういうのは……」

「いや、謝らせてくれ。店で働くお前は、とても生き生きとしていた。けれど今のお前は、とても不安そうだ。私さえしっかりしていればと、そう思わずにいられない」

どうしよう。放っておいたら彼は、ずっと頭を下げていそうな気もする。何か別の話題を……あ、そうだ。いいこと思い出した。

くるりときびすを返して台所に向かい、皿を手に戻ってくる。

「ディオン様、謝罪は確かに受け取りました。それはそうとして、おやつにしましょう。ほら、ディオン様がまだ食べたことのないものですよ」

そう言って皿を彼の前に置いたとたん、彼は勢いよく顔を上げた。うん、いつもの反応だ。

「買い出し中にたまたまもち米を見つけたので、水車小屋でひいてもらって白玉を作ったんです。砂糖水とかあんことかと合わせるのが一般的ですけど、今日は梨のジャムをのせてます」

「白玉、か……なめらかで美しい、宝石のような菓子だな。食べてもいいだろうか」

「もちろんです。あなたのために作ったものですから。今日こそ来るかな、って思いながら」

私の言葉に、彼はぴたりと動きを止めた。白玉を見つめたまま。

しまった、ついうっかり本当のことを喋ってしまった。用事があって忙しいから顔を出せないと言っていたけれど、ディオンのことだからそのうちひょっこりとやってくるんじゃないかと、そんな気がしていたのだ。

だから毎晩、こうやって白玉を作っていた。これてゆでて冷ますだけだから、そう手間もかからない。ディオンが来なかった日は、次の日の朝ご飯にしていた。

彼が来なくてちょっと寂しいかなと思っていたのは事実だけれど、まさかうっかり口を滑らせてしまうなんて。

どう言えばごまかせるだろうかとわたわたしていたら、ディオンが静かに言った。

「……そうか、お前は私を待っていたのか」

「ま、まま待っていたとか、そういうのじゃないですし。しょっちゅうディオン様がご飯を食べにくるから、料理を用意するのが当たり前になっていただけですし」

焦った勢いで、ほんのりとツンデレ風味になってしまったかも知れない。これでは余計に挙動不審だ。

どうリカバリーしようかとあわてふためいていると、ディオンは顔を上げて私をまっすぐに見た。その顔は、今まで一番嬉しそうな、でもちょっぴり泣きそうな笑みを浮かべていた。

「待たせてすまなかった。……待っていてくれて、ありがとう」

なぜだか胸がどきどきする。そわそわして恥ずかしいのに、ディオンから目がそらせない。さらに嬉しそうに緩んでいく彼の表情を見つめながら、ぎゅっと胸を押さえていた。

## 《幕間6》ディオンは覚悟を決めた

「ここまで眠れないのは、いつぶりだろうな」

サレイユ伯爵との決戦を明日に控え、ディオンはどうにも眠れずにいた。

とはいえディオンは、アンヌマリーの勝利を疑っていなかった。彼女の素晴らしい料理が負けることなどありえないと、彼はそう確信していた。

ただ、万が一ということもある。サレイユ伯爵がさらなる無理難題を言い出さないとも限らない。むしろ今までのサレイユ伯爵のやりようから言えば、アンヌマリーがどれほど美味な料理を出したところで、頑(がん)として負けを認めない可能性すらあった。

だからディオンは、先に手を打っておくことにした。彼女がこの勝負を受けて立つと決めた、その時に。彼女の力となる、そのために。

彼は身を起こし、ベッドサイドの小机に目をやる。そこには、やけに豪華な装丁の書類挟みが置かれていた。手に取って開くと、中には数枚の書類。この一週間ほどディオンが駆けずり回って集めたこの書類こそが、彼の打った手、切り札だった。

「私は、責任を取らなくてはならない。これまで伯父上の行いがおかしいと思いながら、目を背け続けていた、そのことについて」

自分自身に言い聞かせるように、彼は一人宣言する。

とはいえその結果、このところずっとアンヌマリーを放ったらかしにしてしまった。大勝負を控えた彼女は、自分の力を必要としていたのかもしれないのに。彼はそのことが、ずっと気にかかっていた。

けれど彼女は、彼の予想よりもさらに強かった。彼女は自分抜きで、明日の勝負のメニューを決め、準備を終えていたのだ。先ほど彼女から聞いた、明日の具体的な計画。それを聞いた彼は彼女の努力に感嘆し、そして改めて勝利を確信した。

と同時に、彼は少し寂しさも感じていた。アンヌマリーは自分なしでも十分にやっていけるのかもしれないと、そう思えてしまって。

しかしその寂しさは、そう長くは続かなかった。なんと彼女は、彼のことを待ってくれていた。彼のために、わざわざデザートを作って。その事実は彼にとって、天にも昇るほどの喜びを与えてくれた。

素朴であっさりとした柔らかな白玉は、この上なく甘く、震えるほど美味なものに思われた。その味を思い出して、彼はきゅっと目を細める。

そのまま甘く優しい記憶に浸っていたディオンだったが、やがてゆっくりと息を吐きだした。

明日、何がどうなろうと、自分はアンヌマリーを守る。そのためなら、どのような手でも使う。そんな決意を込めて、手にした書類にまた目を落とす。

夜鳴き鳥の声だけが、遠くから響いてきていた。

そうして勝負の当日、私たちは朝一番に馬車に乗り込み、サレイユの屋敷を目指していた。カナールで借りた、おしゃれな馬車だ。立派な馬たちと、ぱりっとした服を着こなした御者も雇って。大勝負に挑む私を励ますために、ディオンがこの馬車を借りてくれたのだ。普通より上等で、その分乗り心地もいい。彼の気遣いを、ありがたく受け取ることにした。

馬車の中で私とクロエはにぎやかにお喋りし、イネスは笑顔で窓の外をのんびりと眺めていた。ディオンは、そんな私たちを静かに見守っている。

「やっぱり、馬車だと速いわね。前にカナールに来た時は徒歩で、しかも荷車まで引いてたから、もう大変だったわ」

「おまけに、冬の最中だったでしょう？　あの時アタシたち、とっても心配したんだよ。アンヌマリー、ちゃんとカナールにたどり着けるかな、って」

「季節外れに暖かい日が続いてたおかげで、割と順調だったわ。ディオン様が来てくれたから、寂しくなかったし」

「ふうん？　ディオン様との二人旅、もしかして楽しかったとか？」

「ええっと……そうね、あの時は悲しかったけど……でも、楽しかった。ディオン様、とにかくおいしそうに料理を食べてくれるから、作りがいがあるの。焚火でおにぎりと味噌汁を作ったのよ」

「へえ、よかったですね、ディオン様！」

クロエが明るく言い、ディオンが照れたように笑う。私の店の命運をかけた勝負を前にしているとは思えないくらいに、和やかな空気だった。

そうこうしていたら、イネスがぽつりとつぶやいた。

「おや、屋敷が見えてきたねえ……って、なんだい、あれは⁉」

その言葉に、私たちは一斉に窓に張りつく。今のサレイユの屋敷は荒れ放題なのだと、そう料理長は言っていた。けれど実際に目にした屋敷は、想像よりずっととんでもないことになっていた。

「あ、お庭が草ぼうぼうだ。落ち葉もすごいし……うわあ、いつから掃除してないんだろう。アタシたちがいた頃とは大違いだ」

「外壁も薄汚れてるねえ。あそこまで汚れちまったら、落とすのも大変だよ」

「というか、全体的にくすんでますね……」

「……見る影もないな。まさか、ここまでとは……」

てんでにそんな感想を言い合っていると、馬車は屋敷の前に止まった。ひとまず馬車から降りて、手分けして荷物を下ろす。さて、ここからどうしよう。

馬車を馬屋まで誘導してくれる馬屋番はいない。自分たちでどうにかしようにも、馬の誘導なんてやったことないからなあ。御者に頼むしかないのかな。

みんなで顔を見合わせていたら、屋敷から誰か出てきた。執事長だ。相変わらず物静かで人当たりのいい雰囲気を漂わせているけれど、以前よりさらに疲れた様子だ。しかもちょっと痩せた、というかやつれているような。大丈夫かな。

「ようこそいらっしゃいました、みなさま。お久しぶりですね。私が馬車を誘導いたしますので、そのまま少々お待ちください」

ゆっくりと会釈してから、執事長は御者に声をかけ、馬車を先導していった。イネスがそれを見て涙ぐんでいる。

「執事長が、あんな仕事をするはめになるなんてねえ……すっかりやつれちまって、まあ……」

「お待たせしました。……おや、イネスさん？　どうかされましたか？」

「ああいや、何でもないよ。ところで、もう厨房に入っていいのかい？」

「はい。みなさまはお客人ですので、私が案内いたします。どうぞ、こちらへ」

そうして、いよいよ屋敷へと足を踏み入れる。うう、ちょっと緊張してきたかも。

「……大丈夫だ。お前は勝利する。そうだろう？」

屋敷の玄関をくぐる時、ディオンが小声でささやきかけてくる。一瞬だけはっとしてから、すぐにうなずいた。緊張の身震いが、勇ましい武者震いへと変わっていくのを感じていた。

くすんだ屋敷は、中も見事に荒れてしまっていた。かつて毎日掃除した廊下に、埃と蜘蛛の巣がはびこっている。そんな中を、何とも言えない思いと共に通り抜けた。

ディオンは屋敷の中を一通り見てくると言って、屋敷の奥に去っていく。私たち三人と執事長は、彼と別れてそのまま厨房に向かっていった。

厨房だけは、以前と変わらないぴかぴかの姿を保っていた。そこには料理長が一人で待ち構えていて、私たちの姿を見るとにっと得意げに笑ってみせた。

「ここは俺の仕事場で、俺の城だ。でも今日は、あんたを信じて、あんたに貸す。お館様の命で、手出しは禁じられてるが……せめて、見届けさせてくれ」

彼に力強くうなずきかけて、それからイネスとクロエのほうを向き、三人でうなずき合う。前もって打ち合わせていた通りに、手分けして作業を始めた。

昔、私がまだこの屋敷で働いていた頃、夜遅くにちょくちょくこうやって料理していたなあと、そんなことを思い出す。

見つからないよう静かにこっそりと作業していたのに、なぜか毎回ディオンにかぎつけられて、夜食をおすそ分けして。いつからか、最初から彼の分も込みで作るようになってしまった。

そんなことを思い出していたら、自然と笑みが浮かんでいた。夜食を作っていたあの頃と同じような、幸せでくつろいだ気持ちがわき起こってくる。おいしいものを作りたい、おいしいもので幸せになりたい、幸せにしたい。そんな思いに突き動かされるように、鼻歌交じりで手を動かす。

私の様子が変わったことに気づいたのか、料理長が泣きそうな、嬉しそうな笑みを浮かべていた。ごつくて険しい顔には、そんな表情はやっぱりちょっと似合わなかった。

「さあ、それでは料理を出してもらおうかの」
その日の夕方、サレイユ伯爵は食堂の豪華な椅子にふんぞり返り、ひときわ偉そうに言い放っていた。彼の背後には、執事長が黙って控えている。さらにサレイユ伯爵の隣の席には、ディオンが

座っていた。

ディオンのたっての願いで、この勝負の場に彼も同席することになったのだ。伯父上がまた無茶を言い出さないか、見張る者も必要だろう。彼はそう言っていた。

私は解説係として、サレイユ伯爵とディオンの近くに立っている。やがてイネスがワゴンを押しながらやってきた。そこには、スープ皿が二枚のせられている。

「スープはコンソメ、焼きおにぎりのお茶漬け風です」

ほんのり赤みを帯びたコンソメスープに、一口サイズの焼きおにぎりを数個沈めただけの、とてもシンプルなものだ。

コンソメなんて手のかかるものは、いつもならカナールの市場で買う。でも今回は、きちんと手作りした。昨日のうちにタマネギやニンジン、それに牛の骨付き肉なんかをじっくり煮込み、ブイヨンを作っておいたのだ。

とはいえ、そのブイヨン自体は料理長から教わったレシピそのまんまだったりする。そこにあれこれと工夫を加えて、私オリジナルのこのコンソメスープを作り上げたのだ。

ブイヨンに昆布と鰹節の出汁を合わせ、塩と醤油で味を調える。ぱっと見はありふれた、でも食べてみるとほんのり和風の気配がするスープになった。

サレイユ伯爵は年の割に味覚自体はしっかりしているらしいし、食の好みは保守的。なので、いきなりがつんと味噌や醤油を前面に押し出した料理を出さないほうがいい。まずは少量から、じょじょに慣らしていこう。それが、私とディオンで考えた作戦だった。

スープを一口飲み、サレイユ伯爵はぼそりとつぶやく。表情を少しも変えることなく。

「ふん、素人丸出しの味じゃな。まあ飲めなくはないといった程度じゃ。具は……面白いと言えなくもないが……」

「その具は焼きおにぎりと言って、炊いた米を丸めて、醤油という調味料を塗ってじっくりと焼いたものです」

「醤油？　聞いたこともないのう。もしや、かすかに感じるこの奇妙な香ばしい匂いは……」

「はい、そちらが醤油の匂いです。私のお店でも、醤油を使ったメニューは好評なんですよ」

「こんなものを喜ぶとは……カナールの人間たちは、何を考えておるのやら」

眉間にしわを寄せてそんなことを言いつつも、サレイユ伯爵はスープを完食した。その間、彼の手が止まることはなかった。そのことに、ほっとする。

一方のディオンはいつになく神妙な顔で、淡々とスープを飲んでいる。サレイユ伯爵がそばにいるから、いつもの食レポをする訳にもいかない。それが分かっていても、やっぱりちょっと違和感があった。

二人がスープを飲み終えた頃合いを見計らったように、イネスが次の料理を運んできた。

「前菜はパンケーキ、お好み焼き風です」

パンケーキと呼んではいるけれど、要するに普通のお好み焼きだ。もっとも一口大の四角に綺麗に切りそろえてあるし、彩りとしてゆでた枝豆のペーストをのせてある。

ソースにも一工夫した。市販のデミグラスソースをベースにして醤油を加えた、いつもお店で出しているソースに、今回はさらに味噌と辛子を隠し味として加えてある。ほんのり和風で、ちょっぴり大人の味だ。

「妙なパンケーキじゃの。……ふん、目新しさだけは認めてやろう」

「ありがとうございます。こちらも私のお店の人気メニューに手を加えたものなんです」

「ふん、たまたまじゃろう。パンケーキに刻み野菜を入れるくらい、誰でも思いつける。しかしこのソースは……よく分からぬ味がする……まあ、食えんこともない」

まだまだ、サレイユ伯爵のガードは固い。その眉間にはしわが刻まれっぱなしだ。でも彼は、お好み焼きをあっという間に食べ終えている。かけらも残さずにぺろりと。それを見たディオンが、ほんのわずかに笑みを浮かべていた。うん、今のところ手ごたえは悪くないかも。


イネスがさらに次の皿を運んできて、お好み焼きの皿を下げる。彼女はきれいになった皿とサレイユ伯爵の顔を交互にちらちらと見て、それから私に視線を向けてきた。結構いい感じじゃないか。彼女の目は、そう言っているように思えた。

「サラダの代わりに、ウリの煮物です」

今が旬のウリが、澄んだ煮汁をまとって皿の中で横たわっている。ほんのり透き通って、とても綺麗だ。

たっぷりの出汁に酒と醤油、それにちょっとの砂糖を加えてウリを煮て、そこに炒めたミンチ肉を加える。仕上げに片栗粉でとろみをつけて、はいできあがり。ミンチ肉と片栗粉が加わった以外は、いつも店で出しているものと同じだ。

そろそろサレイユ伯爵の舌も醤油やら出汁やらに慣れてくる頃だろうから、勝負を仕掛けてみることにしたのだ。醤油と出汁、それに素材の味がはっきりと出る煮物で。

魚介類嫌いのサレイユ伯爵に、昆布と鰹節の合わせ出汁がはっきりと香る煮物を食べさせるのは、ちょっと危険かなと思わなくもなかった。でも彼が魚を敬遠する理由は『生臭いから』であって、そしてこのお出汁は別に生臭くはない。だからたぶん、大丈夫。

そんな風に内心どきどきしている私には目もくれず、サレイユ伯爵は慎重に煮物の匂いをかいでいる。

「気のせいか、醤油の匂いが強くなっておるような……それに、地味にもほどがある」

「そうですね。ですが、味は保証します。ウリは今が旬ですし、煮物にすると絶品です。しかも、今朝採れたとびきり新鮮なものを使っているんですよ」

この一皿のためにカナールの農家に掛け合って、わざわざ夜明け前にウリを収穫してもらったのだ。無理を言っているという自覚はあったけれど、意外にもあっさり快諾してもらえた。

というのも、彼らは私のことを知っていたのだ。料理店を営んでいるアンヌマリーという者ですが、と名乗ったら、ああ、あの味噌汁食堂の店主さんか、と返されて驚いた。

どうやら今回の一件は、カナールとその周辺で噂になってしまっているようだった。近頃評判の料理店が、貴族に難癖つけられて困っているのだと。そういえば、今回の勝負に必要な食材を買い出している間、やけに視線を感じたし妙に親切にされたけど、そういうことだったのか。

サレイユ伯爵はナイフでウリを小さく小さく切っている。そろそろと口に運んで、ゆっくり噛みしめた。あれ、気のせいか、眉間のしわが一瞬消えたような。

「ふむ、とても柔らかい……醤油と……妙なコクを感じるのう……変わった風味じゃな」

言葉は相変わらずつっけんどんではあるものの、その声音がほんの少し和らいでいた。執事長が、ほっとしたような顔でこちらを見てくる。ディオンも煮物を口にして、そっと目配せしてきた。今日の煮物はとびきりのできだなと、彼の目は雄弁に語っていた。

そしてまた、イネスがワゴンを押して現れた。皿にのせられた保温蓋を取ると、ふわりと魚の香りが漂う。サレイユ伯爵がはっきりと顔をしかめた。

「メインはカマスの塩焼き、付け合わせはてまり寿司です」

今が旬のこのカマスは、メーアで今朝水揚げされたばかりのものだ。これもウリと同様に、事前に話をつけて超特急でカナールまで持ってきてもらった。さっぱりと淡白な味を生かすように塩は弱めにして、柑橘風味の味噌ソースを添えてある。

サレイユ伯爵が魚嫌いだと知った上で、あえてメインはこれにした。嫌いな食材をおいしく食べさせることができれば、彼が負けを認める可能性も上がるだろう。そう考えての賭けだった。

もちろん、ちゃんと対策はした。こんな風にとびきり新鮮な白身魚を用意して、複雑な味わいの味噌とさっぱりした柑橘を合わせれば、生臭さはかなり軽減できる。思い切り濃い味付けにしたりハーブを使いまくればより確実に生臭さは消せるけど、それでは魚の繊細な味わいも消えてしまう。

付け合わせのてまり寿司は、いつも店で出しているちらし寿司を一口サイズの球にしたものだ。酢は控えめにして、ゆでたトウモロコシ、カボチャの煮たもの、細切りにした卵焼き、薄切りのキュウリなどをトッピングしてある。色とりどりで中々に可愛い。

そこにもう一押し、赤と黄のエディブルフラワーも添えてみた。どうにか、メインの一皿らしい華やかな雰囲気になったと思う。

ものすごく嫌そうに顔をしかめて、サレイユ伯爵はカマスをにらんでいた。食堂に、緊迫した空気が流れる。無限のように思われた沈黙の後、彼はカマスを一口、おそるおそる食べた。

「…………なんじゃ、ただの焼き魚か。しかしソースが珍妙じゃの。……味はまあ、悪くない。信じがたいことに、臭くもないしの」

「それは味噌という、醤油と似た調味料を使っているんです。淡白なカマスの味を、優しく引き立ててくれるんです」

サレイユ伯爵はふんと鼻を鳴らして、黙々と料理を食べ続けていた。ナイフとフォークを持つ手の動きが、少しずつ速くなっていく。そんな彼に、さらに言葉を投げかける。

「味噌も、とても人気なんですよ。私は最初、屋台でこの味噌を使った料理を売っていました。そこには毎日たくさんのお客さんが詰めかけました。そうして私は、味噌と醤油の料理を出すお店を開いたんです。お店は、とてもにぎわっていました」

とたん、サレイユ伯爵の表情が険しくなった。カマスの最後のひとかけらをどことなく乱暴に口に放り込み、低くつぶやく。

「ふん、馬鹿馬鹿しい。こんなものをもてはやすカナールの人間も、お前も」

彼はこちらをにらみつけ、うなるように問いかけてきた。

「屋台だの料理店だの、恥ずかしくはないのかの。一応は貴族として育ったお前が、貴族に仕えるメイドよりも、さらに下賤(げせん)な仕事につくとはな。平民に出すための食事を作るなどと」

「いいえ、私は自分の仕事に誇りを持っています。私は、幸せです。かつて男爵家の娘であった頃と同じくらい……いえ、違いますね。それ以上に幸せです」

その答えがよほど衝撃的だったのか、サレイユ伯爵が目を真ん丸にした。

かつてディオンが、こう尋ねてきた。メイドとなってしまって、辛くはないのかと。あの時私は、おいしいものに出会えるから幸せですと答えた。でも今の私の答えは違う。どれだけ立場が変わっても私が幸せでいられる、その本当の理由は。

「おいしいものを誰かと一緒に食べて、一緒に笑顔になれる。私の料理で、誰かを笑顔にできる。だから私は、幸せなんです」

きっと、私の思いは言葉じゃ伝わらない。きっと彼は、今の言葉を理解できない。

だからその思いは、全て料理に詰め込んだ。私の代わりに、料理に語ってもらった。

「今日の料理には、私が今まで出会い、学んできたことが込められています。様々な思い出も」

ディオンと一緒に、色んなものを食べた。メーアで焼きイカを、カナールでお好み焼きを、お茶漬けを。

みんなと一緒に、店のメニューを考えた。野菜の煮物も、その一つだ。

今日私が出した料理は、それらの料理が元になっている。大切な思い出の詰まった、今までにたくさんの人たちを笑顔にしてきたこれらの料理の力を借りれば、サレイユ伯爵の心を動かせるかもしれない。私の思いが届くかもしれない。そう、思ったのだ。

私は、ディオンにご飯を食べさせるのが好きだ。おいしいご飯を食べている時の、彼の笑顔が好きだ。

彼だけじゃない。イネスやクロエ、レオ、そしてもちろんお店のお客さん。みんながおいしそうに私のご飯を食べて、笑顔になる。私はもっと、それを見ていたい。

そして、目の前のサレイユ伯爵についてもそうだ。彼には思うところが山ほどあるし、この勝負には何がなんでも勝たなくてはならない。

けれどそんな思いとは別に、彼にもまたおいしいと思ってもらいたい、笑顔になってもらいたいという気持ちが確かにあった。

彼は意地が悪くて、周囲の人たちを苦しめてばかりの偏屈爺さんだ。でも彼だって、生まれた時からそんな人間ではなかったはずだ。おいしいものを食べて幸せそうに笑っていた、そんな優しい思い出もあるはずなのだ。

その時の満たされた思いを、思い出してほしい。そう思わずにはいられなかった。


そこでいったん言葉を切る。深呼吸して、もう一度口を開いた。

「本来ならば、ここでデザートを出すべきですが……けれどその代わりに、私はこれをお出しします。……最後の料理を、お願いします」

入り口の向こうに呼びかけると、イネスとクロエがそれぞれワゴンを押して現れた。二人はサレイユ伯爵とディオンの前に、ことりことりと皿を置いていく。

「こちらの汁物は、味噌汁です。具材はダイコンとキノコです。私の料理への探求は、ここから始まりました」

自力で味噌を作って、最初に飲んだ味噌汁。ディオンと二人、深夜の厨房で味わったのと同じ具材だ。……季節外れのダイコンを手に入れるのに、ちょっと苦労したけれど。

「そしてこちらの皿は、おにぎりです。ほぐした白身魚を混ぜ込んでいます。添えてあるのは、ビールを使った野菜の浅漬けです」

味噌を作るためにはコウジが必要で、コウジを作るためには黒い稲穂が必要だった。その黒い稲穂を探している時に、ディオンと出会ったのだった。そして彼に、このおにぎりと漬物をおすそ分けした。二人で初めて一緒に食べた料理だ。

「これらの料理は、私にとって思い入れの深いものです。そして、ディオン様にとっても」

ディオンは鮮やかな紫の目をこちらに向けて、ゆっくりとうなずいた。初めて会った頃から変わらず美しいその色に背中を押されるように、素直な思いを口にする。

「あなたは私のことがお嫌いなのでしょう。けれど、料理に罪はありません。この料理の味について、思うところをそのまま聞かせてはもらえませんか？」

サレイユ伯爵はぴくりとも動かない。テーブルの端を両手でしっかりとつかんで、味噌汁とおにぎりを、穴が開くほど見つめている。

ディオンと執事長が、固唾をのんでなりゆきを見守っていた。もちろん、私も。

やがてサレイユ伯爵の手がのろのろと動き、スプーンをつかんだ。味噌汁をすくったその手が、はっきりと震えている。

「たかが食事ごときに、幸せも何もあるまいて……」

そうつぶやく彼の声も、ひどくかすれていた。彼の動揺を表すかのように。

たっぷり十秒、いやそれ以上の間があっただろうか。サレイユ伯爵は、まるで毒でも口にしているかのような表情で、味噌汁を飲んだ。

そのまま、彼は動きを止めてしまう。大丈夫かな、とはらはらしながら様子をうかがっていると、蚊の鳴くような声が聞こえてきた。


「……………美味、じゃ」


その一言を聞けたことが、何より嬉しかった。この一瞬、勝負のことは頭から抜け落ちていた。やっと、サレイユ伯爵にもおいしいって思ってもらえた。

「ありがとうございます！」

そう答えた私の声は、自分でも驚くくらいに明るく弾んでいた。

そして黙々と、サレイユ伯爵は最後の料理を食べ進めていく。さっきまでのふてぶてしさも不機嫌さも、もう消えていた。偉そうな貴族だったはずの彼は、貧相なただの老人にしか見えなくなっていた。

「………わしの負け、か………」

味噌汁の最後の一口を飲み込んで、サレイユ伯爵はため息と共にそんな言葉を吐き出した。満足しているような、でもどこか悲しそうな、そんな表情だった。

　そうして、私の店の命運を賭けた勝負は終わった。けれど、誰も何も言わない。私も、これ以上何を言ったらいいのか分からなかった。

　どうやら、私は勝ったらしい。でも、これで店を再開してもいいですよねと明るく言い放てるような空気でもなかった。なんだか、ひどく重苦しい。

「……伯父上。私はあなたに、提案があります」

　やがてぽつりと、ディオンがつぶやいた。いつになくこわばった声だった。

「あなたがアンヌマリーの料理店を妨害したせいで、カナールではあなたの悪評が流れつつあります。それだけではありません。あなたのこれまでの行いのせいで、この屋敷も惨憺（さんたん）たる有様になっています」

　とても静かに、ディオンは続ける。ぐっと引き締められた口の端は、苦しげに下がっていた。

「今のあなたには、サレイユ家を治めていくだけの力量はありません。どうか今ここで、当主の座を私に譲ってはもらえないでしょうか」

　ディオンはまっすぐに、サレイユ伯爵を見つめていた。これまでずっと、どことなくサレイユ伯爵に対して遠慮がちだったディオンが、少しもひるむことなくサレイユ伯爵を見すえていたのだ。

　彼らしくないのはその態度だけではなく、言葉もだった。確かにサレイユ伯爵を放っておいたら、いずれサレイユ家は大変なことになってしまうだろう。でも、どうして突然こんなことを。

困惑しながら、ふとサレイユ伯爵を見る。そしてさらに困惑した。驚いたことに、彼はディオンに向かってゆったりと微笑んでいたのだ。今まで見たことのない、とても優しい、親が子に向けるような表情だった。

あまりのことに、ただぽかんと立ち尽くす。サレイユ伯爵が、静かに口を開いた。

「今ここで、当主の座を譲れ、か。それなりの覚悟はあっての発言じゃな？」

「……はい、伯父上。覚悟は決めました。私は大切なものを守るために前に進みます」

「そうか。ならばお前は、いざとなればわしを力ずくで排除することも考えておるのじゃろうな」

ディオンは無言で、ゆっくりうなずいている。いきなり当主交代とか力ずくとか、さっきからもう話についていけない。私の店の未来がかかっていた勝負が終わったと思ってほっとしてたのに、どうしてこんな流れになっているんだろう。

「ほっほ、まさかあの泣き虫の小僧が、ここまで大口を叩くようになるとはのう」

動揺を顔ににじませた執事長と、無言で目を見交わす。彼もまた、状況が分かっていないらしい。

落ち着いているのは、ディオンとサレイユ伯爵の二人だけだ。

「まあ、わしはもとより当主の器ではない。そのことは、自分が一番よく分かっておったしの」

サレイユ伯爵はやけに楽しそうに、一人で話している。

「わしは昔から、どうにも素直になれなんだ。好きなら好きとそのまま言えばいいものを、つい余計なことを言うては嫌われる。そんなことを繰り返しておった」

目を閉じて語り続ける彼のしみだらけの顔には、とても懐かしそうな笑みが浮かんでいた。普段の彼とはまるで違う態度に、戸惑いがさらに強くなる。

「そうこうしておるうちに、わしはわざと嫌われるようなことを言う癖がついてしもうてな。かくして、嫌われ者の爺のできあがりじゃ。なまじ権力があったせいで、嫌われてもさほど困らなんだしのう。わしを嫌っておる人間が必死におべっかを使う様は、こっけいじゃった」

サレイユ伯爵は小さく息を吐いて、それからにいっと笑う。

「とはいえ、ここまで存分に好き勝手してきたのじゃし、そろそろ表舞台から引くとするかのう。仕事に追い回されることもなくなると考えれば、隠居も気楽でいいやもしれん」

いっそ無邪気なくらいに楽しげに笑っていたサレイユ伯爵が、ふと表情を消した。ひどくゆっくりと目を細め、ディオンに向き直る。

「……ディオン。サレイユの当主の地位は……重いぞ。お前は、その重圧に打ちのめされずにいられるか？」

「打ちのめされるかもしれません。ですがそうなったら、また立ち上がればいいのです。私はそれを、アンヌマリーに教わりました」

鮮やかな紫の目に強い光をたたえて、ディオンがサレイユ伯爵をまっすぐに見返す。サレイユ伯爵は、それはもう愉快そうに笑い声を上げていた。

彼の後ろでは、執事長が涙ぐんでいる。あれはきっと、嬉し泣きだろう。サレイユ伯爵とサレイユ家がやっとまともなほうに進み始めたようだし、それも無理はないと思う。

「まったく、ちょっと見ぬ間に図太くなりよって」

ふてぶてしくつぶやいたサレイユ伯爵が、不意に声をひそめる。

「そうじゃ、一つだけ忠告してやろう。ディオン。好きなものは好きと、きちんと言ったほうがよいぞ。さもなくば、お前もわしと同じようになるやもしれん。案外、お前はわしに似ておるからのう」

「……はい、肝に銘じておきます」

頭を下げたディオンがどんな表情をしているのかは、ここからでは見えなかった。

その日の深夜、私は屋敷の客間にいた。無事に勝利をつかみ取れたのだから、祝杯をあげよう。ディオンがそう言って、私をここまで連れてきたのだ。

「お前の勝利と、店の再開を祝って！」

ディオンがグラスを高々と掲げ、ワインを一気にあおっている。いつもよりもちょっと飲むペースが速いのが気になる。やっぱり、彼にも色々と思うところがあるのだろう。

私が屋敷を追い出されてから、彼はずっと力になってくれていた。そんな私に、彼の伯父であるサレイユ伯爵が妨害の手を伸ばしてきた。ディオンはきっと、ずっと心配し続けてくれていたのだと思う。

けれど、その騒動も終わった。しかも彼が当主の座を継ぐことになって、サレイユ家自体の問題も解決に向かい始めた。安堵と重圧に、飲みたくなってしまうのも仕方ないだろう。

まあ、飲みすぎるようなら止めてあげよう。そう決意しつつ、ワインをちびりと一口飲む。窓の外の夜空に目をやりながら、さっきあったことを思い出していた。

サレイユの当主が今日交代すると聞かされて、みんな大いに驚いていた。使用人たちはほっとした顔をしていたけれど、イネスと執事長、それに料理長の三人はどことなく複雑な顔をしていた。これが最善の選択なのだと分かってはいるけれど、どうにも割り切れない思いが残ってしまっている、そんな顔だった。

そしてそんな空気にのまれたのか、クロエもどことなく居心地の悪そうな顔をしていた。私も何となく引っかかるものを感じながら、ひとまず使用人棟で休んでいたのだった。かつてこの屋敷でメイドとして働いていた頃、過ごしていた部屋で。

そうしていたらディオンが押しかけてきて、そのまま問答無用で引きずり出されたのだ。今は客室のソファに二人並んで、彼が用意したワインとおつまみでだらだらと飲んでいる。

屋台の営業初日の夜に、カナールの家で一緒に飲んだのと同じ銘柄のワイン。特別な日にだけ飲むのだと、ディオンが得意げに言っていたあのワインだ。甘いのにさわやかで、私もお気に入りだ。

けれど私たちの間に漂う空気は、前に祝杯をあげた時とはまるで違ってしまっていた。

ディオンはやけによく喋るし、妙にテンションが高い。でもそれが、辛そうに見えて仕方がない。そんな彼にどう接していいか分からずに、ちびちびとワインを飲みながら相槌を打つだけだった。

彼とあれこれ飲み食いするようになって長いけれど、こんなに落ち着かない、というかいたたまれない空気になったのは初めてかもしれない。

こぼれ落ちそうになったため息をワインと一緒にのみ込みながら、どうしたらいいのかと途方に暮れる。

そうしていたら、隣から声がした。さっきまでの浮かれたものではない、静かな声だった。

「……伯父上は昔から、傍若無人な方だった。とにかく周囲に迷惑をかける方だった」

はっと顔を上げて、ディオンに向き直る。彼はこちらを見ることなく、言葉を続けていった。

「使用人たちにあまり好かれていないのも、知っていた。でもまさか、こんなことになるとは思わなかった。イネスたちに再会した時、屋敷の現状を聞いて驚いた」

酔いに任せているのか、独り言のように彼はつぶやいている。邪魔をしないように、無言で耳を傾けた。

「……私はもう何年も前から、こっそりと伯父上の執務を肩代わりしていた。伯父上の名誉のために、ずっと隠していたが」

彼は最近、仕事が忙しいといった内容のことを時折つぶやくことがあった。けれどその仕事が何なのかについては、一度たりとも教えてくれなかった。

何か事情があるのかな、とは思っていた。でもまさか、そんなことを隠していたなんて。たぶん彼は、私が余計な気を回さないように黙ってくれていたのだろう。でもちょっと水臭い。そういうことなら私だって、力になりたかったのに。もどかしさについ口がとがってしまう。

「今回の騒動については、私にも責任がある。イネスたちの話を聞いた時に、私がすぐに屋敷に戻っていれば……この屋敷がこうも荒れ果ててしまうことも、お前の料理店が妨害されることもなかったに違いない」

「……だから、責任を取るとか、そんなことを言っていたんですか？」

昨夜、彼が私の家にやってきた時。彼はやけに思いつめた顔で言っていた。自分なりに、この事態の責任を取るのだと。

「最初は、ただの切り札を用意するつもりだったのだ。万が一、伯父上が負けを認めなかった場合に備えて」

彼は大きな月を見つめたまま、ふうと息を吐く。

「料理長が店に駆け込んできた次の日、私は一族の者と連絡を取った。伯父上を強制的に当主の座から降ろす、そのための書類をそろえることにしたのだ。それを使えば、伯父上はもうお前に嫌がらせをするだけの権力を持たなくなる。もし何か起こっても、私が止められる」

一応元男爵令嬢である私は、そういう制度があることも知っていた。しかるべき証人を立てて、当主がその座にふさわしくないと立証することで、当主の意思にかかわらず代替わりができるというものだ。

でもその制度は、当主が病に倒れて意識不明だとか、そういったかなり特殊な状況でしか使われない。使ってはいけないということもないのだけれど、普通はやらない。

だから先ほどの勝負の後、サレイユ伯爵が力ずくだの何だのと言い出した時、私はその手続きのことに思い至らなかった。それくらいに例外的な、レアな手続きなのだ。

胸がいっぱいで何も言えない。ディオンはそうまでして、私に力を貸そうとしてくれたのだ。

「だがこの屋敷のありさまを見て、私は決意した。お前と伯父上の勝負の結果にかかわらず、私はサレイユの新たな当主にならなくてはいけない、と」

この屋敷に戻ってきた時、ディオンは文字通り言葉もないくらいに驚いていた。屋敷を一通り見て回ると言っていた時の彼は、倒れてしまうんじゃないかってくらいに青ざめていた。そうか、あの時彼はそんなことを考えていたのか。

「伯父上がめちゃくちゃにしたものを一つずつ正し、サレイユの領地を先々まで平穏に治めていく。それが私にできる、本当の責任の取り方だと思った。私にしかできない、私の使命なのだと」

そう言ってディオンは、またワインを一気に干した。普段の彼とはまるで違う、味わうことを忘れたようなそんな飲み方に、彼の苦しみが表れているように思えた。

「……私がサレイユの跡継ぎとなったのは、八年ほど前のことだった。当時十歳だった私を見て、伯父上はこうおっしゃった。『その面構え、気に入ったぞ。わしの面倒な荷物を背負えそうな、よい顔じゃ』と」

「それって……見込まれたのか、押しつけられたのか微妙なところですね」

「一族の者もそう思ったらしい。両親も親戚たちも、跡継ぎの座は辞退しておけと、よってたかって私を説得し続けた。だが私は、伯父上の跡継ぎとなることにした」

貴族の家の当主というのは、とにかく忙しい。私のお父様も、かつてミルラン男爵家をより栄えさせるためにあっちこっち飛び回っていた。今にして思えば、貴族というよりも、むしろ出張に追われるエリートサラリーマンのようだった。

そしてサレイユ家は、この国の貴族の中でもかなり裕福な部類に入る。つまりそれは、当主の仕事が多いということを意味する。領地の管理、財産の管理、それに伴う書類仕事やらあちこちとのやり取りやら。

一方で、サレイユ家の傍系のままでいればだらだらのんびりとぜいたくに暮らすことも可能だ。

金食い虫に甘んじることをプライドが許せば、だけど。

そして私の知る限り、ディオンは名声にこだわるほうではない。周囲の人の忠告を無視して突っ走るようなタイプでもない　だったらなぜ、彼はその話を受けたのか。

「私は昔、引っ込み思案な影の薄い子供だった。学問も礼儀作法も武術も一通り身につけてはいたものの、優秀な兄上の陰に隠れて、一度たりとも目立つことはなかった」

彼の声が、ふっと曇る。もう過去のものになった切なさが、声にはにじみ出ていた。

「兄上は、新たに作られた子爵家の当主となることが決まった。しかし私は、いずれどこかに婿に行くか、あるいはこのままサレイユの家に残るか……私はずっと、どことなく満たされない思いを抱えていたのだ。認められたい、私を見てほしいと、そう思っていた」

にわかには信じがたい話に驚きすぎて、何も言えない。

私が知る限り、ディオンは優秀だ。ちょっぴり偉そうだけれど、柔軟な考え方ができるし、誠実で礼儀正しい。お兄さんというのがどれほどのものだか知らないけれど、自信を持っていいと思うのに。それとも子供の頃のディオンは、今とはまるで違っていたのかな。

「……そんな私を、生まれて初めて認めてくれた、まっすぐに見てくれたのが……伯父上だったのだ。私が守りたい『大切なもの』の中には、伯父上も含まれているのだ」

何かを思い出しているような目で、ディオンは言葉を続けている。とてもかすかな、弱々しい声で。

「伯父上はあの通りの人物だが……それでも、悪いところばかりではなかったのだ」

「それは、何となく想像がつきます」

あの勝負の場で、最後にサレイユ伯爵が見せた穏やかな顔。普段とはまるで違うあの姿もまた、彼の一面なのだなと、素直にそう思えた。

「だが私は、そんな伯父上を無理やり当主の座から引きずり降ろした。まったく、恩知らずの恥さらしだな」

彼の目がどんよりと濁っているのは、酔いが回っているからか、それとも自分を責める思いからか。

そろそろと手を伸ばして、彼の手をそっとにぎりしめた。それから一言一言ゆっくりと、言い聞かせるようにささやきかける。

「私は、そうは思いません。ディオン様は懸命に、やれることをやろうとした。みんなが少しでも良い方向に進めるよう、ありったけの力を尽くしたのだと思います。サレイユ伯爵も、そのことは分かっておられたのでは？」

遠くを見ていたディオンが、そろそろとこちらを向く。泣き出しそうな子供のような、すがるような目で。

「勝負の後の、あの穏やかな表情、落ち着いた言葉。サレイユ伯爵があんな風にふるまえるなんて、思いもしませんでした。きっと、ディオン様の思いが通じたんですよ。……正面切って本人に尋ねても、絶対に認めないような気もしますが」

「そう……か。気休めでしかないのかもしれないが……それでも、お前がそう言ってくれると、救われる気がする」

ディオンが目を閉じてうつむき、息を吐く。その横顔が、ほんの少しだけほっとしたように緩んでいた。そのことに、こちらまでほっとする。

そうやって手をつないだまま、私たちはしばらくじっと寄り添っていた。並んで同じほうを向いて、ただお互いの温もりだけを感じている。

どれくらいそうしていただろう。ふと、ディオンが顔を上げた。またしても、ひどくこわばった顔をしている。

「……それと、もう一つお前にはわびておかなければならないことがある」

急に居住まいを正すディオンに、つられて背筋を伸ばす。まだ彼は、辛い何かを抱えているのだろうか。だったら私は、それを頑張って受け止めよう。心当たりはないけれど。

「あれはお前の家、ミルラン男爵家が取りつぶされる少し前のことだ。ミルラン男爵は、我がサレイユ家に、伯父上に援助を頼んでいたのだ」

意外な言葉に、ただ目を丸くすることしかできない。サレイユ家がとっても裕福だということは知っていたけれど、まさかお父様がそんな頼み事をしていたなんて。

「だが伯父上は、その願いをあっさりとはねつけてしまった。あまつさえ、お前をメイドとして雇うなどと言い出して……私たちは、お前たち親子を破滅から救える立場にありながら、黙って見過ごした。本当にすまない」

悲痛な顔で深々と頭を下げるディオンをぽかんと見つめながら、今聞かされた話をもう一度頭の中で繰り返す。さらにワンテンポ遅れて、ようやく話を理解した。

それから、にっこりと微笑む。ディオンの手を両手で包み込むようにして。

「なあんだ、そんなことだったんですか。いきなりかしこまるから、どんなとんでもない話をされるのかって、思わず身構えちゃいました」

「そ、そんなこと……？」

思いっきり戸惑った顔で、ディオンがこちらを見つめた。そんな彼に、可愛らしく小首をかしげて語りかける。私も、ちょっと酔っているのかもしれない。ほっとしたからとはいえ、やけに朗らかに笑えてしまう。

「私、気にしていませんよ。確かに、家が無くなって色々ありましたけど……おかげで味噌や醤油を作れましたし、料理店も持てました。毎日、これでもかってくらいに充実しています。男爵家の娘としてただしとやかに生きていた頃より、ずっと楽しいです」

「だが、それでも、私は……」

「ですからディオン様も、もう気にしないでください。どうしても気になるっていうのなら、ちょっとかしこまった店での食事にでも付き合ってくれれば助かります。敵情視察を兼ねて一度行ってみたいんですけど、ああいうところって女性一人だと入りにくいんですよね。クロエやイネスさんは面倒くさがって付き合ってくれませんし」

それでもまだ、ディオンは納得できていないようだった。しゅんとした顔で縮こまっている彼がかわいそうになって、わざと軽い口調で続ける。

「それにしても、ディオン様は誠実なんですね。責任を取るとか、謝罪するとか、そんなことばかり言って。黙って知らん顔することだってできたと思いますよ？」

「そんな不誠実なことができるか。それに私はいつも誠実だぞ、アンヌマリー」

「そうでしたっけ。最初の頃のディオン様はもっとずっと偉そうで、あんまり誠実さは感じなかったっていうか」

「それは……お前にどうやって話しかければいいか分からなくて、緊張していたからであって……」

「緊張？　でもあの時の私はただのメイドでしたよ。緊張するようなことなんて、ありました？」

「元男爵令嬢で、今なおそれ相応の品性と風格を漂わせているお前を、ただのメイド扱いできるものか」

わ、褒められた。というか、ディオンって私のことそんな風に見てたんだ。

「お前は気づいていないようだが、店の客もよく噂しているぞ。店主は愛らしく気品にあふれ、それでいてお高く止まったところのない、不思議で魅力的な人物だと。その噂を聞くたびに、私も同意していたものだ。お前が褒められることが、我がことのように嬉しくてな」

お酒のせいか、ディオンの口がやけになめらかになっている。景気よく投げかけられる褒め言葉の嵐に、いい加減恥ずかしくなってきた。

ちょ、ちょっと話をずらそう。ちょうど、気になっていたこともあったし。

「と言いますか、ディオン様ってメイドとか屋敷の使用人に対しては結構自然体で、丁寧に接していますよね？　なんで元男爵令嬢が相手だと、偉そうになっちゃうんですか」

「……貴族の令嬢は、正直苦手なのだ。華やかで繊細で、何を考えているのかさっぱり分からなくて……どんな顔で彼女たちに接すればいいのか、いまだに分からない」

「その意見には同意しますけど……どんな顔をしたらいいのか分からなくなった結果が、あの偉そうな態度だったなんて。……ふふっ」

「お、おい、笑うな！　私は私なりに真剣だったのだぞ！」

そんな風に軽口を叩いているうちに、ようやく彼の気分もほぐれてきたらしい。

「……しかしこれからは、お前に偉そうだと言われないよう努力しよう。だからどうかこれからも、私のことを見捨てないで欲しい。私はお前の料理を、もっともっと食べたいのだから」

ああ、やっぱり彼は腹ぺこ貴族なのだなあと、つい笑ってしまう。そんな私を見て、彼はふっと目元をほころばせた。金色の髪に月の光がぼんやりと映り込んで、とても綺麗だった。

「これから私は、たくさんのものに立ち向かっていかなくてはならない。お前の料理は……お前の存在は、私にとって何よりの支えなのだ」

自然と笑みが浮かぶ。小さくうなずいた私に、ディオンも嬉しそうな笑みを返してくれた。

彼のことを偉そうだなんて、もうこれっぽっちも思っていない。それに、私が彼を見捨てることもない。彼が望むなら、私はこれからも彼のために料理を作り続ける。

私の料理を一番おいしそうな顔で食べてくれるのは、やっぱり彼だから。

胸の中で、そんな甘く優しい思いがふわふわと漂っている。そんな思いに酔いながら、またワインを一口飲んだ。

そうしてちらりと、隣のディオンを見た。今こうしている時間は、とても幸せだ。そう思った。

# 《第10章》そしてまた、温かな日常へ

次の日の朝、私たちは屋敷のホールに集合していた。執事長に料理長、五人の使用人、そして私とイネスとクロエ。

私たちと向かい合うようにして、ディオンが立っている。これから彼は、新たな当主として使用人たちに今後のことを説明するらしい。私たちは使用人ではないけれど、気になるので同席させてもらったのだ。

「まず、先代当主となられる伯父上のことだが……伯父上は今後も、この屋敷に住まわれる。お前たちは、これからも伯父上を支えてほしい。急ぎ、メイドや庭師たちも改めて雇い入れる。これまで、本当によく頑張ってくれた。ありがとう」

その言葉に、使用人たちが一斉に安堵のため息をもらした。主の前だということも忘れるくらいに嬉しかったらしい。そんな彼らに、ディオンはさらに言った。

「その上で、伯父上が使用人を虐(しいた)げることのないよう、私が目を光らせると約束しよう。執事長を通じてこまめに連絡を取る。何かあったら、どんなささいなことでもいいから彼に伝えてくれ」

喜びに緩み切っていた使用人たちの顔に、疑問符が浮かぶ。というか、私もよく分からなかった。

執事長を通じてこまめに連絡を取るとは、いったいどういうことなのだろう。

「……まるでディオン様が、ここ以外の場所で暮らされるような、そんな口ぶりに聞こえるのは

……気のせいでしょうかね？」

私たちみんなの思いを代弁するかのように、料理長が困惑しながら問いかけた。

「ああ、そのことなのだが」

ディオンがすかさず答えた。昨夜の思いつめたような雰囲気は消えているけれど、今度はなんだかわくわくそわそわしているようにも思える。

「私はカナールに居を移そうと思う。あそこは流通の要所で何かと便利だし、ちょうど買い手を探している屋敷があったのだ。それに私と離れているほうが、伯父上ものびのびできるだろう」

指折り数えながら、カナールに住む利点を次々と挙げているディオン。いつもよりちょっぴり早口だ。その様子に引っかかるものを感じる。まさか。もしかして。

「…………あの、ディオン様」

我慢しきれなくなって、口を挟む。ディオンをじっと見つめながら、そろそろと言った。

「もしかしなくても、ディオン様がカナールに住むことを決めた理由の中に、料理が含まれてたりしますか？　……そ、その、私の……」

「当然だろう。カナールにはお前の家があり、店がある。あそこを離れたら、お前の料理が食べられなくなるではないか」

「やっぱり！」

「うわ、予想通りだったし！　さっすがディオン様、そこは全くぶれないんですね！」

私と同時に、クロエが叫んだ。イネスは必死に笑いをこらえているような顔をしていた。料理長は何となく理解したのか、腕組みして苦笑している。執事長を始めとした他のみんなは訳が分からないのか、きょとんとした顔をしていた。

「今まではずっと宿暮らしだったが、いい加減腰を落ち着けたくてな。ずっとあちらで屋敷を探していたのだ。アンヌマリー、お前さえよければ共に住まないか。空き部屋はたくさんあるぞ」

「えっ、あ、あの……その！　へ、返事は保留で！」

「あ、アンヌマリーが照れてる。嫌って言わなかったよね、今」

クロエが小声で笑っている。顔がものすごく熱い。これはちゃかされても仕方がないか。

カナールの宿に一緒に泊まった時もそうだったけれど、ディオンと一つ屋根の下で眠るというのはとにかく落ち着かない。だから昨夜も母屋の客間ではなく、使用人棟の元自室に泊まったのだ。掃除が大変だったけど。

それに、彼が私を呼ぼうとしている理由は分かっている。彼はもっと気軽に、もっと頻繁に私の料理を食べたがっているのだ。同じ屋敷に住んでいれば、朝食や夜食なんかも食べられるかもしれない。彼はそう考えたに違いない。

しかし私としては、大いに問題があった。店のある日はまだいいとしても、休みの日は下手をすればおはようからおやすみまでディオンと一緒になってしまう可能性もある。その時間を料理の話で和やかにやり過ごせればいいけれど、どうも最近の彼は、やけにどきりとさせてくることが多いのだ。

そんな彼とずっと一緒だなんて、心臓に悪い。そんな生活もいいかもしれないなとちょっぴり思わなくもないけれど、今のところは恥ずかしさが勝っている。

「ディオン様、めげずにちょいちょい押したほうがいいですよ。アンヌマリー、いい感じに揺らいでますから」

クロエが余計な助言を入れる。それを聞いていた料理長が、なるほどそっちが正解かという顔でにやにやしていた。あ、執事長もすごく温かい目をしている。みんなその表情、やめてほしい。余計に恥ずかしくなるから。

ディオンは保留にされたことなど全く気にしていないらしく、にっこりと余裕の笑みを浮かべる。

「そうか。アンヌマリー、移り住みたくなったらいつでも言ってくれ。なんなら、味噌の樽や醤油の瓶を置くための部屋を用意してもいい。このままだといずれ、お前の家は手狭になるだろう？　私の新たな屋敷には、空き部屋も空き倉庫も存分にあるぞ」

それは魅力的なお誘いかも。即座にそう思ってしまい、頭を抱えそうになる。どこをつつけば私を誘惑できるのか、彼は的確に理解している。何だか悔しい。

困り果ててディオンから視線をそらしたら、今度は意味ありげににやにやしているクロエとイネスが目に入った。というか、気がつけばこの場の全員が、私とディオンをそれはそれは優しい目で見守っていた。

何でまた、こんなことになってしまったのか。すっかりほてってしまっている頬を押さえて、そろそろとうつむいた。みんなの明るい声を聞きながら。

私とイネス、それにクロエはその日のうちにサレイユの屋敷を発ち、カナールに戻ってきた。

ディオンは執務の引き継ぎなどで、もう少しサレイユの屋敷に残る。

今はもう先代となったサレイユ伯爵とは、昨夜の勝負以来顔を合わせていない。帰る前にあいさつしようと思ったら、面会を断られてしまった。

わしに正面切って説教垂れよった生意気な小娘の顔など見たくはないわ、とっとと立ち去れ、と満面の笑みでそう言っていたのだと、ディオンが楽しそうに教えてくれた。

なんだか先代伯爵も、そしてディオンも、色々ふっきれたような気がする。色々あったけれど、どうにかこうにか丸く収まったようだ。雨降って地固まるって、こういうことなのかもしれないな。

なんとなく、そんな気がした。


そうしてカナールに戻ってきた私たちは、それぞれの作業に取りかかるために散っていった。

イネスとクロエはディオンの新しい屋敷に住むことになった。なので二人はいったん帰宅して、引っ越しの準備をするのだ。

ただ、使用人として住むのではなく、家賃を払って店子のような形で住むことになる。二人は私の店の大切な戦力なので、今さらメイドに戻られたら私が困ってしまうし、二人も私と一緒にお店をやることを楽しんでくれていた。そういう訳で、こうなった。

そうしたらディオンが、面白い提案をしてきた。空き時間にでも屋敷のメイドたちを手伝ってくれれば、手間賃を家賃と相殺すると、彼は二人にそう申し出たのだ。昔なじみの相手とはいえ、中々に太っ腹だ。

彼の提案はそれだけではなかった。彼は私に、「お前も家賃なしで住んでくれていい、その代わり時々夜食を作ってほしい」と持ちかけてきた。どうやら彼は、クロエの助言通りにちょいちょい押してみることにしたらしい。

もうちょっと考えさせてと改めて保留にしてもらったけれど、「そうか、それならまた声をかけさせてもらう。根競べというのも、中々に楽しいな」などと言っていた。めげていない。

そうしてカナールの家に戻り、ぼんやりと荷ほどきをする。道具や食材なんかをもとの場所に戻しながら、家の中を見渡す。まだ半年ちょっとしか住んでいないけれど、すっかり愛着がわいた大切な我が家だ。

正直、恥ずかしさは我慢してディオンの屋敷に移り住んじゃおうかなと思わなくもなかったけれど、もうしばらく一人暮らしの気ままさを楽しみたいとも思う。

それに、私はこの家に住んで、この家で料理を作っていきたい。

この家を建てた料理人は、この家が料理の香りで満たされることを願っていたのだと、そう聞いている。その願いを、もう少しかなえてあげたいし。

「……でも、一緒に夜食くらいは……いいかな。夕食と、それに夜食と」

ディオンが住む屋敷は、私の家からは割と近いところにあった。ここから大通りに出てそのまま大通りを横断し、さらにまっすぐ進めばじきにたどり着ける。以前よりもずっと気軽に行き来できる距離だ。

治安もかなりいいから、夜に歩いても大丈夫だろう。なんなら小ぶりの馬車で来てもらえればもっと安全……でもそれはちょっと、悪目立ちするかな。ご近所の噂になるのは、ちょっとね。

あるいは、一つ屋根の下で暮らす練習として、彼にここに泊まってもらうのもいいかもしれない。

この家の二階には普段使っていない部屋がいくつもあるし、昔の寝台もある。ディオンが古い寝台で寝ることを気にしなければ、だけど。彼は野宿も楽しんでいたようだし、大丈夫だとは思う。

いつの間にやらそんなことを考えている自分に気がついて、ぴたりと立ち止まる。

ちょ、ちょっと待って。私、ディオンの屋敷に移り住むことを前提にしちゃってない？

そのことに気づいたせいで、頬が一気に熱くなる。うわあ、今一人っきりで本当によかった。最近、みんなしてからかってくるようになっちゃったからなあ。

うん、ディオンとの同居はもうちょっと先だ。少なくとも、私がいちいち赤面せずに済むくらいに慣れてから。うん。


どうにかこうにか落ち着きを取り戻してから、家を出た。目指すはレオの店だ。先代伯爵からの手紙をしまったカバンを、しっかりと抱えて。

毎度ながら突然面会を申し込んだ私に、レオはすぐに会ってくれた。手紙を差し出すと、彼は緊張した表情で読み始める。けれどじきに、ほっとした顔で笑った。

「……はい、先代サレイユ伯爵からの書状、確かに確認いたしました。それではアンヌマリーさんの店の営業許可を再交付するよう、手続きを進めます。明日の午後には正式に完了するはずですから、明後日には営業を再開できますよ」

「ああ、良かった……」

安堵のあまり崩れ落ちそうになる私に、レオが問いかけてくる。

「それでは、明後日に開店するということで良いでしょうか？　あの店はいつ再開するんだと、私のところまでわざわざ尋ねにくる人が多くて……これでやっと、彼らにいい報告ができます」

「実は、そのことなんですが」

心底ほっとした顔のレオに、そっと答える。ちょっとだけためらいながら。

「再開はディオン様がこちらに戻ってくるまで、待とうかなって……店の張り紙を『臨時休業、近日再開！』に書き換えて。数日だけ休業を延ばそうと思うんです」

屋台を出せたのも、店を開くことができたのも、ディオンのおかげだ。彼がそばにいて、提案したり後押ししたりしてくれなければ、私はここまで来られなかった。

「……その、今回の件では、ディオン様も大変な思いをされていましたから……感謝の思いを伝えたいなって、そう思ったんです」

そう小声で言うと、レオが目を輝かせた。この人は落ち着いた大人なのに、面白そうなことに目がないらしい。そんなところは、ちょっとディオンと似ているかもしれない。

「どうやら貴女には、何か具体的な案があるようですね？」

力強くうなずいて、手短に説明する。ディオンをねぎらうために、私が考えていることを。話が進むにつれて、レオの顔に大きな笑みが浮かんでいく。

「……ああ、それは素晴らしい思いつきです。よければ、私にも協力させてはいただけませんか？」

「ええ、よろしくお願いします。レオさんがついていてくれるなら、心強いです」

そうして私たちは、がっちりと握手を交わしたのだった。

　私がそれを思いついたのは、私たちがサレイユの屋敷を発つ少し前のことだった。馬車に荷物を運び込んでいる私に、ディオンが話しかけてきたのだ。

「無事に決着がついて、私もほっとした。お前のあの店には、静寂よりも人々の歓声がよく似合う」

　ディオンはほっと胸をなでおろしているようだったが、しかしすぐに目を伏せた。やけに寂しげに。

「とはいえその光景を目にするのは、しばらく先になりそうだがな」

「やっぱり、代替わりのせいで忙しいとか、そういうことですか……？」

「ああ。しばらくの間は、お前の店に顔を出すだけの時間を作ることすら難しくなるだろう。夜にお前の家を訪ねることなら、できるかもしれないが……」

「でしたらせめて、ディオン様のところに昼食を届けましょうか？　新たに誰か人を雇えば……」

「いや、いい。お前がいないのであれば、それはとても味気ないものになってしまうだろう。お前のそばで、お前の声を聞きながら食すると、お前の料理はさらに美味になるのだ」

　ディオンの紫色の目が、いつもよりさらに鮮やかに私をとらえている。

「それに、あの店のにぎわいを聞いていると、とても幸せな気分になれる。それら抜きで、一人で食べたところで、な……」

そう断言して、ディオンはしょんぼりとうつむく。彼の発言はやけにこそばゆいけれど、それ以上に彼のことがかわいそうだと思えてしまった。今回の件では彼も頑張ったのだし、何かご褒美くらいあってもいいとは思う。何かないかなあ。

「あ、そうだ」

この時、私の頭にとある考えがひらめいたのだ。

「ディオン様、次にカナールに戻ってくるのは四日後の昼ですよね？」

「ああ。その日は一日空けて、移動に使う予定だ。午後は空いているから、お前の店を訪ねたいと思っている」

「でしたらその日の午後、一緒に過ごしませんか？　どうしても、ディオン様と行きたいところがあるんです」

にっこり笑ってそう提案すると、ディオンは目を丸くしてこちらを見た。それからちょっぴり赤い頬で、力強くうなずいていた。

そして、ディオンがカナールに戻ってくる日になった。私は朝から店にこもり、料理を作りまくっていた。イネスとクロエも手伝ってくれている。

「ディオン様へのねぎらいと、店の再開を祝ってパーティーだなんて、面白いことを考えるじゃないか」

「ですよね。……ディオン様としては、二人きりでお祝いのほうがよかったんじゃないかなって、アタシはそう思わなくもないですけど」

「アンヌマリーは、まだ二人きりになるだけの心の準備ができてないんだよ。ディオン様をきちんと誘えただけでも十分過ぎるくらいさ」

「そうですね。アンヌマリーにしては頑張りましたよね。えらいえらい」

二人は料理を作りながら、そんな風に談笑している。話のネタにされた私としては、たいそう居心地が悪い。

「もう、二人ともあまりちゃかさないでよ……今日はパーティーなんだから、しっかりと気合を入れて準備しないと」

「はいはい、頑張るよ。だからそんなに怖い顔をするもんじゃあないよ」

「そうそう。可愛い顔が台無しだもん。大丈夫、絶対素敵なパーティーになるから」

なおも軽口を叩き続けている二人から目をそらして、自分の作業を再開する。

私が思いついたのは、お店を会場としたパーティーだった。

お店の再開が決まりましたので、その前日にお祝いをしたいと思います、と常連客たちや知り合いに声をかけて回ったのだ。たくさん料理を用意しますから、みんなで存分にはしゃぎましょうと、そう誘った。

いつも以上にたくさんの笑顔があふれる店の中で、みんなで一緒においしい料理を食べる。これならきっとディオンも喜んでくれるだろうと、そう思ったのだ。そしてレオも、私の考えに同意してくれた。

レオは資金援助を申し出てくれたし、パーティーへの出席も約束してくれた。ついでに、私の店の再開を心待ちにしていた友人たちにも声をかけてくれるらしい。本当に頼りになる。

だからあとは、料理を用意して参加者を待つだけだ。既に食材はたっぷりと買い込んであるから、時間ぎりぎりまで作って作って作りまくる。

山のようにご飯を炊いてたくさんのおにぎりを作り、味噌汁もいつも以上に作った。お好み焼きの生地も作り終えたから、あとは食べる直前に焼くだけだ。他にも鍋いっぱいの筑前煮とか、大皿にてんこもりのアジの南蛮漬けとか、手間がかかるので普段店では出せそうにない料理も色々作ってみた。

イネスとクロエは、ローストチキンを作っている。たっぷりの揚げジャガイモとミニトマトを添えた、とっても豪華な一品だ。その後は香草サラダを作る予定だ。

和食も洋食も、私の料理もそれ以外の料理も、とにかくたくさん用意して派手にやろう。思いつくまま、三人でどんどん料理を作っていく。ちょっと作り過ぎたかな、とも思ったけれど、もし余ってしまったら持ち帰りにすればいい。

「ところでさ、そろそろディオン様が着く頃じゃない？」

せっせと手を動かしていたクロエが、ふと窓の外を見てつぶやく。懐中時計を取り出して確認すると、確かに約束の時間が近づいていた。私の作業はほぼ終わっているし、ここを離れても大丈夫だろう。

「じゃあ、ちょっと行ってくるわ。その間ここをお願いね」

くすくすと、それはもう楽しげに笑う二人の声を背中で聞きながら、エプロンを外して店を出た。

待ち合わせ場所は、町のはずれにある公園だ。私とディオンが初めて一緒にカナールに来た時に、一緒にここから町を眺めた。そういう意味では、思い出の場所だ。私の店からはちょっと離れているけれど、あえてここで待ち合わせることにしたのだ。

ここからのんびりと歩いていったほうがわくわく感が増すかなと思ったのもあるし、店に近いところで待ち合わせると、人の行き来やら匂いやらでパーティーの準備に気づかれてしまうかもしれないというのもあった。どうせなら、思いっ切りびっくりさせたいし。

私が公園に足を踏み入れた時、そこでは既にディオンが待っていた。カナールの町を見下ろしながら風に吹かれていたディオンが、私の気配に振り返る。

「すみません、待たせてしまいましたね」

「いや、私が早く着きすぎたのだ。町を眺めていたから退屈もしなかったしな。それで、どこに連れていってもらえるのだろう」

「それはまだ内緒です。歩きながら、当ててみてください。さあ、行きましょう」

二人並んで、ゆったりと歩き出す。そうしていたら、ディオンがぽつりと言った。

「……そういえば、お前を初めてカナールに連れてきた時も、隣のディオンがぽつりと言ったな」

「あの頃はまだ冬でしたね。……こうしてまた、あなたとここに来られて嬉しいです」

「もう何年も経ったような気がするのに、昨日のことのように思い出せる。不思議なものだ」

色々な記憶が、次から次へとよみがえってくる。気がつけばお互い、無言になっていた。といっても、嫌な沈黙ではない。何というか、言葉を交わしていないのに分かり合えるような、そんな錯覚を感じてしまうような、温かい沈黙だった。

にぎわう大通りを一緒に進み、そうして裏通りのほうへ向かっていく。私もディオンも、すっかり歩き慣れた道だ。

「もうすぐ、お前の店が見えてくるな。今日は休みだと聞いたが……ずいぶんとにぎやかだな？しかも、味噌汁の香りがする。他にも、様々な料理の匂いも」

そろそろ、ネタばらしをしてもいいかな。満面の笑みが浮かびそうになるのをこらえつつ、澄ました顔で告げる。

「今日はこれから、みんなでパーティーをするんですよ。店の再開のお祝いと、みんなをねぎらうためのパーティーです。ディオン様をぜひ招待したくて、こっそり準備してました」

驚いて目を丸くするディオンの手を引いて、店に入った。とたん、明るい声に出迎えられる。

「お、主役のお帰りだな」

「もう結構集まったし、始めようぜ！」

「遅れてくるって言ってたやつもいるけど、待ってたら料理が冷めちまうよ」

店の中には、もうかなりの数の人間が集まっていた。時間を調整して、ディオンを迎えにいっている間にみんなに集まってもらうようにしたのだ。うまくいってよかった。

感動でちょっと目を潤ませているディオンに笑いかけてから、みんなに呼びかける。

「それじゃあ、乾杯しましょうか」

その言葉を待ち構えていたように、お酒が注がれたジョッキが私とディオンに渡される。全員でジョッキを掲げて、乾杯、と叫んだ。みんな、とても幸せそうに笑っていた。

それからはもう、飲めや歌えやのどんちゃん騒ぎだった。あと、料理の争奪戦も起こっていた。

「本当に、お前の料理は人気だな」

「でも、他の料理もどんどん減っていますよ。このイネスさんの秘伝レシピのローストチキン、すっごくおいしい……」

「ほう? どれどれ……確かに美味だな。これはおそらく、すりこんであるスパイスに鍵があるのだろう。覚えのある香りのようだが、何だろうな……」

私とディオンは、店のすみっこのほうでのんびりとそんなことを話していた。イネスは近所の奥様方とレシピ交換会を始めているし、クロエはみんなの手拍子で歌っている。

しばらくして、レオとその友人たちもやってきた。手土産に、今カナール中で話題になっているとかいうビーフジャーキーをどっさりと持って。先に宴会を始めていたみんなは、この差し入れに大喜びだった。野太い雄たけびが、びりびりと店を震わせている。

そんな大騒ぎを眺めながら、ぽつりとつぶやいた。

「……こうやって料理の話をするのって、久しぶりですね」

「そうだな。こんなささいなことが、とても嬉しく思える」

いつもよりずっとにぎやかな店内、おいしい料理、ディオンとの他愛ない話。胸がいっぱいになって、勝手に笑顔になってしまう。ディオンも同じようなことを考えていたのか、さっきからずっと微笑みっぱなしだ。その頬がほんのり赤いのは、きっとお酒のせいじゃない。

「それにしても、ものすごい勢いで料理が減っていますよね……作り過ぎたかなって思ってたんですけど、足りないような……近所の店で、何か買ってきたほうがよさそうです」

「ならば私も同行しよう。荷物持ちだ。……私が荷物を持っていても、この辺りの者たちなら特に驚きもしないだろうからな」

「ふふ、そうですね」

ディオンは、店の中だけでなくその周囲でもすっかり有名になっていた。朝の大通りみたいに混雑するところならともかく、閑静なこの辺りを毎日のように一人で歩いている貴族がいる。それだけでもかなり目立つというのに、その貴族が毎回同じ店に入っていって、この上なく幸せそうな顔で出てきたら、めちゃくちゃ目立つ。

当然のごとく、彼はこの辺の名物になっていた。……ちょっぴり変わった貴族として。本人はその噂を聞いて、はにかんだように笑っていたけれど。

そうしてディオンと二人、そっと立ち上がる。盛り上がっているみんなの邪魔をしないよう気配を消しながら店を出ようとしたその時、店の入り口のほうが騒がしくなった。

扉が開いて、酒樽をかついだ常連客が何人も入ってくる。あの人たち、ついさっきまで店の奥で盛大に飲み食いしていたのに、いつの間に外に出たのだろうか。さらに彼らに続いて、奥さんたちもやってきた。彼女たちは、めいめい大きな皿を手にしていた。たっぷりと料理が盛られていて、おいしそうだ。

「こいつは俺のおごりだ！　やっと、アンヌマリーの店が再開するんだからな！」

「そうそう。こっちはわたしたちから。お店の料理に比べたら平凡だけど、おいしいよ」

そんなことを言いながら、さらに人々が入ってくる。みんな、酒瓶やら料理の皿やらを手にして

いた。

　私たちが見守る中、彼らは空になった皿を勝手に台所に持っていって、空いた場所に料理を並べ始めた。まるで自分の家にいるような、そんな手慣れた動きだった。

「ほら、食べておくれよアンヌマリー！」

「ディオン様もな！　この酒、がつんときて最高なんですぜ！」

　そうやってみんなが、私とディオンに向き直った。その笑顔がまぶしくて、ちょっとうるっときてしまう。涙をこらえようとまばたきして唇をぐっと噛み、斜め上を見る。と、ディオンがぽんと私の肩に手を置いた。

「ほら、今日の主役の言葉を、みんな待っているぞ」

目をぱちぱちさせながら、改めて店内を見渡す。みんな、とっても温かい目で私を見つめていた。イネスも、クロエも、レオも、そしてもちろん、ディオンも。

　こらえきれなくなって、叫ぶ。ちょっぴり涙声で。

「みんな、ありがとう！　私がここまでやってこられたのはみんなのおかげよ！　これからも、どうかよろしくね！」

　返ってきたのは、ひときわ大きな、とっても嬉しそうな歓声だった。

　そんなこんなの大騒ぎの末、私たちはまた元の穏やかな生活に戻っていた。

とはいえ、全てが元通りではない。サレイユ家の当主になったディオンは、日々大忙しだった。

彼はこれまでも、あの先代伯爵に代わって仕事をしていた。そのおかげで、通常の執務だけなら問題なくこなせるらしい。けれど代替わりに伴って、書類仕事が大幅に増えてしまっているのだそうだ。それでもディオンはどうにか時間を作って、二日に一度くらいは店に顔を出していた。この料理こそが私の活力の元なのだと、そう主張しながら。

そうしたらイネスとクロエが、妙なことを言い出した。ディオン様が寂しがってるから、一度屋敷まで遊びにおいで。ついでに、厨房の使い心地を試してみたらどうだい。こっちの屋敷も、いい設備が整ってるよ、と。せっかくなので食材一式を持って彼の屋敷に向かい、冷やし中華をふるまったら涙を流さんばかりに大喜びされた。

さらにディオンは「家賃免除、ついでに家事も免除、味噌の樽と醤油の瓶その他の食材専用に離れを一棟提供する、この条件でどうだ」と誘ってきた。彼はまだ、私を屋敷に住まわせることをあきらめていないらしい。どんどん条件がパワーアップしている。

私の心の準備ができたら、その条件でお願いしてもいいですか、と答えてしまってから、これでは店子ではなく女主人待遇ではないかということに気がついた。そうしたら余計に恥ずかしくなってしまったので、私が彼の屋敷に移り住むのはやっぱりもうちょっと先になりそうだ。

お店のほうにも、変化があった。たこ焼き用の鉄板を見ていたクロエが、ひらめいたと言ってフルーツたこ焼きを作り上げたのだ。

甘いパンケーキの生地に、具は季節のフルーツ。焼き上がったものに、チョコレートソースで可愛く模様を描く。チョコレートはちょっと高めだけれど、少ししか使わないので十分に採算は取れる。何より、見た目がぐっと華やかになった。さすがクロエ。

それを店で出してみたら、これが思いっきりうけた。今まで私の店にはあまりいなかった、若い女性たちが噂を聞きつけて殺到したのだ。そうやって集まった女性たちがついでに他のメニューにも手を出し、そして新たな常連客となっていった。おにぎりと味噌汁のセットが好評だ。

女性たちが増えるにつれて、今度は若い男性がじりじりと増えていった。この辺に多い職人見習いとか、商店の下働きとかではない。どちらかというと裕福な、ちょっとチャラい感じの若者だ。

今のところ、古くからの常連客たちが目を光らせてくれているので、店の周りでナンパをするような不届き者はいない。……というかチャラ男のみなさんも、何回か通っているうちに和食に魅了されて、普通に常連の一人になってしまうのだけれど。

古くからの常連客たちにはお礼として、時々ぬか漬けをおまけしている。店主の気が向いた時だけ無料でついてくる裏メニューとして、これも人気になってしまっていた。人を選ぶ匂いなので、今のところ通常メニューにする気はない。料理長とのバトルを経て、私も学んだ。

そんなこんなで、毎日店は満員だった。というか、今の店はもう完全に手狭になってしまっていた。

仕方がないのでレオに頼んで、店の改築許可をもらった。この店は大きな建物の一部なので、仕切りの壁を取り払えば一気に広くなる。元々、そういった形でも使えるよう考慮して建てられているのだそうだ。賃料は高くなったけれど、余裕で払える。

という訳で、店はまた臨時休業中だった。今は壁を壊して、新しいスペースの内装に手を入れている。内装についてはクロエに全て任せたので、私はすることがない。

いや、することはあった。カナールに来て屋台でミソ・スープを売り始めてから初めての、まとまった平和なお休みだ。この休みを使って、ずっと先延ばしになっていた、ずっと気になっていたことを片付けようと思ったのだ。

一人で町に繰り出し、普段はあまり寄らないような店を何軒も回る。そうして家に戻りながら、小声でつぶやいていた。

「ハンカチは買えた。他のものもそろった。あとは作業するだけ、なんだけど……」

サレイユの屋敷を去る時に、ディオンがくれたホットドッグ、それを包んでいた高級品のハンカチ。その代わりの品をいつか渡すとディオンに言ったものの、忙しくて中々約束が果たせずにいたのだ。

それに、ただ代わりのハンカチを渡すだけではなく、同時に感謝の気持ちを伝えたかった。彼のホットドッグは、ひとりぼっちだった私の心を温めてくれた。泣きそうになっていた私に、前に進む力をくれた。

だから私は、ハンカチに刺繍をしようと思った。一針一針思いを込めた、この世に一つだけの特別なハンカチ。それを彼に贈ろうと思ったのだ。

「私だって一応元貴族だし、刺繍も習ったけど……」

尻込みしそうになる気持ちを奮い立たせて、背筋を伸ばす。ここまできたら、やるしかない。そのまま大股に、少し速足で家に向かって歩き続けた。

それから三日後。私は鏡の前でめかしこんでいた。今日はお出かけだ。今日いっぱいで店の改装も終わるから、明日からはまた仕事だ。新しい店を掃除して、使い勝手を確認して、動線をチェックして……やることはたくさんある。今日が最後の、自由な日なのだ。

ミルランの家から持ってきた、おしゃれだけど比較的おとなしめのワンピースを着て、靴も可愛いものに替える。今日のために新調したのだ。黒い髪のサイドを編み込んで後ろに回し、目の色と同じ明るい緑色のリボンで結ぶ。

仕上げに、ほんのちょっとだけお化粧も。軽くおしろいをはたいて、唇に紅を差すだけだけど。髪型もお化粧も、クロエに教えてもらったものだ。私の感覚だと、ついうっかり貴族っぽさが出てしまう。普段はすっぴんなので問題はないけれど。

鏡の前で、じっくりと確認する。おかしいところはない。大丈夫。きちんと着飾れてる。

そうして家を飛び出し、大通りに面した広場に向かった。ここカナールでは定番の待ち合わせスポットだ。いつも人でにぎわっているので、待ち合わせ相手を見つけるのが大変らしいけど。

それにしても今日は、若くて初々（ういうい）しい男女の待ち合わせが多いような気がする。私も彼ら彼女らと同じように見えているのだろうか。嬉しいような、くすぐったいような妙な気分だ。

「待たせたな、すまない。出がけに、余計な仕事が舞い込んできて……急いで片付けたのだが、遅れてしまった」

ちょうどそこに、ディオンが駆け込んでくる。どうやらここまで走ってきてくれたらしく、息が上がっている。

「いえ、私も今来たところです。……それより、渡したいものがあるんです。これ、どうぞ」

用意したハンカチを、ためらいながら差し出す。真っ白なシルクに、片隅には小さなスミレの刺繍。そのそばには、黄色い蝶が一匹飛んでいる。

「……これは、もしかして……いつぞやのハンカチの代わり、だろうか？」

「はい。代わりのものを渡すと、約束しましたから」

そう答えると、ディオンはそろそろとハンカチを受け取る。その顔が、泣き笑いのような表情にくしゃりとゆがむ。

「ああ、まさか本当にハンカチをもらえるとは思わなかった。この刺繍は、もしかして……」

「私が一から絵を描いて、自分で縫い取ったんです。さすがにこちらは、料理ほど得意ではないので……ちょっと、失敗したかもしれません」

かつて私がミルラン男爵家の令嬢だった頃、淑女のたしなみとして刺繍を習った。だから一応、縫うことはできる。というか、縫うことそのものには自信がある。だが問題は、そこではなかった。

私にはデザインセンスが少しばかり欠けているのだ。上品でおしゃれなものにしたいなと思っていたのに、気がついたら幼稚園児の靴下のピンポイント刺繍みたいな感じのものができあがってしまった。

とっても可愛いけれど、しゃれてはいない。子供にプレゼントするならともかく、男性に贈るには少々微妙な感じだ。これならいっそ、クロエにデザインしてもらえばよかったかもしれない。

だがディオンは、まったく気にしていないようだった。ほんのりと目を潤ませて、まるで宝物を扱っているような手つきでハンカチをしっかりとしまい込む。

「失敗などしていない。この世で一つだけの、最高のハンカチだ。ありがとう、大切にする」

この上なく嬉しそうな、優しい声で彼は言う。思わずどきりとしてしまって、言葉が出ない。

結局私たちは、そのまましばらく見つめ合っていた。通行人の視線が気になったけれど、ディオンから目をそらせなかった。


その少し後、私たちは町の中をのんびりと歩いていた。最近この辺りにできた料理店が人気だとかで、一度食べてみたかったのだ。今日はそこで、一緒に昼食だ。

サレイユ伯爵と勝負したあの夜、しゃれた料理店に付き合ってくださいと言ったことを、彼は律義に覚えてくれていた。おかげで、さほど苦労することもなく誘うことができた。あの時の約束、覚えてますかと言ったら、そこからとんとん拍子に話が進んだのだ。

……実のところ、ディオンにハンカチを渡すことこそが本来の目的だった。渡す時にできるだけ特別な感じを出したくて、だったら私もきちんとおしゃれしたほうがいいなと思って、でも理由もなくおしゃれをするのは少し恥ずかしくて。

その時、ふとひらめいたのだ。ちゃんとしたお店で、二人一緒に食事をする。ああいうお店はドレスコードがあるから、おしゃれをする理由になる。だからこの間の約束を持ち出して食事に誘い、ついでと見せかけてハンカチを渡せばいい。この手に気づいた時は、我ながら冴えていると思わずにやりと笑ってしまった。

「料理、おいしいですね。それに彩りも見事で。うちの料理とはまるで違いますから、商売敵にはなりそうにないですし、気楽に楽しめます。もっとも、参考になる点はいくつもありますけど」

この料理店は少々お高いお店で、それもあって料理もしゃれていた。ほんの少しだけ、男爵令嬢だった頃を思い出させる料理だ。うちの店の客層とは、まったくかぶってない……今のところは。最近、お忍びでうちの店にくる貴族が増えてるんだよね。

「こうしてお前とゆっくり食事をするのもいいものだな。この間のパーティーも楽しかったが」

懐かしそうな目でそう言って、ディオンが声をひそめる。いたずらっぽく目をきらめかせながら。

「……もっとも、お前の料理が一番美味だ」

「ディオン様、それをここで言うのはどうかと思います……」

「ああ、だから今の発言は秘密にしてくれ」

それから顔を見合わせて、二人同時にくすりと笑う。そのまま、何事もなかったかのように他愛のない話を続けていた。

やがて食事も終わり、料理店の近くの通りをぶらぶらと歩く。この辺りは美しい花壇が多く、この花壇を見るためだけに足を運ぶ人も多い。カナールの観光スポットの一つだ。

並んで歩いていると、ディオンがふとこちらを見て目を細めた。

「それにしても、ずいぶんとめかし込んだのだな。私に会うために頑張って装ってくれたのだと思うと、嬉しくてたまらない」

その言葉に、返事に詰まる。ディオンにハンカチを渡して感謝を伝えるために、おしゃれをしようと思った。おしゃれをする理由をひねり出すために、いいお店で食事をすることにした。その一つ一つは、筋が通っていると思うし、文字通りの意味でしかない。

しかしトータルで考えると、これは間違いなく、そう間違いなくデートだ。ああもう、意識しないようにしてたのに。

「……お店に合わせたんです。今日はちゃんとしたお店に行くんですから、服装もきちんとしないと」

「はは、そうか。どんな理由であれ、お前のそんな姿が見られて嬉しいぞ。服といい飾り物といい、趣味も良い」

優しく目を細めていたディオンだったが、ふと何かを思い出したようにくすりと笑った。

「しかし刺繍の腕は、意外だった。なんというか……いつものお前からは想像がつかないほど可愛らしい。やはり趣味は良いのだが、な」

「だから、失敗したかもって言ってますよね」

少しむくれてみせると、ディオンはやけに晴れやかに笑った。

「あれは失敗ではない。ただ、たいそう可愛らしいというだけで。お前の素敵な一面を知ることができて嬉しいと、私はそう思っているのだ」

ディオンはまるで子供のような、純粋な笑みを向けてくる。彼の後ろには、色とりどりの花が咲き乱れる美しい花壇。やけに印象的なその光景に、思わず立ち止まって見とれる。そんな私の耳を、ディオンの優しい言葉がくすぐっていく。

「……お前は料理についてはとても真剣で、いつもまっすぐでひたむきな、前向きな女性だ。見ていて、とてもまぶしい」

「ど、どうしたんですか突然」

「ん？　単に、思ったことを述べているだけだが。そうだ、もう一つあった。お前の笑顔は、とても可愛い」

駄目だ、恥ずかしすぎる。こんなムードたっぷりの状況で、こんな言葉を次々と投げかけられたら、心臓がもたない。両手で頭を抱えて、蚊の鳴くような声で宣言する。

「……降参します。私の負けです。その辺で止めてください」

「私は、お前の話をしていたいのだが……」

「どうしてそこにこだわるんですか。訳が分かりません。他の話でもいいでしょう」

やけに強引な彼に、ちょっと頬を膨らませて問いかける。すぐに、答えが返ってきた。

「好きなものの話をしていたいというのは、当然のことだろう？」

その言葉に、一気に顔に血が上るのを感じた。絶対私、今真っ赤になってる。そもそもディオンは、自分が何を言ったのか自覚しているのだろうか。今の『好き』は『ライク』なのか、それとも……今までの彼の言動からすると、たぶんもう一つのほうなのだと思う。でも、確信がない。

「……好きなものって、何のことでしょう」

正面切って尋ねると、今度はディオンが真っ赤になった。どうやら、ようやっと彼も自分の発言の意味に気づいたらしい。

戸惑い、何度も言いよどみながら、彼はぎこちなく口を開いた。

「わ、私は！　お前のことが、す……その、お前の…………お前の料理が好きなのだ!!」

思い切り言い放って、そして思い切りへこんでいる。その態度だけで、彼が本当は何を言いたかったのか理解した。けれど指摘はしない。したら最後、私がまた真っ赤になる。

だから気づかなかったふりをして、話題をすり替えにかかった。

「はいはい、知っていますよ。でしたら今日の夕食は、私の家でいかがですか？　腕によりをかけますから」

子供をあやすようにそう言うと、ディオンは無言でこくりとうなずいた。難しい顔で。

「何か食べたいものはありますか？　作れそうなものなら、何でもいいですよ」

「……前にお前が作ってくれた、醤油バターのパスタ……具はキノコがいい」

消え入るような声で、ディオンはつぶやいている。まるで、べそをかいた子供のようだ。

「ええ、分かりました。あとでたくさんキノコを買って帰りましょう。そろそろ旬ですから、とびきりおいしいパスタになりますよ」

そう言ってやったら、ようやくディオンの眉間のしわが消えた。


もうしばらくあちこちを見て回っているうちに夕方になったので、市場に寄って必要なものを買う。それから、二人一緒に私の家に帰ってきた。いつもの服に着替えて、台所に立つ。

「それじゃあ、作りましょうか。と言っても、結構簡単なメニューですけどね」

ディオンが大鍋に湯をわかし始めた。パスタをゆでるのは任せろ、と胸を張っている。

その横で、フライパンにたっぷりのバターを溶かし、スライスしたニンニクをカリッと揚げ焼きにしていく。

十分に香りが立ったら、手で裂いたキノコを次々とバターの海に投入する。キノコに火が通ったかな、というタイミングで、フライパンの鍋肌を伝わせるようにして醤油を注ぐ。こうすると醤油が軽く焦げて、さらにいい匂いになるのだ。

ああ、いい匂い。焦がし醤油とバターのパンチのある匂いの合間に、ほんのりとニンニク。すさまじく食欲をかき立てる。そのまま飲んでも絶対においしい、このソース。

ひっそりとよだれをこらえていたその時、パスタがゆで上がったぞとディオンが言った。ソースをパスタにからめて、もう少し加熱して軽く水分を飛ばす。これでできあがりだ。

食器の準備をしながら、ディオンに声をかけた。

「……ディオン様、私がこの家に住み続けているのには、理由があるんですよ」

「レオが言っていた、この家を維持するという役目か？」

「それもありますけど……ほら。こうやって料理を作っていると、とってもいい匂いが広がりますよね、台所も食卓も、それに居間まで。幸せな香りでいっぱいになります」

パスタを皿に盛りつけながら、しみじみとつぶやく。

「私、この時間が好きです　小さな家の小さな食卓で、料理の匂いに包まれながら食事をとるのが好きなんです。……サレイユの屋敷の広い厨房の片隅で、こっそりと夜食を食べるのも楽しかったですけど」

「……そうか。何となくだが、お前の言いたいことは分かる気がする」

しんみりと視線を落としたディオンが、しかしぱっと顔を上げてこちらを見る。

「ならば私の屋敷に移り住んだ上で、週の半分をここで過ごすというのはどうだろう？」

「ディオン様、本当にあきらめませんね」

「仕方ないだろう。私は、お前と離れているのは寂しいのだ」

ディオンはパスタの皿を、すぐ近くの食卓に運んでいく。とても愛おしげな目を、料理に注いでいた。

「今日あの料理店に行って、よく分かった。どれだけ上質であっても、どれだけ美味であっても、お前の料理にはかなわない」

二人分の箸を用意しながら、ディオンの賛辞に耳を傾ける。

「私は既に、お前の料理のとりこになってしまったのだから。……それと、お前にも」

「ええと、最後のほうがよく聞こえませんでした」

ちゃんと発言したのは偉いと思う。でも、声が小さすぎた。だから今は、聞こえなかったことにしておく。頑張れ、ディオン。

「いや、いい。それより、そろそろいただこう。醤油バターは、やはり熱いうちが一番だ」

そうして、和やかな食事が始まる。お気に入りの小さな家、おいしい料理の匂い、ディオンの笑い声。

私の好きなもので満たされたここは、この上なく素敵な、幸せな場所だった。ここにたどり着けた幸運に感謝しながら、パスタを一口食べた。

それはもう、最高においしかった。私が持っている二つの記憶を合わせた中でも、間違いなく一番おいしいパスタだった。

# 《番外編》カナールは今日もにぎやかで

カレンは緊張していた。ここカナールにおいて一年に一度更新される、美味な料理店を紹介する案内書、その名も『美食家のための手引き』。それに新たに載るかもしれない店の調査に向かっていたからだ。

何よりも食べることが大好きな彼女は、調査員としてこの案内書の編集に携わってかれこれ十年、毎年この調査を楽しみにしていた。

「けれど、今回はちょっと変わり種よね……気合を入れていかなくちゃ」

ちょっぴりふくよかな体に、ごくありふれたワンピースとエプロン。キュウリとトマトが入ったかごを片手に、カレンはてくてくと歩いていた。どこからどう見ても、買い物の途中、気まぐれに遠出してみた主婦そのものだ。この姿こそが、カレンの最大の武器だった。

公正な判断を行うために、案内書のための調査だと店側に気づかれてはならない。調査員はあくまでもごく普通の客として、店を訪ねなければならない。

だから調査の時は、その店にふさわしく、かつ目立たない服装で向かうのだ。今回の調査対象は、肩ひじ張らない庶民的な料理店。だからごく普通の主婦にしか見えないカレンが、そこの調査を割り振られたのだ。

その一方で、店となれあってしまってもいけない。だから調査に向かうのは、まだその店の料理を口にしたことのない者に限られていた。

「味噌、ねえ……同僚は絶賛していたけれど、どんなものなのかしら」

大通りを歩きながら、カレンは聞いたことを思い出す。秘密の任務なので、必要な情報は全て口頭で伝えられるのだ。


その料理店、通称『アンヌマリーの味噌汁食堂』は、味噌と醤油という変わった調味料を売りにした食堂で、開店してまだ半年にもならないのに、ずいぶんと人気らしい。彼女はかつて朝市の屋台で、味噌を使ったミソ・スープなるものを売っていたのだとか。

カレンも、その店の存在は以前から知っていた。しかし彼女の家からは少々遠いのと、昼前から夕方までの限られた時間しか営業していないのとで、まだ訪ねたことはなかったが。

最近では、そこの料理を真似たものを出す店も増えてきたらしい。味噌や醤油を用いない料理なら、再現も可能だからだ。

米をたっぷりの水で炊いて丸めた、おにぎりとかいう料理。刻み野菜を入れたパンケーキにソースをかけた、お好み焼きという料理。酢を効かせた米の上に様々な具をのせたちらし寿司。そういったものだ。

しかし、人々は断言している。おにぎりもお好み焼きもちらし寿司も、やはりあの店が一番だと。そして何より、あそこには味噌汁がある。カナールで食通を気取るなら、一度は行ってみろ。そんな言葉が、あちこちで飛び交うようになっていた。

そんなことを考えながら、カレンは大通りを離れる。そのまま細い脇道を進んでいくと、行く手がにぎやかになってきた。

周囲は職人の工房や商人の倉庫が多く、昼間は割と静かなはずなのだ。それなのに、やけに人が行き来している。こんなところには用がないはずの、若い女性の姿も多かった。

「こんなところに、何の用なのかしらね……まさか、例のあのお店に？　それにしても、いい匂いがするわ。かいだことのない、不思議な香り……」

鼻をひこひこさせながら進むカレンの目の前に、不思議な光景が現れた。行く手に、目的の店らしきものが見える。そして、その壁際に並んでいる人たちも。もう二時を回っているし、昼食の混雑は終わっているはずだ。なのにどうして、こんなに人がいるのだろう。

目を丸くしながら、カレンも行列に加わる。幸い、さほど待つことなく中に入ることができた。

「いらっしゃいませ！　空いている席にどうぞ！」

カレンが店に足を踏み入れたとたん、給仕が明るく言った。人懐っこい笑顔の、元気な少女だ。頭の横で束ねた銀色の髪が、動きに合わせて可愛らしく揺れている。

「メニューはあちらに書いてあります！　決まったら、声をかけてくださいね。説明が必要なら、遠慮なく言ってください！」

はきはきと説明する給仕に笑いかけて、カレンはあらかじめ考えておいた言葉を口にする。

「買い物の途中で、遠出してみたらここを見つけたの。小腹が空いちゃったんだけど……何か、お勧めはあるかしら？　ここ、初めてでよく分からないのよ。メニューの名前も、なんだか不思議だし」

「でしたら、おにぎりの定食はどうでしょうか？　お米を丸めた、初めての方にも食べやすい定番のメニューですよ。甘いものがお好きなら、フルーツたこ焼きもお勧めです」

「そうねえ……だったら、まずはそのおにぎりとかいう料理の定食にするわ」

「定食にはスープがついてきます。スープはミソ・スープと味噌汁から選べますよ。どちらも味噌っていう調味料を使ったものですが、ミソ・スープのほうには牛乳が入っているので、初めてでも食べやすいです」

「あら、そうなのね。……あえてここは、挑戦してみるわ。味噌汁でお願い」

「はい、分かりました！」

軽やかな足取りで去っていく給仕を見送って、カレンは店の中を見渡す。

感じのいい給仕さんね。説明も丁寧で、分かりやすいわ。それに。お店の雰囲気もいい感じ。気取らなくて居心地がいい。あそこの飾り物、趣味がいいわ。給仕さんたちのそろいのエプロンも、しゃれていて素敵。

台所にいるのが店主ね。綺麗な黒髪の、可愛らしいお嬢さんねえ。愛嬌があるのに上品で、くるくるとよく働いて。この店が人気になったのは、料理の味だけでなく彼女の存在も大きいんじゃないかしら。

お客も色々ね。軽食を食べている親子連れ、お菓子みたいなものを分け合っている若い恋人たち。あっちは、遅い昼食をとっている職人さんかしら。幅広い人たちに支持されているのね。みんな、とっても幸せそう。ああ、料理が来るのが待ち遠しいわ。

「はい、おにぎり定食です！　手づかみでかぶりつくと、よりおいしいって評判です！　フォークもありますので、お好きなほうでどうぞ！」

　うずうずしながら待っていたカレンの前に、皿と椀がのったお盆がそっと置かれる。ありがとう、と給仕に礼を言って、カレンは目の前の料理に意識を集中した。

　皿の上には、炊いた米を丸めたものが二つのっていた。一つには、ゴマと細かく刻んだ青菜が混ぜ込んである。もう一つは、特に何かが混ざっているようには見えない。

　椀の中には、優しい赤茶色をしたスープ。これが、噂になっている味噌汁というものだろう。ほんの少し酸っぱさを感じさせる、複雑で落ち着いた匂いだ。店の外に漂っていたのは、間違いなくこの匂いだ。

「さて、ではまずはこちらから……」

　給仕のお勧めに従い、カレンは手づかみで一つ目のおにぎりを口にする。口の中でほぐれていく感触に、彼女は顔をほころばせていた。

「あら、おいしい……意外と、しっかり味がついていて……この調味料、何かしら？　少し癖のあるしょっぱさが、青菜とよく合うわ。それにゴマの食感も、いい感じ」

　ついついそんなことをつぶやいてしまい、カレンはあわてて口をつぐむ。いけない、そこらの主婦には似つかわしくない詳細な感想を口走ってしまったわ。調査員だとばれたら大変。

　澄ました顔で一つ目のおにぎりをぺろりと平らげると、カレンは気を取り直してスプーンを手にした。やけにおごそかに、味噌汁の椀に向き直る。そうして、一口味噌汁を飲んだ。

彼女は無言で、目を見開く。その表情が、戸惑いから驚きへ、そして歓喜へと変わっていく。

「あらやだ、すごくおいしいわ！　ちょっと変わってるけど、なんだか癖になりそうな味ね、味噌汁って！」

つい大きな声を出してしまい、店中の人間の注目を集めてしまう。あらしまったわと焦るカレンに、店の奥から声がかけられた。厨房と客席の間に開けられた窓から、店主が身を乗り出していたのだ。

「気に入ってくれました？　それには味噌っていう、大豆から作る調味料が使われてるんです。ちょっと独特の風味がありますけど、慣れるとこの風味がもうたまらなくて」

「そうそう。あたしはこの味噌ってやつ、最初はそこまで好きでもなかったんですけどね……今じゃすっかりお気に入りですよ」

別の給仕も、さわやかに笑いかけてくる。こちらはがっしりした中年女性だ。その強そうな雰囲気に、まるで用心棒だわとカレンはそんなことを思う。二人は会釈して、また仕事に戻っていった。

「おいしい料理に、素敵なお店、気持ちのいい店員さんたち。……これは、噂になるのも当然ね」

真剣な顔で慎重に味噌汁を味わいながら、カレンはこの店について聞いていることをまた思い出していた。


この前の冬、突然朝市に現れた謎の屋台。それが、この店の始まりだった。屋台はすぐに評判になり、毎日行列ができるようになった。

そうして店主アンヌマリーは、あっという間にこの店を開いた。春のことだった。そうして店も、やはりたくさんの客でにぎわうようになった。

一風変わった、おいしくてほっとするような料理。評判は評判を呼び、客がさらに増え続け、まだ開店からさほど経っていないというのに、もう店を大きくしたらしい。たくさんの店がひしめくここカナールでも、ここがとびきり勢いのある店の一つであることは間違いなかった。


同僚も、ここは絶対に案内書に載せるべきだと力説してたわねえ。そんなことを思い出しつつ、カレンはもう一つのおにぎりに手を伸ばす。ただの丸めた米の塊に見えるそれを、大きく口を開けてかじった。

「あら、あらあらあら！」

カレンはまたしても叫んでいた。口の中のものを味わいながらよく噛んで、ごくりと飲み込む。彼女の顔には、とても幸せそうな笑みが浮かんでいた。

「何かしら、これ……素敵だわ。まろやかで、お米によく合って……お魚なのは分かるけれど。酸味の強いクリームか何かで和えてあるのかしら？」

「それは、マヨネーズというのだ。そのおにぎりの中身は、ツナマヨと呼ぶのが正しいらしい」

いきなり、堂々とした声が返ってきた。驚いて顔を上げたカレンの前に、貴族の青年が立っている。若くて凛々（りり）しい、思わず見とれるような好青年だ。

この店にはお忍びで貴族や豪商なんかが来ることも多いと聞いていたけれど、目の前の男性は少しも忍んでいない。それでいて、とても店の雰囲気になじんでいた。その態度は、間違いなく常連のそれだった。

その不思議な状況にぽかんとしながら、カレンはつぶやいた。

「ツナマヨ……ですか？」

「ああ。ゆでてほぐした魚の身を、卵と酢と油を使ったドレッシングで和えたものだ。とても簡単だが、恐ろしく癖になる」

「まああ、そうなんですのね。本当に簡単そうなのに……驚くほどおいしいわ」

「気になるのなら、アンヌマリーにレシピを尋ねてみればいい。味噌汁と違って、こちらは普通の家庭でも再現が可能だ」

「ご親切に、ありがとうございます。あなたはこのお店に、ずいぶんと詳しいんですね？」

「私はここの常連だからな。そして、アンヌマリーの料理をこの上なく愛する者だ」

彼が堂々と言い放ったとたん、店主が奥から出てきた。そのままつかつかと彼のところに歩み寄り、わずかに口をとがらせてにらみつけている。しかしそれは、何とも愛らしい表情だった。

「ディオン様、ですから店の中で他のお客さんにむやみにからまないでくださいって、いつも言ってますよね」

「何を言う、からんでなどいないぞ。私はただ、お前の料理を解説しているだけだ。こちらの女性は、どうやらここは初めてのようだからな。要するに、私はお前の店を宣伝しているのだ」

「宣伝……っていうんでしょうか、それ。何か違う気がするんですけど」

「違わないな。現に、私が声をかけたことで常連となった客も多いだろう」

「それはまあ……確かにそういう人もいますけど」

自信たっぷりに言うディオンと、眉間にしわを寄せて首をかしげるアンヌマリー。そんな二人を、カレンは笑みを浮かべて見守っていた。この二人の関係が、どうにも気になったのだ。ただの店主と常連客にしては、妙に距離が近いというか、気安いというか。

その時、カレンは気づいた。他の客や給仕たちが、みな口を閉ざして二人を見ていたのだ。それも、やけに楽しげに目を輝かせて。

そんな視線に気づいているのかいないのか、二人はさらに話し込んでいた。

「だいたい、ディオン様は忙しいんじゃないですか？　当主の仕事もあるのに、毎日のようにここに顔を出して」

「ここに来るのは、もはや私にとって日課だからな。この落ち着いた午後のひと時に、ここでお前の料理を食べないと、どうにも調子が出ない」

「そんなこと言って、夕食もうちまで食べにくるくせに……」

二人の話している内容は、どうにも親密に過ぎた。

あらあらまあまあ、もしかしてそういう関係？　と、カレンもまた目を輝かせる。彼女はもうおにぎりも味噌汁も食べ終えていたが、息をひそめて二人をじっと見つめていた。

と、そんなカレンの前に、小さな皿が置かれた。視線を動かすと、最初に声をかけてきたあの給仕が微笑みかけているのが見えた。彼女は極限までひそめた声で、カレンに説明する。

「これ、おまけです。よかったらまた、食べにきてください。……これくらいの時間に来れば、またあの二人のやり取りが見られますよ。あれが目当てのお客さん、結構いるんです」

「まあ、そうなの……通っていれば、あの二人がどんな関係で、どうなっていくのかも分かるかしら」

「たぶん、ですけどね。アタシたちもずっと、もどかしくって。あ、ちなみにそれが、フルーツたこ焼きです。熱いので、気をつけてくださいね」

皿の上には、卵よりも二回りほど小さい球が二つのっていた。こんがりときつね色で、焦げ茶色の細い線で可愛らしい模様が描かれている。食べ物というより、美しい置物のようだ。

「ふふ、ありがとう」

嬉しそうに笑って、カレンはフルーツたこ焼きを口にする。表面はかりかりとしていて香ばしく、中は甘くて柔らかい。どうやらパンケーキの生地を使っているようだった。真ん中に、みずみずしいブドウがころんと入っている。見た目にも、食べた感じもとても楽しい、素敵な一品だった。

この店に入ってから、驚かされてばかりね。ちょっと変わった料理を出すこのお店は、案内書に載せるにふさわしいわ。同僚が褒めちぎっていたのも、今なら納得よ。

フルーツたこ焼きを飲み込んで、カレンはまた笑う。その間も、アンヌマリーとディオンはまだ元気よく言い合っていた。周囲から向けられている、奇妙な優しさと好奇心の入り混じった視線にもお構いなしに。

それとは別に、個人的にもまた来てみたいお店ね。ちょっと私の家からは遠いけれど、頑張って通ってみましょう。他の料理も食べてみたいし、あの二人の今後についても気になるわ。

どうやら、カレンもまたここの常連となることが、決まってしまったようだった。

# 味噌汁令嬢と腹ぺこ貴族のおいしい日々 2

＊本作は「小説家になろう」（https://syosetu.com/）に掲載されていた作品を、大幅に加筆修正したものとなります。
＊この作品はフィクションです。実在の人物・団体・事件・地名・名称等とは一切関係ありません。

2023年12月20日　第一刷発行

著者 …… 一ノ谷鈴
©ICHINOTANI RIN/Frontier Works Inc.
イラスト …… nima
発行者 …… 辻 政英
発行所 …… 株式会社フロンティアワークス
〒170-0013　東京都豊島区東池袋 3-22-17
東池袋セントラルプレイス 5F
営業　TEL 03-5957-1030　FAX 03-5957-1533
アリアンローズ公式サイト　https://arianrose.jp/
フォーマットデザイン …… ウエダデザイン室
印刷所 …… シナノ書籍印刷株式会社